The Master Of Fate

天運超越者

이상규 판타지 장편 소설

The Master Of Fate

천운
초월자

天運超越者

서기 2074년 **1**

천운초월자 1

이상규 판타지 장편 소설

초판 1쇄 찍은 날 § 2001년 9월 25일
초판 1쇄 펴낸 날 § 2001년 9월 30일

지은이 § 이상규
펴낸이 § 서경석
펴낸곳 § 도서출판 청어람
편집 § 문혜영 · 허경란 · 박영주 · 김희정 · 권민정 · 장상수
마케팅 § 정필 · 강양원 · 김규진

등록번호 § 제1081-1-89호
등록일자 § 1999. 5. 31
어람번호 § 제1-0152호

주소 § 경기도 부천시 원미구 심곡1동 350-1 남성B/D 3F (우) 420-011
전화 § 032-656-4452 팩스 § 032-656-4453
e-mail § eoram99@chollian.net

값 7,500원

※ 잘못된 책은 바꿔드립니다.
※ 저자와 협의하여 인지를 붙이지 않습니다.

ISBN 89-5505-167-0 (SET) / ISBN 89-5505-168-9 04810

이상규 판타지 장편 소설

The Master Of Fate

천운 초월자

天運超越者

서기 2074년 1

도서출판
청어람

서기 2074년

제1장 악운(惡運)의 징크스(Jinx)　❙ 7

제2장 항공 자동차 계획　❙ 43

제3장 프로게이머 박호준　❙ 75

제4장 마법이론　❙111

제5장 새로운 친구들　❙145

제6장 게임 센터　❙183

제7장 마법 연구부　❙213

제8장 마나전자 터널링　❙247

제9장 아르바이트　❙277

1장

악운(惡運)의 징크스(Jinx)

Ⅰ 악운(惡運)의 징크스(Jinx)

삐비빅— 삐비비빅—

《오늘은 2074년 3월 2일 금요일. 입학식 있는 날이니까 일어나라. 일어나지 않으면 사살하겠다.》

희미한 어둠이 감돌고 있는 방에서 시끄러운 알람시계의 알람 소리와 함께 약간 저음의 목소리가 흘러나왔다. 시끄러운 알람 소리와 이상한 내용의 목소리 때문인지 방에서 자고 있던 한 소년이 하품을 늘어지게 하며 침대에서 천천히 몸을 일으켰다. 몸을 일으킨 소년은 헝클어진 머리를 대강 가다듬은 뒤에 머리맡에 놓여 있는 알람시계의 스위치를 눌렀다. 그러자 시끄럽게 울리던 알람 소리가 거짓말처럼 사라지며 방 안은 순식간에 고요함에 잠기었다.

'…녹음 내용 바꿔 버려야겠다.'

소년은 잠시 알람시계를 쳐다보다가 그렇게 생각했다. 어제 일찍 일어나려고 알람시계에 자기 목소리로 녹음을 했었지만 아침부터 '사살하겠다' 라는 말을 듣는 건 기분 좋은 일이 아니기 때문이었다.

슥―

침대에서 빠져나온 소년은 한껏 기지개를 켰다. 소년의 키는 청소년 표준인 대략 180cm 정도였고 몸매는 약간 마른 편이었다. 머리칼은 검은색이었으나 자고 일어난 상태라 그 빛깔은 죽어 있었다. 소년은 길게 기른 앞머리가 얼굴을 가리든 말든 신경 쓰지 않은 채 그대로 방 문을 열고 거실로 나갔다.

탁―

거실의 점등 스위치를 누르자마자 불이 들어오며 어두웠던 거실이 일시에 환해졌다. 몇 년 전까지만 해도 전세방에서 구식 형광등에 불이 들어올 때까지 몇 초 간 기다려야 했던 과거가 떠오르자 소년은 쓴웃음을 지었다. 그렇게 잠시 옛날 생각을 떠올렸던 소년은 씻기 위해 화장실로 가려고 했다. 하지만 거실의 식탁 위에 뜯겨진 채 놓여져 있는 여러 개의 과자 봉지를 보고 동작을 멈추었다.

"……."

얼굴의 절반을 가린 앞머리 사이로 소년의 눈동자가 예리하게 번뜩였다. 그렇지만 식탁 위에 남아 있는 과자가 없다는 것을 알고 이내 흐리멍덩한 눈으로 돌아왔다. 그리고는 천천히 안방으로 걸어가 조심스럽게 방문을 열었다. 거실의 불빛으로 인해 안방 내부는 어느 정도 볼 수 있었고 소년의 예상대로 안방 침대 위에는 두 명의 남녀가 곤히 잠들어 있었다.

'내가 자고 있을 때 귀신같이 들어온 모양이군. 하여간 동생이 있는데도 여자랑 같이 자는 형이나 형하고 같이 자는 소진(笑盡) 누나나

내 입장은 생각도 안 한다니까.'

소년은 속으로 그렇게 툴툴거리며 안방 문을 닫고 거실로 돌아왔다. 그리고 잠시 동안 식탁 위의 과자 봉지를 바라보다가 재빨리 과자 봉지에 남아 있는 과자 부스러기들을 입 안에 탈탈 털어 넣은 다음 마치 아무 일도 없었다는 듯이 유유히 화장실로 들어갔다.

쏴아아—

소년이 화장실 안으로 들어가자 물소리와 함께 열심히 씻는 소리가 아련히 들려왔다. 하지만 그 물소리 때문에 안방에서 자고 있던 두 남녀는 거의 동시에 눈을 떴다. 보통 사람 같으면 좀 더 자야겠다는 생각을 하는 시각이었지만 두 남녀는 눈을 뜨자마자 누가 먼저랄 것도 없이 일어나 잠자리를 정리했다.

확—

어두웠던 안방에 불이 들어오자 두 남녀의 모습이 확연하게 드러났다. 남자는 20살 중반쯤으로 보였는데 앞서의 소년과는 달리 비교적 짧고 단정한 머리를 하고 있었다. 그래서인지 남자의 단아한 이목구비가 잘 보였다. 그러나 소년과 남자의 가장 두드러진 차이점은 바로 머리색이었다. 소년은 염색하지 않은 천연의 흑발(黑髮)인 데 비해 남자는 생막(生膜) 염색을 한 적발(赤髮)이었던 것이다.

"녀석, 벌써 일어났나?"

"전 아침 준비 하고 있을게요."

잠자다 일어나서 약간 잠긴 남자의 목소리에 이어 밝은 어조의 여자 목소리가 안방에 조용히 울려 퍼졌다. 여자는 생막 염색한 보라색의 긴 머리칼을 대강 묶어서 정돈한 다음 잠옷 위에 가벼운 웃옷을 걸쳐 입고 안방을 나섰다. 그러다가 다 씻고 화장실에서 나오는 흑발의 소년과 마주쳤다.

"일찍 일어났네?"

둘 중에서 여자 쪽이 먼저 입을 열었고 소년은 그 여자의 얼굴을 잠깐 동안 쳐다보았다. 20대 초반으로 보이는 여자의 얼굴은 화장을 하지 않았는데도 아름다웠다. 특히 항상 미소 짓고 있는 듯한 입이 상당히 인상적이었다. 지금 소년의 눈앞에 있는 여자가 바로 소년의 형인 유명운(柳鳴運)과 사귀고 있는 남궁소진(南宮笑盡)인 것이다.

"안녕하세요. 근데 언제 오셨어요?"

어제 소년은 유명운과 남궁소진이 집에 침입한 것을 알지 못하고 태평스럽게 자고 있었기 때문에 남궁소진에게 저택 침입 시각을 물었다. 그러자 남궁소진은 잠깐 어제 일, 정확히는 오늘 새벽에 있었던 일을 떠올리고는 웃는 얼굴로 대답했다.

"아마 새벽 2시쯤이었을걸?"

"……."

남궁소진의 대답에 소년은 반사적으로 거실에 걸린 시계를 쳐다보았다. 거실의 벽시계는 예전의 초침 시계와 디지털 시계를 합한 형태였는데 시간에 따라 시침, 분침, 초침이 액정 화면에 표시되어 것이었다. 물론 그 액정 화면 아래에는 숫자로 시간이 따로 표시되어 있었다. 현재 시계가 가리키고 있는 시각은 새벽 5시 30분.

"그럼 3시간 정도밖에 못 잔 거잖아요? 너무 적게 자면 피부에 안 좋아요."

시각 확인을 끝낸 소년의 입에서 흘러나온 말은 남궁소진에 대한 걱정이었다. 항상 5시간 정도를 기본으로 자는 소년에게 있어서 3시간은 너무 적다고 느꼈기 때문이다. 그런 소년의 걱정에 남궁소진은 환하게 웃었다.

"괜찮아. 그것보다 오늘 아침은 내가 준비할게. 그러니까 정운(正運)이는 쉬고 있어."

"아뇨, 제가……!"

"모처럼 왔으니까 아침을 해줘야지. 부담 가지지 마."

남궁소진은 미안해하는 소년을 설득하고 콧노래를 흥얼거리며 아침 준비를 하기 시작했다. 본래 소년은 오늘 아침을 가공 완성 식품으로 대충 때우려고 생각했었다. 그런데 갑자기 남궁소진 덕에 직접 만든 따뜻한 아침을 먹게 된 것이다.

"다 씻었냐?"

남궁소진이 만든 음식을 먹는다는 생각에 입맛을 다시고 있는 소년 뒤에서 형인 유명운이 소년에게 물음을 던졌다. 형의 성(姓)이 '유(柳)'이고 남궁소진이 '정운(正運)'이라 불렀기 때문에 유정운(柳正運)이라는 이름임을 충분히 짐작할 수 있는 소년은 퉁명스러운 목소리로 입을 열었다.

"전에 말했잖아. 집에 올 때 과자 가지고 올 거면 내 것도 남겨달라고."

"그랬냐? 미안미안."

미안함이라고는 눈곱만큼도 찾을 수 없는 표정을 지으며 형 유명운은 냉큼 화장실 안으로 들어갔다. 유정운은 화장실로 들어가 버린 형을 앞머리 사이로 잠시 노려보다가 이내 눈빛을 풀고 자기 방으로 향했다. 오늘은 고등학교 입학식이 있는 날이라 기분을 좋게 하고 싶었던 것이다.

쩝쩝―

남궁소진이 직접 만든 아침을 먹으며 유정운은 모처럼 든든하게 배를 채웠다. 그것은 형 유명운도 마찬가지였다. 항상 우주금속(宇宙金屬)을 연구하느라 남궁소진이 만들어주는 밥을 먹는 건 쉽지 않기 때문이었다.

"참, 그리고 보니 오늘은 고등학교 입학식이지?"

형 유명운은 밥 먹다가 문득 생각난 듯이 유정운에게 물었다. 형의 물음에 유정운은 지극히 간단하게 대답했다.

"어."

"입학식만 하면 일찍 끝나겠네. 우리들은 10시쯤에 나가니까 점심은 알아서 먹어라. 근데 밥 먹을 거냐 뭐 사먹을 거냐?"

"사 먹을 거야."

"돈은 있냐?"

"간당간당해."

"돈 좀 줘?"

"아니, 내가 알아서 할 거니까."

돈을 주겠다는 형의 말에 유정운은 냉정하게 거절했다. 유명운도 그런 동생의 성격을 알고 있는지 더 이상 돈에 대해서는 아무 말도 하지 않았다. 사실 유명운은 동생이 무엇을 통해서 자금을 모으고 있는 것인지 전혀 알지 못했다. 그러나 동생이 무엇을 하든지 유명운은 관여하지 않을 생각이었다.

"……"

한참 밥을 먹고 있는 동생을 보다가 유명운은 속으로 한숨을 내쉬었다. 유정운의 앞머리가 길어서 국을 떠먹을 때면 앞머리를 항상 제치고 나서 먹어야 했기 때문이었다. 그러다 보니 조금만 잘못하면 머리카락 끝이 국물을 들이키는 불상사가 발생하기도 했다. 동생에 비해 앞머리가 짧은 유명운이 보기에는 그 모습이 정말 처량하기 그지없었다.

"야, 웬만하면 앞머리 좀 자르지 그러냐? 머리카락에 국물의 영양분을 직접 주는 것도 아니고."

"……."

막 국물을 떠먹으려던 유정운은 형의 말에 동작을 멈추었다. 그리고 긴 앞머리 사이로 유명운을 바라보았다. 앞머리 사이로 보이는 유정운의 눈에는 앞머리를 자를 수 없다는 명백한 거부의 뜻이 떠올라 있었다. 그래서 유명운은 말문을 닫고 식사만을 계속했다.

"더 먹을래?"

유씨 형제의 말문이 모두 닫히자 어색해진 분위기를 바꾸기 위해 남궁소진이 유정운에게 말을 걸었다. 그러나 그 정도의 말로써는 두 형제의 분위기를 화기애애하게 바꾸는 것이 불가능했다. 그래도 유정운은 남궁소진의 노력을 가상히 여겨 비교적 부드러운 어조로 입을 열었다.

"아뇨, 배불러요. 맛있게 잘 먹었습니다."

아침 식사를 후딱 해치운 유정운은 남궁소진에게만 인사하고 곧장 자기 방으로 들어갔다. 그래서 거실에는 유명운과 남궁소진만이 남게 되었다.

"명운 씨! 동생한테 좀 부드럽게 말하면 안 돼요?"

유정운이 방으로 들어가자 남궁소진이 유명운에게 타이르는 듯한 어조로 말했다. 그렇지만 항상 웃고 있는 입꼬리 때문인지 화를 내도

화를 내는 것 같지 않아 보였다. 그리고 사실 남궁소진은 지금 유명운에게 화를 내는 것도 아니었다. 그저 유명운이 자신의 의견을 받아들여 줬으면 하고 바라고 있을 뿐이었다. 하지만 유명운은 고개만 갸웃했다.

"응? 내가 언제 거칠게 말했어?"

"그게 아니라 형제끼리 우애 같은 게 전혀 느껴지지 않아서 그래요. 좀 더 친하게 지낼 수 있잖아요? 부모님이 모두 돌아가셔서 외로울 텐데."

"아……."

비로소 남궁소진이 말하고자 하는 바를 이해한 유명운은 어색한 미소를 지었다. 그렇지만 그의 입에서 흘러나온 말은 남궁소진의 의도와는 다른 것이었다.

"정운이의 부모님이 돌아가셨다는 말은 내 부모님도 돌아가셨다는 뜻이잖아. 외로운 건 정운이만이 아니라구."

"명운 씨하고 정운이하고는 입장이 다르죠. 명운 씨는 어른이고 정운이는 아직 청소년이란 말이에요."

"어른이든 청소년이든 외로운 건 마찬가지… 아, 나한테는 소진이가 있으니까 정운이만 외로운 거구나. 녀석, 정말 외롭겠군."

외롭다라는 의미가 이상하게 변질됐다는 것을 아는지 모르는지 유명운은 그렇게 말하면서 연신 고개를 끄덕였다. 그리고는 황당한 표정을 짓고 있는 남궁소진에게 맨 처음 물음에 대한 답변을 해주었다.

"정운이나 나나 서로 딱딱하게 구는 게 아니야. 그냥 그게 편하기 때문에 그렇게 지내는 것뿐이지. 어렸을 때부터 식사 시간에는 아무 말 없이 밥만 먹어서 오히려 얘기하면서 밥 먹는 게 어색해. 그리고 형제 간의 우애를 나타내는 데 굳이 따뜻하고 부드러운 말만 쓸 필요는 없잖아? 우리 둘 다 성격이 조금 그래서 입 발린 말은 별로 좋아하지 않아."

"……."

남궁소진은 유명운의 말을 그냥 듣기만 했다. 유명운과 사귄 지도 벌써 2년 가까이 되고 있었지만 그녀는 유씨 형제가 어떻게 살아왔는지에 대해서는 거의 알지 못했다. 그녀가 아는 유명운이라고는 연구 결과로 특허를 따고 그것으로 회사를 차려서 많은 돈을 벌어들이고 있는 현재의 모습뿐이었던 것이다.

'왜 명운 씨는 옛날 일을 말하려 하지 않는 거지? 부모님이 어떤 분이셨다는 말조차도 안 하고…… 2년이나 사귀었는데 난 명운 씨에 대해서 전혀 모르는 것 같아……'

남궁소진이 속으로 그런 생각을 하고 있다는 것을 모르는 채 유명운은 연신 '맛있다'라는 말을 하며 밥을 먹었다. 물론 맛있다라는 말을 직접적으로 한 것이 아니라 이 요리는 어디가 잘됐다, 모양이 먹기 좋다라는 식으로 약간씩 돌려서 말했다. 그리고 때로는 지나가는 듯한 말투로 이 부분은 조금 아쉽다라고 얘기했다. 그러한 방법으로 유명운은 남궁소진이 마음에 상처를 입지 않게 요리에 대한 평을 했고 남궁소진은 별 거부감 없이 유명운의 말을 받아들였다.

쿵—

유명운과 남궁소진이 사이좋게 아침 식사를 하고 있을 때 자기 방에 들어갔던 유정운이 가방을 메고 교복 차림으로 거실로 나왔다. 교복은 하얀 와이셔츠, 검은 마이, 검은 바지, 붉은 넥타이로 구성되어 있었다. 그렇게 교복 차림의 유정운을 보고 남궁소진이 의아한 얼굴로 물음을 던졌다.

"학교 9시부터 시작하지 않니? 아직 7시밖에 안 됐는데 왜 벌써 나가? 학교까지 가는 데 30분도 안 걸리잖아?"

"일찍 가는 게 좋아서요. 그럼 다녀오겠습니다."

간단한 대답만을 한 채 유정운은 유유히 현관을 나섰다. 그렇지만 남궁소진으로서는 아무리 일찍 가는 게 좋다고 해도 아직 해조차 뜨지 않은 시각에 학교에 가려고 하는 유정운을 이해할 수가 없었다. 아무도 없는 학교에서 1시간 30분 동안 도대체 무엇을 할 것인지 생각할 수 없었던 것이다. 그래서 유명운에게 물어보았다.

"정운이 너무 일찍 나가는 거 아니에요?"

"아, 일종의 징크스(Jinx)라서 말이야."

"징크스?"

"후후."

남궁소진이 궁금하다는 표정을 지었지만 유명운은 그 이상의 대답은 하지 않았다. 그저 유정운이 나갔던 현관 쪽을 쳐다보며 신비스러운 미소를 지을 뿐이었다.

부우웅―

"……."

막 정류장을 지나가는 30번 버스를 유정운은 건널목에서 그냥 쳐다보기만 했다. 그리고 30번 버스가 정류장 앞 횡단보도를 지나가자마자 바뀐 파란 신호에 힘없이 횡단보도를 터벅터벅 건넜다. 그 30번 버스가 바로 유정운이 타고 가야 할 버스였으나 언제나 30번 버스는 신호등에 파란 불이 들어오기 직전에 정류장을 유유히 떠났다. 그래서 유정운은 언제나 30번 버스가 눈앞에서 지나가는 광경을 두 눈 뜨고 바라보고만 있어야 했다.

빠아앙―

3차선 도로를 지나가는 자동차들을 바라보다가 유정운은 고개를 들었다. 아직 해가 뜨지 않아서 하늘은 약간 어둑어둑했다. 그리고 달이 덩그러니 떠 있는 것도 보였다. 아무도 없는 정류장에서 하얀 와이셔츠와 살색의 피부, 붉은 넥타이를 제외한 나머지 부분이 검은색으로 통일된 유정운 혼자 쓸쓸히 서 있는 모습은 처량하기조차 했다.

끼이익― 쾅!

그때 갑자기 유정운의 바로 눈앞에서 두 대의 승용차가 정면충돌을 일으켰다. 왼쪽에서 오던 차량이 중앙선을 침범했고, 마주 오던 오른쪽의 차량이 그 차를 피하지 못하고 그대로 들이받았던 것이다.

"어어……?"

바로 눈앞에서 일어난 차량 충돌 사고에 유정운은 멍청하게 두 눈만 멀뚱멀뚱 떴다. 충돌을 일으킨 두 차량은 앞쪽 범퍼가 완전히 찌그러져 있었다. 앞 유리창도 금이 심각하게 간 상태에다 운전석 옆 유리창도 갈라져 있어서 차 안에 타고 있는 사람이 어떻게 됐는지는 알아볼 수 없었다.

탁탁―

잠시 동안을 멍청하게 서 있던 유정운이 마침내 차 안에 있는 사람들의 상태를 살펴야 함을 깨닫고 곧장 사고 현장으로 뛰어갔다. 주위에는 지나가던 차도 없어서 유정운마저 도로를 무단 횡단하다 한 방에 인생을 마감하는 일은 일어나지 않았다.

"괜찮으세요?!"

유정운은 차 안의 사람이 들을 수 있도록 큰 소리로 외쳤다. 그러자 오른쪽의 차 안에서 약한 신음 소리가 들려왔다. 그래서 유정운은 더욱 큰 소리로 그 사람에게 소리쳤다.

"제가 구급차 부를 테니까 정신 잃지 마세요!"

따닥딱—

바지 주머니에 넣어놓았던 휴대폰을 꺼낸 유정운은 즉시 119를 눌렀다. 약 1초 간의 통화음이 울린 후 여자의 목소리가 들려왔다.

《119구조대 상황실입니다. 무슨 일이십니까?》

"여기 사고가 났거든요? 차 두 대가 정면충돌했어요."

《…사고 위치가 그 장소에서 얼마나 됩니까?》

유정운이 너무 차분하게 말을 했기 때문에 119의 여공무원은 장난 전화일지도 모른다는 생각을 했다. 그렇지만 설령 장난 전화라 하더라도 만에 하나 이것이 진짜 사고일 가능성도 있기 때문에 여공무원은 약간 미덥지 못한 어조로 사고 위치를 물어보았던 것이다. 전화하는 유정운도 그 미묘한 어감의 차이를 느끼기는 했지만 별 신경 쓰지 않고 간단히 대답해 주었다.

"사고 위치는 바로 제 코앞인데요."

《알겠습니다. 전화 끊지 마십시오. 곧 구조대와 경찰을 보내겠습니다.》

119 여공무원은 그렇게 말한 뒤 즉각 사고 장소에서 가장 가까운 119구조대와 경찰서에 사고 소식을 알렸다. 그러는 동안 유정운은 전화를 끊지 않고 기다렸다. 사실 2008년에 휴대폰에도 발신자 위치 추적 시스템이 완성되어서 유정운이 휴대폰을 끊어도 119에서 사고 위치를 추적하는 것에는 아무런 영향도 없었다. 그렇지만 119 여공무원

은 유정운에게 몇 가지 질문을 하는 척하면서 장난 전화인지 아닌지를 알아내고자 했기 때문에 전화를 끊지 말라고 했던 것이다. 그리고 만약 진짜 사고라면 유정운에게 부상자 응급 처치 등의 지시를 내릴 생각이었다.

《사고 장면을 직접 목격하셨습니까?》

"예. 버스 타려다가 갑자기 차 두 대가 충돌을…… 앗!"

《무슨 일이십니까?》

유정운이 대답을 하다가 갑자기 '앗!' 소리를 냈기 때문에 119 여공무원이 급히 물음을 던졌다. 그러자 유정운은 알게 모르게 한숨을 내쉬며 대답했다.

"방금 타야 될 버스가 지나가 버려서요."

《…….》

사고 장면을 눈앞에서 보고 있으면서도 지나가는 버스 타령이나 하는 유정운을 119 여공무원이 좋게 볼 리 없었다. 그러나 유정운의 입장에서는 타야 될 버스가 눈앞에서 지나가는 것은 굉장히 기분 나쁜 일이었다. 특히 자기가 원하지도 않았는데 버스를 타지 못하게 되는 것이 그러했다.

《곧 구급차와 경찰이 도착할 테니까 그분들에게 사고 정황을 자세히 설명해 주세요.》

"예."

119 여공무원의 말에 대답하면서 유정운은 구급차와 경찰차가 오는 동안 30번 버스가 몇 번 지나갈까를 측정했다. 그러나 생각보다 구급차와 경찰차가 빨리 왔기 때문에 30번 버스의 정류장 통과 횟수 측정 실험은 물거품이 되어버리고 말았다.

삐뽀삐뽀—

119에 신고한 지 3분도 채 걸리지 않았을 때 30번 버스가 오는 쪽에서부터 119구급차와 경찰차가 사이좋게 나란히 사고 현장에 도착했다. 사고 현장에 도착하자마자 119구급대원들이 휘어진 차 문을 뜯어내어 안에 있던 부상자를 꺼내었다. 유정운은 비교적 가까운 거리에서 그 장면을 지켜보았다.

"어서 들것을!"

"서둘러!"

119구급대원들은 서둘러 구조 작업을 벌였다. 그렇게 차 안의 부상자를 밖으로 꺼냈을 때 중앙선을 침범했던 왼쪽 차량의 운전자는 이미 죽어 있었고 오른쪽 차량의 운전자는 머리에 피를 흘리며 신음을 내지르고 있었다. 그 둘 외에는 차에 타고 있던 사람이 없어서 사상자는 운전자 2명뿐이었다.

'…TV나 영화에서 폭력적이고 잔인한 장면을 너무 많이 봤더니 죽은 사람이나 피를 흘리는 사람을 봐도 아무렇지도 않군. 적어도 살이 벗겨지고 뼈가 드러날 정도의 상처여야 뭔가 자극이 되겠어……'

유정운은 구급차에 실려 가는 두 운전자를 보며 그런 생각을 떠올렸다. 만약 부상당한 사람이 아는 사람이었다면 유정운이 이렇게까지 침착할 수 없었을지도 모른다. 하지만 오히려 강 건너 불 구경하는 느낌으로 편안하게 대처를 했기 때문에 사고가 나자마자 바로 구급차와 경찰차가 올 수 있었다. 그렇지 않고 뜻밖의 사고 장면에 허둥거렸다면 살아 있는 운전자마저 죽었을지도 모르는 것이었다.

"네가 119에 전화했냐?"

사상자 두 명이 구급차에 실려 가자 이번엔 경찰 하나가 유정운에게 말을 걸었다. 이미 경찰은 사고 장소에 흰 줄을 긋고 사진을 찍는 등의 초동 수사를 시작하고 있었다. 유정운은 그런 경찰들을 힐끔 쳐 다보았다가 자신에게 말을 걸었던 40대 정도의 경찰 아저씨를 보며 대답했다.

"예."

"사고 장면을 직접 봤어?"

"예."

"마침 잘됐군. 너무 이른 아침이라 사고 목격자는 너밖에 없는 것 같으니 경찰서까지 같이 가줬으면 한다."

"……!"

경찰 아저씨의 말에 유정운은 알 수 없는 불안함을 느꼈다. 자신이 사고 목격자이기 때문에 경찰서에 가서 사고 경위에 대한 진술서를 써야만 했던 것이다. 그것은 잘못하면 학교에 지각할지도 모르는 위 기 상황을 초래할 수 있었다.

"진술서 써야 돼요? 그거 시간이 얼마나 걸려요?"

"별로 안 걸려. 빨리 서둘러야 빨리 끝나니까 어서 가자."

경찰 아저씨는 그렇게 말하며 유정운을 경찰차에 태웠다. 그리고 곧장 경찰서를 향해 차를 출발시켰다. 그래서 유정운은 어쩔 수 없이 생전 처음으로 경찰서에 가야만 했다. 그렇게 예기치 않은 사고에 휘 말려 버린 그는 속으로 한숨을 푹푹 내쉬며 이런 생각밖에 하지 않았 다.

'이런 말아먹을… 또다시 악운(惡運)의 징크스가 발동하는 거 냐……!'

"그럼 수고하세요."

경찰서에 가서 진술서를 쓴 지 30분이 지나고 나서야 유정운은 경찰서에서 빠져나올 수 있었다. 그것은 유정운에게 있어서 다행스러운 일이었다. 학교 가는데 버스 타는 시간을 뺀다면 아직 30분의 여유가 있기 때문이었다.

'흐으…… 그래도 빨리 버스를 타고 학교에 가야 안심할 수 있어. 난 무슨 중요한 날에 시간을 딱 맞춰서 가려고 하면 항상 지각해 버리니까 말이야.'

그런 생각을 하며 유정운은 버스를 타려고 했다. 그러나 경찰서 주변의 지리를 전혀 모르기 때문에 어디 가서 버스를 타야 할지 막막하기만 했다. 그래서 어쩔 수 없이 경찰서에 쳐들어가서 어떻게 하면 학교에 갈 수 있는지 물어보는 쪽팔리는 짓을 하게 되었다.

"경찰차로 학교까지 태워다 줄까?"

방금 전까지 진술서를 쓰던 경찰 아저씨가 길을 물으러 들어온 유정운에게 그런 제안을 했다. 하지만 경찰차를 타고 학교까지 갔다가는 아이들이나 선생들이 자신을 어떻게 볼 것인지 굳이 생각하지 않아도 뻔했다. 그래서 유정운은 경찰 아저씨의 제안을 정중히 거절하고 버스 타는 곳만을 알아낸 후 급히 경찰서를 나섰다.

'후유…… 졸지에 비행 청소년이 될 뻔했어.'

그런 생각을 하며 유정운은 경찰서에서 알아내었던 30번 버스 정류장으로 향했다. 다행히 길이 그렇게 복잡하지 않아서 버스 정류장 찾아내는 것에 별 어려움은 없었다. 단지 버스 정류장에 사람들이 버스를 타려고 잔뜩 몰려 있다는 게 문제였다.

'제발 30번 버스 타는 사람이 적기를……!'

정류장에 서 있는 사람들을 보며 유정운은 속으로 그렇게 빌었다. 한 5분 정도 지나자 대망의 30번 버스가 어기적어기적 정류장까지 기어왔고 유정운은 사람들 사이를 헤치며 재빨리 30번 버스에 올라탔다. 좁은 인도(人道)의 버스 정류장에서는 줄을 서게 되면 지나가는 사람들이 방해를 받기 때문에 줄 같은 게 만들어질 리가 없었다. 게다가 사람들마다 타는 버스도 다르니 줄을 선다는 것조차 불가능했다.

삐빅—

《요금이 부족합니다. 재처리해 주세요.》

유정운이 버스에 올라타자마자 버스의 카드 판독기에서 그런 소리가 흘러나왔다. 유정운의 옷 속에 버스 카드가 들어 있었기 때문에 카드 판독기의 센서가 버스 카드의 잔액을 읽어들인 것이었다. 현재 카드 판독기에 표시되어 있는 버스 카드의 잔액은 7,000원이었다. 버스 요금이 8,500원이기 때문에 요금이 부족하다는 메시지가 흘러나오는 것은 당연했다.

'말아먹을… 버스 카드 충전시킨다고 한 거 잊어먹어 버렸다! 하여간 버스 카드의 최고 금액인 50만원을 집어넣어도 한 달이면 바닥난다니까. 공공요금은 도대체 왜 안 내리는 거야?

유정운은 속으로 그렇게 투덜거리며 지갑에서 만 원짜리 지폐를 버스 요금 투입구에 넣었고 그러자 자동으로 1,000원짜리 동전 하나와 500원짜리 동전 하나가 거스름돈으로 굴러 나왔다. 그 동전들을 집어 바지 주머니에 넣은 뒤에 유정운은 버스 안을 살펴보았다. 버스 안에는 비교적 많은 사람들이 있어서 좋은 자리는 이미 차 있는 상태였다. 그래서 어쩔 수 없이 버스 바퀴가 튀어나온 좌석에 가서 앉아야만 했다.

'말아먹을… 이런 불편한 좌석에 앉아 학교를 가야 하다니……. 그렇다고 서서 가면 거칠게 운전하는 운전기사 때문에 힘만 들고… 어쩔 수 없구만…….'

부우웅—

사람들을 태운 버스는 경쾌하게 앞으로 질주했다. 하지만 도로에 차가 많이 있어서 금방 급제동을 했다. 그런 식으로 빠르게 운전했다가 급히 브레이크를 밟는 식의 거친 운행이 한동안 계속되었다.

평—!

그때 갑자기 버스 바깥에서 뭔가가 터지는 소리가 발생했다. 그 소리를 듣는 순간 유정운은 아주 불길한 느낌을 받았다. 그리고 그런 유정운의 불길한 느낌은 곧 사실로 나타났다.

"죄송합니다. 지금 차 바퀴가 나가 버렸거든요? 모두 내려서 다음 차를 타세요."

무슨 일이 발생했나 알아보기 위해 버스를 세우고 버스의 상태를 살펴보고 온 운전기사가 버스 내의 승객들에게 미안하다는 표정으로 그렇게 말했다. 그 말에 사람들은 투덜거리며 전부 버스 밖으로 나갔다. 유정운 역시 어쩔 수 없이 자리에서 일어나 버스 밖으로 나가야 했다. 그렇게 승객들을 전부 내보낸 운전기사는 지나가는 30번 버스를 잡기 위해 차도 가까이 다가가서 기다렸다.

'말아먹을……!'

터져서 바람이 빠져 있는 버스 바퀴를 보면서 유정운은 속으로 울분을 삼켰다. 운전기사가 버스를 잡아주면 그 버스는 그냥 탈 수 있지만 문제는 지금 이 사람들이 같은 버스에 타게 되기 때문에 다음 버스에는 분명 앉을 자리가 없게 된다는 것이었다.

"저기요, 다음 차는 안 탈 거니까 버스비 환불해 주세요."

사람 많은 버스를 극히 싫어하는 유정운이었기 때문에 버스 운전기사에게 버스 요금 환불을 요구했다. 운전기사는 웬만하면 그냥 다음 차 타라고 유정운을 설득했지만 유정운의 태도가 단호해서 어쩔 수 없이 버스 요금을 환불해 주었다.

'이런 빌어먹을, 말아먹을, 삶아먹을, 비벼먹을, 지져먹을!!!'

운전기사가 잡아준 30번 버스에 올라타는 사람들이 자리에 앉지 못하고 서 있는 것을 보며 유정운은 욕설 같지도 않은 욕설을 속으로 터뜨렸다. 그렇게 함으로써 끓어오르는 화를 어느 정도 삭이는 것이었다. 진짜 욕을 하게 되면 욕설이 주는 뉘앙스로 인해 기분이 더 더욱 나빠진다는 것을 유정운은 잘 알고 있었던 것이다.

'후…… 어쨌든 여기서 학교까지 걸어가면 1시간은 족히 걸릴 테니까 버스를 타야겠군. 여기서 가까운 버스 정류장에 가서 기다리자.'

마음이 어느 정도 가라앉은 유정운은 느린 발걸음으로 사고 지점에서 가까운 버스 정류장까지 걸어갔다. 아침부터 뜻하지도 않은 사고를 두 번이나 경험한 유정운이었으나 그는 아무렇지도 않았다. 그저 올 것이 열심히 왔구나 하고 생각할 뿐이었다.

저벅저벅—

마침내 무사히 학교에 도착한 유정운은 몰려드는 아이들과 함께 학교 정문 쪽으로 걸어갔다. 무려 1시간 30분의 여유를 두고 집을 나선 유정운이었으나 결국 학교에 도착한 시각은 수업 시작하기 10분 전이었다. 1시간 30분의 여유를 두고 집을 나섰기 때문에 뜻하지 않은 사고에 연속으로 휘말린 것일지도 모르지만 유정운은 학교에 늦지 않은 것만으로도 다행이라 생각하고 있었다.

웅성웅성—

교문을 지나가는 아이들 사이에 껴서 유정운은 운동장 측면에 깔린 보도블록을 따라 학교 본관 쪽으로 향했다. 새로 생긴 지 5년밖에 되지 않은 학교라서 그런지 넓이가 상당했다. 특히 본관 측면 왼쪽에 축구장이 무려 2개나 마련되어 있고 반대 편인 오른쪽에는 농구장이 4개나 자리 잡고 있다는 것이 기존의 고등학교와는 다른 모습이었다. 기존의 고등학교는 기껏해야 운동장 안에 축구 골대 세워놓고 운동장 구석에 농구장 한두 개만을 만들어놓고 있었기 때문이다.

'전에 구경하러 왔을 때 봤었지만 아무리 봐도 신기한 건물이야.'

유정운은 걸음을 멈추지 않고 고개만을 든 채 학교 본관을 쳐다보았다. 학교 본관은 자그마치 9층에 달했는데 단순한 직사각형이 아닌 구부러진 원호의 모습으로 건설되어 있었다. 구부러진 쪽이 교문과 마주 보고 있는, 다른 고등학교에 비해 독특한 건물 형식이었던 것이다.

웅성웅성—

본관의 오른쪽 끝에 도착하자 아이들이 잔뜩 몰려 있는 것을 볼 수 있었다. 학교 본관이 9층이나 되기 때문에 본관 양끝에는 계단뿐만 아니라 엘리베이터와 에스컬레이터까지 마련되어 있었다. 아이들은 편하게 위층으로 올라갈 수 있는 엘리베이터와 에스컬레이터를 타기 위해 그 앞에 잔뜩 몰려 있는 것이었다. 그에 비해 계단 쪽은 비교적 한산했다. 그래서 유정운은 계단을 통해 유유히 3층으로 올라갈 수 있었다.

'1학년 28반… 28반……'

복도 양쪽으로 쫙 깔려 있는 교실을 살펴보면서 유정운은 자신의 반을 찾았다. 1학년이 각 반에 30명씩 총 36개 반(班)이었기 때문에 1학년 수만 하더라도 1,080명 정도였다. 고등학교라서 3학년까지 있으니 학교 본관 건물 하나에 총 3,240명의 학생들이 바글바글대고 있는 것이었다. 거기다가 각 반 담임 선생 108명에다 수업 가르치는 선생들까지 죄다 합한다면 3,500명 이상의 사람들이 학교 본관 건물 하나에서 반나절을 지낸다고 할 수 있었다.

'여기군…….'

별 어려움 없이 1학년 28반을 찾은 유정운은 교실 반대 편에 있는 방송실을 흘깃 보았다. 방송실은 복도 쪽 유리가 전부 투명 유리였기 때문에 그 내부가 잘 보였다. 지금 입학식을 준비하는 상태라서 그런지 방송부 학생들이 방송실 안을 왔다 갔다 하고 있었다.

스르륵—

소리를 거의 내지 않는 미닫이문을 열고 나서 유정운은 1학년 28반 교실 안으로 들어갔다. 교실 안에는 원호 모양으로 생긴 5개의 긴 테이블이 교실 맨 앞의 화상칠판(畵像漆板)을 바라보며 놓여져 있었고, 그 테이블의 가운데를 대패로 밀어버린 듯이 뚫려 있었기 때문에 테이블은 전체 10개였다. 그리고 각 테이블에는 5개의 의자가 놓여져 있었다. 교실 정원은 30명이지만 시험 볼 때 가까이 붙어 앉으면 안 되기 때문에 테이블을 4개 더 추가하여 50명이 앉을 수 있는 공간을 확보해 놓은 것이다.

"……?"

막 교실 안으로 들어간 유정운은 아이들이 특정 테이블에 잔뜩 몰려 있는 것을 보고 고개를 갸웃했다. 처음에는 그냥 무시하고 빈자리에 앉을까 생각했지만 아이들 속에서 연이어 탄성이 터져 나오고 있어서 결국 궁금함을 참지 못하고 그 특정 테이블을 기웃거렸다.

"진짜 빠르다!"

"프로게이머니까 그렇지!"

아이들의 탄성을 듣고 있는 사람은 남학생이었다. 자리에 앉아 있어서 키는 확인할 수 없었지만 앉은키에서 유추해 보면 대략 182cm인 듯했다. 그리고 화려한 금색으로 단정한 머리를 생막 염색한 상태였다. 외모는 웬만한 연예인을 능가하는 수준이었다. 그런 남학생 앞에는 최신식 노트북이 놓여 있었고 지금 남학생의 손은 노트북의 키보드와 무선 마우스를 분주히 움직이느라 정신이 없었다.

타타탁―

번개 같은 손놀림으로 금발 염색한 남학생은 상대의 진영을 유린하고 있었다. 그가 하고 있는 게임은 최근에 최고의 인기를 얻고 있는 '하늘의 분노'라는 전략 시뮬레이션이었다. '하늘의 분노'는 20세기 말 한국에 프로게이머 열풍을 몰고 왔던 '스타크래프트'와 맥락이 유사한 게임으로 기계족(機械族), 야수족(野獸族), 인간족(人間族), 유령족(幽靈族)의 4종족이 싸우는 것인데 다양한 유닛들과 전략을 구사할 수 있다는 점, 그리고 각 종족 간의 균형이 절묘하게 맞아떨어진다는 점 때문에 현재의 게임 열풍을 주도하고 있었다. 또한 이 게임의 가장 중요한 점은 한국에서 만들어내어 전 세계적으로 큰 인기를 끌고 있는 게임이라는 것이었다.

'기계족으로 하는군.'

금발 남학생이 많은 기계들을 굴리고 있는 것을 본 유정운은 잠시 게임 상황을 살펴보았다. 프로게이머라는 금발 남학생이 상대방의 야수족을 압도해 나가고 있었다. 소규모의 유닛으로 많은 수의 야수족을 제압하는 그의 솜씨는 거의 환상적이었다. 그래서인지 게임은 금방 금발 남학생의 승리로 돌아갔다.

"역시 박호준(朴鎬準)답다!"

"유닛 컨트롤이 환상이라니까!"

게임이 끝나자 아이들이 금발 남학생에게 찬사를 아끼지 않았다. 사실 박호준이라면 15살이라는 어린 나이로 각종 게임 대회에서 상위권에 입상했던 프로게이머였다. 그리고 '하늘의 분노' 종목에서는 현재 세계 3위를 차지하고 있는 상태였다.

'프로게이머…… 한판 붙어봐?'

유정운은 '하늘의 분노'를 당장 플레이하고 싶다는 충동을 참았다. 사실 '하늘의 분노'는 2년 전에 막 출시되었을 때 완전히 푹 빠져서 미친 듯이 했었기 때문에 지금은 잘 하지 않는 편이었다. 그런데 프로게이머가 하는 것을 보고 있자니 그렇게 지겹도록 했던 '하늘의 분노'를 갑자기 또 하고 싶어진 것이다.

땡동 땡동—

프로게이머 박호준의 플레이를 보다 보니 수업 시작을 알리는 종소리가 화상칠판 옆 스피커에서 울려왔다. 그래서 유정운은 남는 자리에 가서 급히 앉았다. 웬만하면 프로게이머인 박호준 가까이에 앉고 싶었으나 그 부근 자리는 이미 다른 아이들로 꽉 차 있었다. 프로게이머라는 간판 때문에 남학생이고 여학생이고 모두 박호준에게 관심을 기울이고 있었던 것이다.

'쩝, 오늘 별 탈 없이 학교 일찍 오면 컴퓨터나 하려고 했는데…… 어쩔 수 없군.'

본관 뒷운동장 쪽 창가의 제일 뒤쪽에 앉은 유정운은 가방 속에 든 노트북을 떠올리곤 속으로 한숨을 내쉬었다. 만약 악운의 징크스 없이 학교에 일찍 왔다면 인터넷에 접속해서 웹 서핑이나 인터넷 방송 등을 볼 생각이었다. 그런데 이렇게 늦게 도착했으니 그런 것은 꿈도 꿀 수 없게 된 것이다.

"……?"

그때 유정운 옆으로 두 남녀가 다가왔다. 남학생은 파란색으로 생막 염색을 한 스포츠 머리였고 눈썹이 짙었으나 전체적으로 잘생긴 얼굴인데다 꽤 강인한 분위기를 풍기고 있었다. 그리고 그 옆에 앉은 여학생은 머리를 초록색으로 생막 염색했고 포니테일 형식으로 머리를 묶었다. 옆의 남학생의 강인한 이미지에 물든 것인지 여학생에게도 강하고 활달한 이미지를 느낄 수 있었지만 얼굴이 예뻤기 때문에 그 점이 오히려 귀여워 보였다. 어쨌든 그 두 사람은 서로 사귀기라도 하고 있는지 둘이 모두 앉을 자리가 있는 유정운 옆에 앉았다. 그리고는 유정운 옆에서 사랑싸움을 시작했다. 두 사람 중에서 입을 먼저 연 쪽은 여학생이었다.

"네가 늦게 일어나서 하마터면 지각할 뻔했잖아!"

"어제 너무 무리했더니……."

"뭘 했는데?"

"너무 많은 걸 물어보지 마."

남학생은 피곤한 표정으로 테이블 위에 엎드렸다. 하지만 여학생은 계속 집요하게 어제 남학생이 무엇을 했는지 물었다. 대답을 하지 않으려는 남학생과 대답을 들으려는 여학생 사이에서 튀는 불똥을 맞지 않으려고 유정운은 시종일관 창밖만을 주시했다.

스르륵―

종소리가 울리고 얼마 지나지 않아 교실 앞문을 열며 한 명의 여성이 들어왔다. 나이는 대략 25세 정도 되어 보였는데 20대 중반 여성의 평균키인 177cm보다는 훨씬 큰 182cm 정도의 키였다. 생막 염색한 갈색의 긴 머리를 찰랑찰랑 흔들며 들어온 미모의 여성에 교실에 있던 남학생, 여학생 모두 놀란 표정을 지었다. 상황으로 보아 지금 들어온 여성이 1학년 28반의 담임 선생이라는 것은 확실하기 때문이었다.

또각또각―

무릎까지 오는 스커트에 하이힐을 신고 교실 안으로 당당히 들어온 여성은 화상칠판 앞에 놓인 교탁에 섰다. 아름다운 얼굴에 안경을 썼기 때문인지는 몰라도 전체적으로 엘리트 공무원처럼 보이는 지적인 분위기가 흘러나오고 있었다. 만약 그 여성이 안경을 쓰지 않았더라면 지적인 것과는 완전히 다른 여성적인 매력이 흘러나왔을지도 몰랐다.

"안녕하세요. 오늘부터 1학년 28반의 담임을 맡게 된 전애리(全愛璃)입니다. 마법이론을 가르치고 있어요."

"……."

담임인 전애리 선생의 분위기가 장난을 걸 만한 것이 아니었기 때문에 모두들 선생의 소개가 끝나도 조용히 있었다. 전애리 선생은 교실 내의 분위기가 꽤 경직되어 있다는 것을 아는지 모르는지 아이들을 한번 쭉 훑어본 다음에 다시 입을 열었다.

"우선 전자책(電子冊)을 가져와야 되는데, 몇 사람이 가서 4층 교무실에 있는 전자책 좀 가지고 올래요?"

전애리 선생의 말이 끝나고 나서 잠시 있다가 한 사람이 자리에서 일어났다. 그 사람은 프로게이머인 박호준이었다. 전애리 선생은 박호준에 대해서 전혀 모르고 있었으나 박호준을 아는 아이들은 박호준이 일어나자 따라서 일어났다. 그것은 전자책을 가지고 오겠다는 의도에서 일어난 게 아니라 순전히 우상 격인 박호준이 전자책 가져오는 일을 하려고 하기 때문에 따라서 하려는 것이었다.

"4층 교무실이죠?"

프로게이머 박호준은 전애리 선생에게 전자책 위치를 확인한 다음 자신의 쫄따구들을 동반하여 교실을 빠져나갔다. 같이 따라간 아이들 4명이 모두 남자라서 교실에 남아 있는 남녀 비율은 5:5에서 2:3으로 바뀌게 되었다.

《이제 곧 천인(天人) 고등학교 제6회 입학식이 시작됩니다. 교실에 있는 선생님께서는 화상칠판을 방송 수신 모드로 전환하신 후 채널 100에 맞추시기 바랍니다.》

박호준 일당이 교실을 나가는 것과 동시에 방송 스피커에서 아름다운 여자 목소리가 흘러나왔다. 나이가 그렇게 많지 않은 듯한 목소리였기 때문에 방송부에 있는 여학생이 말을 한 것이라 예측할 수 있었다. 방송부 활동을 얼마나 했는지는 모르지만 그 여학생의 발음이 분명하고 정확해서 그 뜻을 알아듣는 것에는 아무런 지장이 없었다.

"오……!"

방송 목소리가 마음에 들어서 그것에만 신경 쓰고 있던 유정운은 아이들이 갑자기 탄성을 지르자 시선을 다시 앞쪽으로 돌렸다. 그리고 아이들이 왜 탄성을 질렀는지 그 이유를 알게 되었다. 화상칠판에 방송부 내부 모습이 아주 명확하게 나오고 있었기 때문이다.

"저 칠판은 방송까지 보여주는 건가 보다. 보통은 컴퓨터와 연결해서 화상수업(畵像授業)만 하는데."

"역시 최근에 지어진 학교답게 시설이 좋네. 하긴, 그만큼 등록금이 비싸긴 하지만 말야."

유정운 옆에 앉았던 두 남학생과 여학생이 화상칠판을 보며 잡담을 나누었다. 그러다가 남학생 쪽에서 뭔가 놀라운 것을 본 듯이 여학생에게 물었다.

"연영(緣映)아, 방금 진짜 예쁜 여자 지나가지 않았냐?"

"예쁜 여자? 글쎄, 못 봤는걸? 근데 동민(桐憫)이 너, 그런 거에 신경 쓰고 있었어?"

"아니, 그냥 우연히 그 여자가 보여서……!"

"그걸 나보고 믿으라구? 어젯밤에도 무슨 이상한 사이트 들어가서 밤새도록 이상한 거만 봤지? 그렇지?"

여학생은 또다시 남학생이 늦잠을 잔 이유를 캐묻기 시작했고 남학생은 이상한 말로 둘러대면서 사실을 은폐하려고 했다. 그렇게 제2차 접전으로 들어간 두 남녀 학생을 살짝 쳐다본 유정운은 고개를 다시 화상칠판 쪽으로 돌렸다. 방금 동민이라는 남학생이 말했던 것처럼 짧은 순간 미모의 여학생이 화면을 스쳐 지나갔었다.

남학생이 넥타이를 매는 것처럼 여학생은 리본을 만들어 매는데, 비록 짧은 순간이었지만 그 여학생의 리본 색깔이 짙은 남색이라는 것을 확인했기 때문에 그녀가 3학년이라는 사실을 알게 되었다.

스르륵—

그때 문이 열리면서 전자책을 가지러 갔던 박호준 일당들이 교실 안으로 들어왔다. 그들의 손에는 각각 6개의 공책 크기만한 전자책이 들려 있었다. 전애리 선생은 그것을 교탁 위에 올려놓으라고 지시한 다음에 아이들에게 화상칠판을 보라고 말했다. 이제 곧 입학식이 시작되기 때문이었다.

《이제, 입학식을 시작하겠습니다. 각 교실의 학생들은, 조용히, 화상칠판을 보기 바랍니다. 그럼…….》

방송 스피커에서 들렸던 아름다운 목소리의 여학생이 아닌 굵직굵직한 목소리의 중년 아저씨가 화면에 잡히자 아이들, 특히 남학생들은 큰 실망감을 드러내었다. 게다가 그 아저씨가 말을 끊어서 하는 버릇이 있어서 아이들의 귀는 심한 괴로움을 겪어야 했다. 그러나 입학식 내내 그 중년 아저씨가 사회자로서 화면에 나왔기 때문에 아이들은 그 아저씨를 자주 보면서 입학식이 끝나기를 기다릴 수밖에 없었다.

《이것으로, 천인 고등학교, 제6회 입학식이 끝났습니다. 각 반, 담임 선생님들께서는, 학생들에게, 주의 사항을, 알려주시기 바랍니다.》

마침내 들어봐야 아무런 도움도 되지 않는 기나긴 입학식이 끝났고 아이들은 안도의 한숨을 내쉬며 굳어진 몸을 풀었다. 전애리 선생은 화상칠판의 화면을 끄고 교탁 앞에 서서 학생들을 향해 말문을 열었다.

"우선 출석을 부르겠어요. 이름을 부르면 대답과 함께 손을 들어주세요. 또 이름 부를 때 번호도 함께 부를 테니까 자기 번호 잘 기억해 두세요."

그리고는 1번부터 차례대로 학생들의 이름을 부르기 시작했다. 학생들의 번호 기준은 이름의 가나다라 순이기 때문에 성이 '유(柳)'인 유정운으로서는 중간 번호나 뒷번호를 받을 가능성이 높았다.

'설마 재수없게 18번이나 28번이 걸리는 건 아니겠지?'

유정운이 그런 생각을 하고 있는 동안에 전애리 선생은 차례대로 학생들의 이름과 번호를 불렀다. 그러다가 유정운 옆에서 강한 인상의 남학생과 같이 앉아 있던 여학생이 '김연영(金緣映)'이라는 이름에 크게 대답했고 그녀는 5번이라는 번호를 받았다. 그 후에도 전애리 선생의 호명은 계속되었고 김연영의 이름이 불리고 나서 두 번째에 모두의 관심이 집중되었다고 할 수 있는 한 사람의 이름이 호명되었다.

"박호준."

"예!"

프로게이머인 박호준은 자신의 이름이 불리자마자 큰 소리로 대답하며 번쩍 손을 들었다. 마치 전애리 선생이 자신을 알아주길 바라는 듯한 행동이었다. 하지만 전애리 선생은 앞서 학생들에게 했던 것과 같은 패턴으로 입을 열었다.

"호준이는 7번이에요. 그 다음……."

이른바 행운의 숫자로 불리는 7번을 받았음에도 박호준은 별로 좋아하는 기색이 아니었다. 사실 좋은 번호 받았다고 좋아하기에는 너무 늙은 나이이긴 했다.

"서동민(徐桐憫)."

"예!"

박호준의 이름이 불리고 한 명의 이름이 더 불린 다음에 유정운 옆에 앉아 있던 강한 인상의 남학생이 목소리를 내었다. 박호준의 다음 다음 번에 불렸기 때문에 서동민은 9번의 번호를 획득하였다. 그 후에는 유정운이 전혀 모르는 아이들의 이름이 불려졌다.

'이런이런……!'

점점 욕설 번호에 가까워짐에 따라 유정운은 불길해지는 마음을 금할 수 없었다. 중학교 3년 내내 18번이라는 번호였기 때문에 고등학교에서마저 18번을 하고 싶지는 않았던 것이다. 그런 유정운의 소원을 들어준 것인지 욕설 번호의 바로 앞에서 그의 이름이 불려졌다.

"유정운."

"예!"

"예!"

17의 번호를 손에 넣는다고 생각한 순간 다른 학생 한 명이 유정운과 동시에 대답을 했다. 하나의 이름에 두 명의 학생이 대답하자 전애리 선생은 순간적으로 어리둥절한 표정을 지었지만 출석부를 내려다보고는 놀란 듯한 어조로 말했다.

"어머, 유정운이 2명이네?"

"……!"

유정운이라는 이름이 하나 더 있다는 말에 유정운은 가슴이 덜컥 내려앉는 느낌을 받았다. 만약 지금 불린 이름이 자기가 아닌 제2의 유정운이라면 자동적으로 욕설 번호는 유정운의 것이 되기 때문이었다.

"음… 밝을 정(晶)에다 구름 운(雲) 자 쓰는 유정운(柳晶雲)."

"예!"

전애리 선생의 말에 대답한 것은 제2의 유정운이었다. 그것은 유정운이 4년 연속으로 18번이라는 신기록을 달성했다는 것을 의미했다.

'흐으…… 결국 18번이군. 뭐, 4년 동안 계속 같은 번호니까 번호 헷갈려서 고생할 필요는 없겠지. 좋게 생각하자.'

유정운은 그렇게 속으로 쓴웃음을 지으며 자신의 이름을 부르는 전애리 선생의 말에 약간 힘없는 어조로 대답했다. 앞으로의 일이 걱정되었기 때문에 대답하는 목소리에 힘이 들어가지 않았다. 만약 17번 유정운이 공부를 아주 잘하거나 눈에 띄는 학생이라면 그와 이름이 같은 유정운 역시 여러 가지로 비교될 것이 뻔했다. 뭔가 눈에 띄는 짓을 하고 싶지 않은 유정운으로서는 같은 이름의 학생이 있다는 것이 상당한 불안 요소로 작용했던 것이다.

"모두 자기 번호 기억했지요?"

30명의 아이들 이름을 다 부른 전애리 선생이 아이들을 향해 물었고, 아이들은 밝은 목소리로 긍정의 대답을 했다. 그래서 전애리 선생은 아이들에게 교탁 위에 올려놓았던 전자책을 나누어주었다. 공책 크기만한 전자책은 두께가 3cm 정도였고 무게는 그다지 많이 나가지 않았다. 그렇게 아이들이 전자책을 모두 받자 전애리 선생이 입을 열었다.

"전자책 안에 교과서 파일하고 전자펜(電子pen)이 있어서 전자노트(電子note)처럼 필기가 가능해요. 물론 다른 사람이 필기한 것도 복사할 수 없으니 잊어버리지 않게 잘 간수하세요."

유정운은 전애리 선생의 말대로인지 확인해 보기 위해 전자책을 펼쳤다. 펼쳐진 전자책의 오른쪽 구석에 길쭉한 홈이 나 있었고, 그 홈 안에는 일반 펜처럼 생긴 전자펜이 들어 있었다. 그 전자펜으로 전자책에다 글을 쓰거나 할 수 있는 것이었다.

현재 보관하기 어려운 책보다는 여러 권의 책들을 파일 형태로 저장할 수 있는 전자책이 큰 인기를 끌고 있었는데, 파일 간의 무단 복사를 막기 위해 전자책 간의 파일 복사 기능은 만들지 않았다. 대신 대형 서점에서만이 책값을 받고 전자책에 그 책을 파일 형태로 저장시켜 주는 일을 하고 있을 뿐이었다. 그렇게 전자책은 오직 책을 파일 형태로 저장시키는 것밖에는 할 수 없지만 여러 권의 책을 들고 다니지 않아도 전자책 하나만 있으면 언제 어디서든 책을 읽을 수 있다는 장점 때문에 선풍적인 인기를 끌고 있는 것이다.

"그럼 시간표를 적어주겠어요. 공책에다 적던가 지금 받은 전자책에다 적던가 하세요."

전애리 선생은 검은색의 특수 수성 매직으로 화상칠판에 시간표를 적었다. 월·수는 6교시, 화·목·금은 5교시, 토요일은 3교시였는데 오늘이 금요일이므로 내일부터 토요일 정상 수업이 되는 것이었다. 토요일 시간표가 각각 마법이론, 수학, 체육 순이라서 1, 2교시는 고통, 3교시는 해방이라 할 수 있었다.

"그리고 뒤에 사물함이 보이죠? 교과서가 전자책이라 사물함은 필요없다고 생각할 수도 있지만 보다시피 여기 책상이 지정석으로 쓰기에는 애매하기 때문에 체육 시간이나 이동 수업 시간에 옷이나 가방 같은 중요 물품을 사물함 안에 넣어두는 것이 안전해요. 참고로 사물함은 지문 인식 시스템이니까 옛날처럼 사물함에 열쇠 걸어둘 필요는 없어요."

"오~!"

사물함에 대한 전애리 선생의 설명에 아이들 모두 탄성을 내질렀다. 이미 20년 전부터 지문 인식 시스템이 일반화되긴 했지만 항상 가난한 학교에서 학생 사물함 전부에 지문 인식 시스템을 설치한다는 것은 불가능에 가까웠다. 그런데 천인 고등학교에서 처음으로 학생 사물함에도 지문 인식 시스템을 설치한 것이기 때문에 아이들 모두 놀랄 수밖에 없는 것이다.

"사물함에 번호가 붙어 있으니까 자기 번호의 사물함을 쓰도록 하세요. 그리고 사물함 뒤에 있는 2개의 방은 탈의실이에요. 여자는 왼쪽, 남자는 오른쪽 탈의실이니까 체육 시간에 이용하도록 하세요."

전애리 선생은 사물함 뒤에 있는 넓은 두 개의 방을 가리키며 설명을 했다. 탈의실의 크기로 봐서 한 번에 10명 정도 들어갈 수 있을 듯했다. 탈의실에 대한 설명까지 한 전애리 선생은 그 후로도 몇 가지 잡다한 것에 대해 아이들에게 얘기했다. 지금까지 대부분의 아이들이 겪어왔던 것처럼 학기초에 항상 듣는 말이었기 때문에 아이들은 전애리 선생의 말을 듣는 척 마는 척했다. 그러나 그중에서 전애리 선생의 말을 모조리 귀담아듣고 있는 학생이 있었으니, 그의 이름은 프로게이머 박호준이었다. 하지만 전애리 선생은 자신의 말을 열심히 듣고 있는 박호준에게는 별 시선을 주지 않고 항상 모든 아이들에게 시선을 주려 하고 있었다.

땡— 땡— 땡—

2교시 담임 시간이 끝났음을 알리는 종소리가 암울하게 들려왔다. 끝나는 종소리를 밝게 하면 아이들의 기분이 들뜬다고 판단했는지 정말로 종소리는 암울했다. 그렇지만 아이들은 그런 암울한 종소리에는 신경 쓰지 않고 이제 집에 돌아간다는 생각에 기뻐했다.

"그럼 내일 보도록 해요."

"안녕히 계세요!"

전애리 선생은 아이들의 인사를 받으며 교실을 나갔다. 모두들 오늘 처음 교실에 들어온 것이기 때문에 교실이 더럽지도 않았고 중요한 물건을 교실에 두고 갈 리도 없어서 청소 당번조차 정하지 않았다.

그래서 아이들도 청소에 대한 부담감 없이 유유히 집에 돌아갈 수 있었다.

저벅저벅—

교실에 남아 있어봤자 할 일이 없는 유정운이라 바로 교실을 나섰다. 아침부터 예상 못한 사고를 두 번이나 당하고 기분 나쁜 번호가 걸리긴 했지만 그럭저럭 괜찮다고 할 수 있는 하루였다. 예전처럼 입학식에 지각하거나 통학로 지나가다 물벼락 맞은 것보다는 훨씬 나았기 때문이었다. 게다가 날씨도 화창해서 학교를 나서는 발걸음도 가벼웠다. 그런 푸른 하늘을 바라보며 유정운은 마음속으로 히죽 웃었다.

'좋아, 고등학교 3년 간 빈둥빈둥 놀아볼까!'

서기 2074년

항공 자동차 계획

2장

Ⅱ 항공 자동차 계획

덜컥—

붉은색의 승용차에서 두 명의 남녀가 내려섰다. 남자는 단정한 붉은 머리에 단아한 이목구비를 하고 있었고, 여자는 보라색 긴 머리에 입꼬리가 살짝 올라간 아름다운 얼굴이었다. 그 둘은 물론 유정운의 형인 유명운과 유명운의 여자 친구인 남궁소진이었다.

"명운 씨, 그럼 전 먼저 갈게요."

남궁소진은 유명운에게 작별 인사를 한 뒤에 문과대(文科大) 건물로 들어갔다. 하지만 유명운은 이과대(理科大) 건물로 향했다. 미술학과 3학년인 남궁소진과는 달리 유명운은 물리학(物理學) 교수이기 때문이었다.

26살이라는 젊은 나이에 박사 자리를 차지하고 있다는 것은 결코 쉬운 일이 아니었다. 게다가 학문 연구에서 국내 정상인 고려대의 박사라는 점은 유명운이 얼마나 뛰어난 사람인지를 나타내 주고 있었다. 21세기 중반쯤에 서울대는 학자들에게 욕을 먹으면서도 학문 연구를 때려치우고 실용 분야 연구 쪽으로 관심을 돌렸기 때문에 현재 국내에서는 고려대와 연세대가 학문 연구에서 가장 우수한 대학교라고 할 수 있었다. 그러나 대학을 졸업해도 학문 연구만으로는 사회에서 별로 할 만한 일이 없는 관계로 많은 수의 학생들이 고려대나 연세대보다는 서울대를 선호하는 상태였다.

저벅저벅—

유명운은 강의를 위해 준비를 한 후 곧장 강의실로 들어갔다. 강의실에는 머리 색깔이 다채로운 많은 수의 학생들이 떠들면서 자리를 채우고 있었다. 하지만 유명운이 들어오자 강의실은 금방 조용해지면서 강의하기 편한 상태가 되었다.

"오늘은 강의 첫날이니까 우주금속(宇宙金屬)의 성질에 대해 간단히 설명하죠."

조용해진 학생들을 바라보며 유명운이 입을 열었을 때 몇몇 학생이 큰 목소리로 질문을 던졌다.

"교수님! 교수님이 생막(生膜) 기술을 개발하셨다는데 정말입니까?"

"생막 염색법 만들어서 돈 많이 버셨다면서요?"

"생막 기술이 뭔지 간단하게 설명해 주세요!"

학생들의 물음과 요청에 유명운은 어색하게 웃으며 입을 열었다.

"확실히 생막 염색법 개발해서 돈 많이 번 건 사실입니다. 보니까 모두 생막 염색을 한 것 같은데, 여러분들이 생막 염색을 많이 하면 할수록 나에게 돌아오는 수입이 그만큼 많아지죠."

"오~!"

이미 생막 염색이 국내뿐만 아니라 선진국 쪽에서도 유행하고 있었기 때문에 강의실 안의 학생들 모두 개성있는 색으로 머리를 물들이고 있었다. 그렇게 많은 수의 사람들이 생막 염색을 하고 있으니 그 기술을 개발하고 생막 염색약을 독점해서 팔고 있는 유명운으로서는 엄청난 돈을 벌어들이고 있는 셈이었다.

생막 기술로 특허를 딴 상태라 지난 5년을 빼더라도 앞으로 15년이라는 기간을 독점 판매할 수 있는 데다 후진국에서도 생막 염색이 유행하게 될 가능성이 많았기 때문에 유명운이 앞으로 벌어들일 수입은 상상을 초월할지도 모르는 것이었다.

"생막 염색이란 거 어떤 원리로 되는 겁니까? 저도 이미 생막 염색하고는 있지만 정말 머리카락에 손상이 전혀 안 가던데요."

"가르쳐 주세요!"

생막 기술이 한번 화제에 오르자 학생들의 요청이 끊이지 않았다. 사실 생막 기술은 공개된 상태이기 때문에 매스컴에서 많이 다뤘었다. 하지만 학생들은 강의를 어떻게든 안 듣기 위해서 현 강의와 전혀 관계없는 생막 기술을 물고 늘어진 것이었다. 그런 학생들의 의도를 유명운도 알고 있었지만 여기서 모른 척 넘어가 주지 않으면 나중에 욕먹을 가능성이 있었기 때문에 연기를 해야 했다.

"생막 기술이란 건 별거 아니고 간단히 머리카락에 '살아 있는 막(膜)'을 덮어씌우는 겁니다. 생막이 마치 살아 있는 세포처럼 움직이기 때문에 머리를 감아도 생막은 벗겨지지 않죠. 게다가 염색은 그 생막 속에다 색 입자를 삽입하는 것이기 때문에 염색 때문에 머리카락이 손상될 염려도 전혀 없습니다. 그래서 이론상 한 번 생막 염색한 머리는 평생을 그 색깔 그대로 유지할 수 있게 됩니다. 그리고 생막 염색의 가장 큰 특징은 염색을 쉽게 할 수 있다는 거죠. 염색할 때 그냥 색 입자만 빼내서 다른 색 입자를 집어넣으면 되니까요. 염색 시간도 길어야 3분이죠. 그런 편리성과 안전성 때문에 많은 사람들이 생막 염색을 애용하고 있는 겁니다."

유명운은 과학적인 것보다는 대략적인 면만으로 생막 기술에 대한 설명을 끝마쳤다. 더 자세히 설명하려면 상당히 복잡해지고 시간도 많이 걸리기 때문에 그 정도로 끝냈던 것이다. 하지만 학생들은 곧바로 다른 질문을 물고 늘어졌다.

"그런데 생막 기술이 의료 분야에도 쓰이잖아요? 그건 어떤 원리입니까?"

"에…… 그건 공기를 완전 차단하는 생막의 특징을 이용합니다. 상처 부위에 생막을 덮어씌우면 세균이 들어갈 수 없기 때문에 상처가 빨리 아물게 되죠. 그래서 현재 한층 더 업그레이드된 생막을 개발 중에 있습니다. 피부에 생막을 발라도 땀이 생막 밖으로 선택 배출되고 외부의 자외선이나 세균으로부터 피부를 보호할 수 있는 생막을 연구하고 있죠. 만약 그게 완성되면 앞으로는 생막도 피부 건강을 위해 많은 사람들이 사용하게 될 거라고 생각합니다. 게다가 생막 위에 화장을 할 수 있게 만들면 피부를 손상시키지 않고 화장을 할 수 있게 되겠죠."

"오~!"

유명운의 말에 학생들이 다시 한 번 탄성을 터뜨렸다. 만약 유명운의 말대로 그런 생막 기술이 완성된다면 그야말로 유명운이 세계 제일의 갑부가 되는 것은 시간문제이기 때문이었다.

"자자, 이제 쓸데없는 얘기는 그만 하고 수업을 진행합시다."

더 이상 생막에 대한 설명을 했다가는 수업 시간이 부족해지기 때문에 유명운은 그쯤에서 얘기를 끝냈다. 그러자 학생들이 얘기를 더 해달라며 아쉬움의 탄성을 내질렀다. 하지만 유명운은 분명한 태도를 취하며 강의를 진행했다.

"오늘은 아까 말했던 대로 우주금속의 성질에 대해 강의하겠습니다. 다들 알다시피 우주금속은 2044년 5월 13일 금요일에 우주에서 지구로 떨어져 내렸죠."

"아아~ 교수니~임!"

"여기서 기이한 점이 우주에서 날아와서 지구에 떨어져 내렸는데 어째서 지구에 그 어떤 충격도 주지 않고 안전히 땅 위에 착륙한 것인가 하는 겁니다. 모두들 비디오나 다른 걸로 봤겠지만 우주금속이 비 오듯이 지구에 떨어져 내렸죠. 하지만 떨어지는 우주금속에 맞아 죽은 사람이나 파괴된 건물은 단 하나도 없었습니다. 그래서 이 날을 '축복의 날'이라고 해서 공휴일로 지정했죠."

"교~수~니~임~!"

계속되는 학생들의 방해 공작에도 불구하고 유명운은 꿋꿋하게 강의를 진행했다. 그래서 결국 학생들도 방해 공작을 그만둘 수밖에 없었다. 비록 개학하고 나서 첫날이지만 대부분의 강의가 오늘부터 정상 수업을 하고 있기 때문에 그냥 그러려니 하고 생각한 것이다.

"우주금속의 정확한 구조에 대해서는 아직 아무것도 모르고 있습니다. 그러나 그 우주금속이 가지고 있는 성질은 정말 놀라운 것이죠. 만약 우주금속이 없었다면 전 인류는 에너지 부족으로 큰 위기를 겪었을 겁니다."

우선 학생들의 반란을 저지시킨 유명운은 화상칠판에 약간의 필기를 하면서 설명을 계속했다.

"우주금속은 상상할 수도 없는 고온·고압에 견디는 특성이 있어서 그동안 불가능하리라 생각되었던 핵융합 발전을 가능하게 만들었고, 작은 충격에도 쉽게 폭발해서 사용에 많은 위험이 따랐던 수소 분자를 안전하게 가둘 수 있어서 수소 엔진을 개발할 수 있게 했습니다. 모두 알고 있겠지만 핵융합 발전은 핵분열 발전과는 달리 방사능이 나오지 않고 많은 양의 에너지를 얻을 수 있기 때문에 풍족한 에너지를 생산할 수 있게 되었죠. 그리고 수소 엔진은 큰 발열량을 가지면서도 연소되어서 나오는 찌꺼기가 물이기 때문에 공해를 전혀 일으키지 않습니다. 그래서 현재 모든 자동차에는 수소 엔진이 쓰이고 있죠. 물론 풍족한 에너지를 이용해서 전기 자동차를 만들어도 되지만 충전시키는 데 시간이 많이 걸리기 때문에 예전에 석유를 집어넣었던 것처럼 수소를 집어넣기만 하면 되는 수소 자동차를 쓰게 됐습니다. 수소는 물을 전기 분해해서 얻는데, 이때 전기 에너지가 많이 들지만 핵융합 발전으로 풍족한 에너지를 얻게 됐으니 그 정도는 별거 아니죠."

개학 첫날부터 본론으로 들어가면 학생들에게 욕먹을 게 뻔했기 때문에 먼저 학생들이 알고 있는 내용을 늘어놓으면서 관심을 유도했다. 하지만 그런 유명운의 의도와는 반대로 한 학생이 방해를 목적으로 질문을 던졌다.

"교수님! 수소 자동차 하니까 생각나는데, 한 20년 전에 '항공(航空) 자동차 계획'이라는 'FC 프로젝트(Flight-car project)'가 활발히 진행됐었지 않습니까? 근데 지금 하늘을 나는 자동차는 전혀 생산되지 않고 있는데 왜 그렇죠?"

그 학생이 말한 항공 자동차 계획은 20년 전에 국내에서 정책적으로 활발히 진행되었던 대규모 프로젝트였다. 우주금속으로 핵융합 발전을 할 수 있게 되어서 막대한 에너지를 손에 넣은 나라들은 점차 심각해지는 교통 체증을 완화하기 위해 항공 자동차를 연구했다. 항공 자동차 계획을 가장 먼저 시도한 나라는 미국이었고 한국은 2053년 남북 통일을 이룬 뒤 침체된 경제를 되살리기 위해 정부가 많은 지원을 하면서 항공 자동차 계획을 활발히 진행시켰다. 하지만 그럼에도 미국이나 한국이나 현재 항공 자동차를 생산하고 있지 않았다. 그것은 기술적인 어려움에 부딪친 것이 아니라 도덕적·경제적 어려움에 부딪쳤기 때문에 계획이 전면 백지화되어 버렸던 것이다.

"항공 자동차 계획 말입니까? 설마 대학생이 되어서 그 정도도 모른다는 소리는 아니겠죠?"

유명운은 불필요한 내용으로 강의 시간을 잡아먹고 싶지 않았기 때문에 인신 공격 비슷하게 하면서 그 학생의 입을 다물게 하려고 했지만 그 학생은 얼굴에 두꺼운 철판을 깐 듯이 당당하게 대꾸했다.

"너무 어렸을 때 일이라 정확히 모릅니다. 교과서에도 나와 있지 않고 학교에서도 안 배웠기 때문에 알 리가 없죠."

"뭐… 항공 자동차 계획이 학교 교과서에 실릴 리는 없으니 당연한 것일 수도 있겠군요. 알겠습니다. 그럼 항공 자동차 계획에 관해 약간만 설명하죠. 이건 기본적인 교양 지식이니까 잘 알아두세요."

강의 방해 작전에 말려들고 있다는 것을 알면서도 유명운은 그 학생의 요청대로 항공 자동차 계획에 대해서 설명했다.

"FC 프로젝트라 불리는 항공 자동차 계획은 2048년에 미국에서 먼저 시작되었고 나중에 몇몇 선진국에서 그 계획을 추진했습니다. 한국은 2053년 통일 후에 어려워진 경제를 만회하기 위해서 정책적으로 항공 자동차 계획에 뛰어들었죠. 사실 그때까지만 해도 미국이나 한국이나 항공 자동차 계획이 일단 완성되기만 하면 엄청난 돈을 벌어들일 수 있을 거라 생각했습니다. 하늘을 마음대로 날아다니는 자동차를 생산하면 많은 사람들이 그것을 구입할 테니까요. 하지만 제일 먼저 항공 자동차 계획을 추진했던 미국에서 계획 전면 백지화를 선언했고, 잇달아 다른 선진국들도 계획을 포기해 버렸습니다. 거기다 한술 더 떠서 항공 자동차 생산을 금지하는 '살기 위한 조약(For-lives treaty)' 까지 체결했죠. 그래서 한국에서도 항공 자동차 계획을 포기해야 했습니다. 그 때문에 한국의 경제는 더욱 어려워지게 되었죠."

우주금속에 대한 강의를 할 때에는 흐리멍덩한 표정을 짓고 있던 학생들이 모두 똘망똘망한 눈으로 유명운을 보았다. 왠지 항공 자동차 계획에 관련된 것들이 드라마틱하다라는 생각을 하고 있는 듯했다.

"항공 자동차 계획 전면 백지화와 더불어 항공 자동차 생산 금지 조약이 체결된 이유는 바로 높은 사고율 때문이었습니다. 미국에서 자체 조사를 실시한 결과 시범적으로 생산된 항공 자동차의 사고율이 80%를 넘었죠. 여러분도 알겠지만 항공 자동차는 하늘을 날기 때문에 지나가다가 건물과 충돌하거나 항공 자동차끼리 접촉하게 됩니다. 그리고 한번 사고가 나면 중력에 의해 지면에 추락하기 때문에 사망율은 90%가 넘죠. 하지만 사고가 났을 때 무엇보다 큰 문제는 땅 위를 걷던 사람들 머리 위로 항공 자동차가 떨어진다는 것입니다. 이 경우의 사망율은 98%로 기록되었죠. 그렇게 높은 사고율과 그로 인한 엄청난 경제적 손실이 문제가 되어 항공 자동차 계획은 완전 백지화되었고 결국 항공 자동차 생산 금지에까지 이르게 된 것입니다."

"오~!"

학생들은 유명운의 설명을 재미있게 들었다. 하지만 그 학생들 중의 대다수가 그냥 그렇구나 하고 넘겨 버릴 뿐 왜 사고율이 80%를 넘는지에 대해서는 생각하지 않았다. 바로 그 점이 유명운을 씁쓸하게 만들었다. 하지만 일부러 그런 얘기를 하고 싶지는 않았기 때문에 곧바로 강의를 하려고 했다.

"자, 그럼 항공 자동차 계획 설명은 이쯤에서 끝내고 수업을……!"

"교수님! 왜 사고율이 80%나 된 거예요?"

"……!"

갑작스런 한 학생의 질문에 유명운은 뜨끔하는 느낌을 받았다. 그 학생의 목소리가 그에게 굉장히 익숙한 목소리였기 때문이었다. 그래서 유명운은 급히 고개를 돌려 방금 질문을 던진 학생을 쳐다보았다. 그 학생은 보라색의 머리를 길게 늘어뜨리고 입꼬리가 살짝 올라간 미모의 여성이었다. 그런 그 학생의 모습에 유명운은 어처구니없는 표정을 지었다.

'소진이가 어째서 여기 있지? 이과대 수업을 듣는다고 들은 적은 없었는데?'

방글방글—

유명운이 놀라고 있음을 알고 있는 남궁소진은 웃는 얼굴로 그의 답변을 기다렸다. 사실 미술학과인 그녀로서는 유명운이 가르치는 우주금속의 이해 과목을 들을 이유가 없었다. 하지만 2교시 강의가 휴강인 관계로 유명운의 강의를 도강(盜講)하고 있었던 것이다.

"사고율이 80%를 넘는다고 항공 자동차 생산을 금지했다는 건 조금 억지 같은데요? 차라리 사고가 나지 않게 자동차에 제어 시스템을 달면 되잖아요?"

남궁소진은 다른 남학생들이 그녀의 미모에 놀라 쳐다보고 있다는 것도 모른 채 유명운만을 바라보며 질문을 던졌다. 처음엔 남궁소진이 있다는 것에 크게 놀란 유명운이었지만 남궁소진의 질문이 진지하다는 것을 깨닫고 평상시와 같은 어조로 입을 열었다.

"확실히 학생 말대로 미국에서는 항공 자동차에 사고 제어 시스템을 달았습니다. 예를 들어 일정 이상의 속력을 내지 못하게 한다던가, 미리 입력한 길로만 다니게 하는 제어 장치를 했죠. 하지만 그렇게 하니까 사람들이 항공 자동차를 구입하려 하지 않았습니다. 음… 왜 그랬을 것 같습니까?"

남궁소진이 자신의 강의를 도강하고 있음을 설명 도중에 깨달은 유명운은 설명을 끝까지 하려다가 갑작스럽게 남궁소진에게 질문을 던졌다. 당황하는 남궁소진의 모습을 보고 싶었기 때문이다. 하지만 의외로 남궁소진의 대답은 금방 나왔다.

"아마도 제어 장치가 싫어서가 아닐까요? 비싼 돈 주고 항공 자동차를 사서 마음껏 운전하고 싶은데 제어 장치 때문에 그렇게 하지 못하잖아요."

"…맞습니다. 제어 장치의 존재 때문에 항공 자동차의 판매율이 저조했습니다. 제어 장치를 안 달면 사고율이 80%가 넘고, 제어 장치를 달면 사람들이 사지를 않으니 결국 항공 자동차 계획은 백지화될 수밖에 없었던 것이죠."

남궁소진이 너무 쉽게 정답을 얘기해서 유명운은 왠지 맥이 빠지는 느낌이었다. 하지만 반대로 남궁소진이 그런 생각도 했다는 것에 꽤히 기분이 좋아지기도 했다. 그래서인지 평소에는 하지 않을 말까지 하게 되었다.

"사실 항공 자동차 계획 백지화에 주도적인 역할을 했던 것이 바로 자동차 보험 회사였습니다. 사고가 나면 보험금을 지급해야 되는데, 항공 자동차 구입자 중 80%가 보험에 들고 나서 금방 사고를 내버리니 그걸로 빠져나가는 보험금이 엄청났던 것이죠. 만약 항공 자동차가 대중화되어 계속 사고율 80%의 수치를 유지한다면 보험 회사들은 간판을 내릴 수밖에 없었습니다. 그래서 항공 자동차 생산에 반대했던 것이죠. 사실 자동차 보험 회사에서 항공 자동차에 관련된 보험을 만들지 않으면 소비자들은 항공 자동차의 구입을 꺼리게 됩니다. 하여튼 이런저런 이유로 항공 자동차 생산은 금지되어 버렸습니다. 현재는 특수한 목적을 위해 소량으로 주문 생산하고 있을 뿐이죠."

"오~!"

학생들은 유명운의 설명을 아주 재미있게 듣고 있었다. 물론 어디까지나 재미일 뿐이지 그 누구도 그것에 대해 심각한 생각은 하지 않았다. 하지만 도강 중인 남궁소진은 계속해서 질문을 던졌다.

"그런데 사고율이 어째서 80%나 된 거죠? 뭔가 이유가 있나요?"

"사고율 말입니까? 아까 답변이 나갔던 것 같은데, 어쨌든 예를 들어서 학생이 항공 자동차를 구입했다고 칩시다. 학생은 제일 먼저 뭘 하고 싶습니까?"

"글쎄요…… 우선 신나게 드라이브(Drive)… 아니, 플라이트(Flight)를 하고 싶을 것 같은데요? 가능하다면 대기권을 벗어나서 우주까지 날아간다면 좋을지도 모르겠네요."

남궁소진은 생각만 해도 신이 나는지 빙글빙글 웃었다. 그 모습에 남학생들이 모두 넋을 놓고 있었으나 유명운은 고개를 설레설레 저으며 입을 열었다.

"바로 그 점 때문에 사고율이 80%나 되는 겁니다. 대부분의 사고가 안전을 무시하고 하늘 높이 자동차를 몰거나 지나치게 높은 속력으로 운전할 때 발생했습니다. 그 당시에는 아직 차체나 엔진이 완벽하지 않았기 때문에 너무 높이 올라가면 고장이 발생했죠. 하늘 높은 곳에서 고장나면 당연히 바닥으로 추락하고, 또 당연히 사망이죠. 또 지나친 속력으로 운전하다 보면 괜히 날아가던 새하고 충돌을 일으켜서 추락하고 또 사망합니다. 아니면 대기권에서 형성되는 제트 기류 등에 말려서 사고가 나죠. 그 모든 것이 안전을 무시하고 자기 하고 싶은 대로 하는 인간의 심리 때문입니다. 이러한 항공 자동차에 관련된 인간 심리에 대해 심리학자들은 '죽음으로의 비행(Flight to the death)' 이라고 표현했습니다. 아무것도 없는 하늘에서는 인간이 안전보다는 죽음을 더 추구한다고 설명하죠. 제가 심리학 전공이 아니기 때문에 정확히는 모르겠지만, 어쨌든 번지점프와 같은 심리라고 할 수 있을 겁니다. 죽음에 가까이 다가감으로써 쾌감을 얻기 때문이죠."

"잠깐만요. 하지만 예전부터 비행기나 헬리콥터 같은 건 사고율이 그렇게 높지 않았잖아요? 인간이 하늘에서 죽음으로의 비행을 한다면 비행기나 전투기가 하늘을 잘 날아다닐 수는 없지 않아요?"

"아, 그건 속박력(束縛力)의 크기가 다르기 때문입니다."

"……?"

유명운이 갑자기 처음 듣는 속박력이란 것을 얘기하자 남궁소진은 약간 멍한 표정을 지었다. 왠지 그녀가 가장 취약한 과학 공식이 튀어나올 것 같은 느낌이 들었기 때문이다. 하지만 다행히 유명운은 과학에 관련된 얘기를 하려고 속박력이란 말을 한 것은 아니었다.

"속박력이란 말 그대로 사람을 속박하는 힘입니다. 지상에서 자동차는 바닥과 바퀴 간의 마찰력 때문에 제약을 받습니다. 또한 차도로만 달려야 한다는 제약도 있죠. 그와 마찬가지로 일반 비행기나 전투기는 우선 덩치가 커서 쉽게 움직일 수 없다는 제약이 있습니다. 비행 중에도 여러 가지 조작이 필요해서 상당히 번거롭죠. 하지만 항공 자동차는 덩치도 작고 조작도 간편합니다. 그것은 항공 자동차의 속박력이 매우 작다는 것을 뜻하고, 결국 죽음으로의 비행을 막을 수 없다는 것을 의미합니다. 사람들이 편하게 이리 갔다 저리 갔다 할 수 있도록 만든 항공 자동차가 사람들을 편하게 죽일 수 있는 수단이 되어 버린 것이죠."

유명운은 그쯤에서 말을 끊고 잠시 한숨을 돌렸다. 사실 이 뒤로 좀 더 말하고 싶은 부분이 있었으나 그것까지 얘기했다가는 강의 시간이 훌쩍 지나갈 게 뻔했기 때문에 중간 커트가 필요했던 것이다.

"자자, 이제 그 얘기는 그만 하고 수업 들어갑시다."

"아아~ 교수니~임~!"

수업하자는 말에 학생들, 특히 여학생들이 애교 비슷한 걸 부리며 방해 공작을 했다. 하지만 교수 중의 교수인 유명운은 꿋꿋이 강의를 진행했다.

"우주금속의 또 하나의 중요한 특징은 바로 자기 복제를 한다는 것입니다. 특히 우주금속은 철 이외의 모든 물질을 융해시켜 자신과 같은 구조를 지닌 물질로 바꿉니다. 그래서 우주에서 떨어진 우주금속의 양은 그렇게 많지 않았지만 우주금속의 자기 복제를 이용해 우주금속을 대량 생산할 수 있게 되었죠. 우주금속의 자기 복제를 막는 방법은 우주금속에 철도금을 입히는 것입니다. 철을 융해시킬 수 없는 우주금속은 철에 덮이면 얌전해지죠. 그래서 현재 우주금속을 사용하는 모든 제품에는 철도금이 되어 있습니다. 철도금을 하지 않으면 우주금속이 다른 부품을 잠식해 버리니까 말이죠."

"너무해요, 교수님~"

"그밖의 우주금속의 성질에는 주위 환경에 따라 성질이 수시로 바뀐다는 점이 있습니다. 때로는 우수한 전기 전도성을 보이기도 하다가 때로는 부도체로써 작용하고, 또 어느 때는 탄성체(彈性體)의 성질을 보이다가 어느 때는 소성(塑性)을 드러내죠. 환경을 어떻게 변화시키느냐에 따라 수시로 바뀌는 우주금속의 성질 때문에 여러 분야에서 우주금속이 쓰이고 있는 것입니다."

"교수님, 미워요~"

"자, 여러분들의 열화와 같은 성원에 힘입어 오늘 수업은 여기까지만 하기로 하죠. 다음 시간에는 우주금속의 성질에 대해 좀 더 자세히 얘기하도록 하겠습니다. 그럼 다음 시간에 봅시다."

계속 강의를 진행할 것만 같았던 유명운은 갑자기 강의용 전자노트를 챙기고는 횡하니 강의실을 빠져나갔다. 그 누구도 예상하지 못한 유명운의 돌발 행동에 강의실에 남아서 농성하고 있던 학생들이 멍청한 표정을 지었다. 하지만 그중에서 남궁소진만은 유명운이 나가자마자 뒷문을 통해 강의실을 빠져나가 그를 불러 세웠다.

"명운 씨, 같이 가요!"

"……"

남궁소진의 마수에서 탈출하기 위해 급히 강의실을 빠져나왔던 유명운이었으나 남궁소진의 목소리가 들리자마자 몸이 멋대로 반응하면서 걸음이 저절로 멈춰졌다. 마음속으로 '다리야, 움직여라' 라고 소리쳐도 유명운의 다리는 그의 명령을 거부하면서 오히려 남궁소진 쪽으로 이동하려 했다. 그렇게 유명운의 머리와 다리가 서로 싸우는 도중에 남궁소진은 유유히 유명운의 바로 옆까지 오게 되었다.

"왜 먼저 가요? 같이 가면 안 돼요?"

남궁소진은 유명운의 얼굴을 똑바로 쳐다보며 약간 심술난 표정으로 말했다. 하지만 올라간 입꼬리 때문에 별로 심술난 것 같아 보이지 않았다. 어쨌든 유명운은 주위의 시선을 의식하며 조그마한 목소리로 입을 열었다.

"난 교수고 소진이는 학생이라구. 교수와 학생이 애인 사이란 게 알려지면 어쩌려고 그래? 나야 상관없지만 소진이가 학점 때문에 나한테 접근했다고 오해를 받게 되잖아."

"저도 상관없어요. 그리고 전 명운 씨의 강의는 신청하지도 않았다구요."

"그럼 아까는 왜 들어왔어?"

"그냥 명운 씨가 어떻게 강의를 하나 궁금해서요."

유명운은 진지한 표정으로 말하고 있었지만 남궁소진은 방글방글 웃었다. 그런 남궁소진의 모습에 유명운은 더 이상 뭐라고 할 말이 없었다. 언제나 남궁소진의 페이스에 말려드는 듯한 느낌을 받기는 하지만 그의 머리에서는 그것을 거부하고 있지 않았다. 그런데 그때 남궁소진이 유명운에게 질문을 던졌다.

"아까 물어보려다가 못했는데, 항공 자동차 계획 때문에 부도난 회사들이 많았잖아요? 특히 대기업의 항공 자동차 부품 연구를 하청받았던 중소기업들이 대규모로 쓰러졌다고 들었는데 정말이에요?"

"……."

남궁소진의 질문을 들은 유명운의 표정이 상당히 굳어졌다. 평소에 남궁소진만큼이나 웃는 얼굴로 다니는 유명운이 굳은 표정을 짓자 남궁소진으로서는 의아한 느낌을 받았다. 항공 자동차 계획에 유명운이 뭔가 안 좋은 일로 연관되어 있다는 생각이 들었던 것이다.

"명운 씨?"

"응? 아, 뭐……."

잠시 딴생각을 하고 있던 듯 유명운은 멋쩍게 웃으며 남궁소진의 질문에 차분한 얼굴로 대답했다.

"항공 자동차 계획이 엄청난 돈을 벌어들일 것이라 생각한 대기업에서 기술력이 우수한 중소기업에게 집중적인 투자를 하면서 항공 자동차 부품을 연구하긴 했지. 하지만 항공 자동차 생산이 금지되면서 대기업은 그 일에서 손을 뗐고 결국 하청받았던 중소기업만 줄줄이 무너지게 됐어. 정부에서는 통일 때문에 엉망이 된 정치 권력 분배를 재정비하느라 중소기업에게는 신경 쓰지 않았고, 그로 인해 한국의 경제는 암울한 시기를 맞게 되었지. 나중에 수소 자동차가 나오면서 경제가 점점 살아나긴 했지만 무너진 중소기업에게는 그 후에도 어떠한 보상도 돌아가지 않았어."

"대기업은 안 망했잖아요?"

"그거야 당연하지. 항공 자동차를 생산할 수 있는 건 자본이 많은 대기업이라서 정부에서는 대기업에게 연구 자금을 줬거든. 하지만 대기업은 그 연구 자금을 중소기업에게 일부 떼어주고 대신 연구를 시켰지. 통일 후 경제가 전체적으로 어려워졌기 때문에 하청을 받은 중소기업들은 그 일에만 엄청난 자금을 쏟아 부으며 연구를 했어. 나중에 분명 항공 자동차가 불티나게 팔릴 것이라는 확신이 있었기 때문에 무리를 하면서도 연구를 계속했지. 대기업에서 준 연구 자금으로 돈을 충당하기에는 연구비가 턱없이 부족했거든. 어쨌든 그렇게 연구를 해서 거의 완성 단계에 있었는데 항공 자동차 생산 금지 명령이 떨어지니까 중소기업들은 문 닫을 수밖에 없었지. 하지만 하청을 맡긴 대기업은 약간의 자금 손실이 있었을 뿐 별 피해는 받지 않았어. 그리고 정부에서도 대기업에게만큼은 많은 도움을 주었고. 당시에 대기업이 무너지면 한국 경제 자체가 흔들릴 수도 있었거든."

"결국 정부에서 중소기업을 포기한 거군요."

"그런 셈이야."

유명운과 남궁소진은 그런 얘기를 주고받으며 유명운의 연구실 앞까지 함께 걸었다. 하지만 이제 유명운은 연구실로 들어가 연구를 해야 했기 때문에 연구실 앞에서 걸음을 멈추었다.

"난 이제 연구하러 들어가야 하니까 소진이도 다음 수업 들으러 가."

"다음 시간은 공강이에요."

"…그럼 도서실에 가서 공부해."

"이제 막 개학해서 수업이 없는데 뭘 공부하라는 거예요?"

"…미리미리 전공 과목 공부해 두면 좋잖아."

"명운 씨는 대학 생활 때 전공 과목을 미리미리 공부했었나요?"

"……."

자신의 말에 일일이 토를 다는 남궁소진 때문에 유명운은 고개를 설레설레 저었다. 남궁소진이 전부터 유명운의 연구가 구체적으로 어떻게 되는지 보고 싶어한다는 것은 알고 있었지만 연구실에 그녀를 들여놓을 수는 없었다. 사실 연구 자체는 그다지 위험하지 않았으나 왠지 기분이 내키지 않았기 때문에 남궁소진을 연구실 안으로 들어오게 하고 싶지는 않았던 것이다. 그 점이 남궁소진으로서는 불만이었다.

"명운 씨는 계속 절 피하는 건가요? 사귄 지 2년씩이나 됐는데도 명운 씨의 과거뿐만 아니라 현재 생활도 제가 모르는 게 너무 많다구요. 설마 다른 여자 생긴 거 아니에요?"

"다른 여자? 내가 양다리 걸칠 것처럼 보여?"

"네, 그렇게 보여요."

"……."

당연한 듯이 튀어나오는 남궁소진의 말에 유명운은 약간의 정신적 충격을 먹었다. 지금까지 남궁소진에게만 충실했지만 자신의 비밀을 공개하는 시간 간격이 너무 길었다는 것도 더불어 깨달았다. 자신의 연예 철학이 약간 어긋났던 것이다.

"난 다리가 짧아서 양다리 같은 건 못 걸쳐. 또 양다리는 내 전문 분야가 아니고."

실제로 유명운의 다리는 길었지만 남궁소진의 마음을 풀어주기 위해 유명운은 그렇게 말했다. 그리고 나서 자신의 과거에 대해 아주 짤막하게 얘기해 주었다. 여기서 그냥 상황을 넘겨 버리려고 하면 남궁소진의 기분을 긁어버릴 수 있었기 때문이다.

"지금 내 나이는 26살이야. 뭐, 요즘에는 전문가들의 나이가 점차 낮아지는 경향이 있긴 하지만 나처럼 20살에 박사 학위 받아서 대학에서 강의하고 있는 전문가는 그렇게 많지 않지. 어렸을 때부터 영재 교육을 받아서 15살에 대학 입학하고 18살에 대학원 들어갔거든."

"그건 알고 있어요. 전에 말했잖아요."

"…그랬어? 하하, 내 기억력이 워낙 나빠서 말이야. 그럼 예전에 우리 집이 굉장히 가난했다는 것도 얘기했어?"

"아니요, 그건 첨 듣는 얘기예요."

약간 멋쩍어하는 유명운의 말을 듣고 남궁소진이 약간 놀란 표정을 지었다. 어렸을 때 영재 교육을 받았다고 하는 것은 유명운의 집이 어느 정도 풍족했다는 것을 의미하기 때문이었다. 그런데 어렸을 때 집안 형편이 어려웠다면 유명운이 영재 교육을 받아 지금의 자리에 서 있다는 것은 모순이었다. 집안 형편이 어려운 가정에서 아이에게 돈 많이 드는 영재 교육을 시킬 리가 없기 때문이다. 유명운도 남궁소진이 고개를 갸웃하고 있음을 알고 차근히 설명해 주었다.

"처음에 우리 집은 풍족했어. 그래서 그때 영재 교육을 받은 거고. 그런데 우리 집의 가계가 기울기 시작한 건 아버지의 회사가 항공 자동차 계획을 담당했다가 부도난 후부터지. 항공 자동차가 돈 되는 장사라고 생각한 아버지는 무리하면서 항공 자동차 계획을 추진했거든. 하지만 다 알다시피 항공 자동차는 생산 금지 명령이 떨어졌고, 결국 아버지 회사는 많은 빚을 감당하지 못하고 부도 처리됐지. 덕분에 난 공부만 죽어라고 해야 했어. 영재 교육은 더 이상 받을 수 없게 됐지만 좋은 학교에 장학생으로 들어갔거든. 부모님은 나한테 많은 기대를 걸었기 때문에 난 두 분을 위해 죽어라고 공부할 수밖에 없었지. 장학금을 받지 않으면 당장 학교를 때려치워야 할 형편이었거든."

"……!"

"어쨌든 그렇게 공부만 했더니 어느새 박사가 되어 있더라구. 그래서 돈 좀 벌어보려고 생막 기술 연구를 했고, 또 시간이 지나가니까 어느새 부자가 되어 있더라구. 세월은 참 빠르다니까."

비록 말은 그렇게 했지만 유명운의 표정은 결코 밝지 않았다. 어려운 가정 형편 때문에 하고 싶은 걸 전혀 하지 못한 채 오직 공부만을 해야 했던 그 시절의 기억이 유명운의 가슴을 답답하게 짓눌러 왔기 때문이었다. 그렇지만 지금까지 그렇게 해왔던 것처럼 유명운은 아무렇지도 않은 표정을 지으며 입을 열었다.

"뭐, 가장 고생한 사람은 역시 어머니하고 아버지였겠지. 그러고 보니 지병으로 돌아가신 지 대충 3년 넘었군. 정말 세월은 빠른걸?"

"……."

남궁소진은 유명운의 말투에서 그가 부모를 전혀 그리워하지 않는다는 것을 알아차렸다. 죽은 자신의 부모를 마치 다른 사람 죽은 듯이 생각하는 듯한 말투는 부모 모두 살아 있는 남궁소진으로선 이해하기 어려웠다.

"명운 씨는 부모님이 그립지 않아요?"

"응? 뭐? 아, 당연히 그립지."

"…전혀 그립지 않은 듯한 말투잖아요."

"그, 그래?"

남궁소진의 말에 유명운은 약간 당황한 표정을 지었다. 남궁소진이 이토록 상대의 감정을 잘 파악할 줄은 몰랐기 때문이었다. 여태까지 이런 식으로 다른 사람들을 속여온 유명운으로서는 큰 호적수를 만난 셈이었다.

"뭐……."

유명운은 말끝을 흐리며 더 이상 얘기를 하려고 하지 않았다. 남궁소진 역시 유명운이 더 이상 아무 말도 하지 않을 것임을 깨닫고 나지

막이 한숨을 내쉬었다. 부모에 대해서 묻는 것이 유명운을 괴롭게 하는 듯한 느낌을 받았기 때문이다.

"명운 씨…… 뭔가 어려운 일이 있으면 저한테 말을 해요. 혼자 고민하는 것보다 둘이서 고민하는 게 더 낫잖아요."

남궁소진이 유명운에게 할 수 있는 말은 그게 전부였다. 유명운은 겉으로는 고개를 끄덕이고 있었으나 속으로는 고개를 젓고 있었다. 때로는 자기 혼자 고민해서 해결해야 하는 문제도 있는데 유명운의 경우가 바로 그러했기 때문이다. 그리고 다른 사람들에게 뭔가 안 좋은 일을 말하는 것도 유명운의 성격에 맞지 않는 것이었다.

"난 연구하러 가야 하니까 소진이는 친구들하고 만나서 수다라도 떨어."

남궁소진과 말하느라 연구실 앞에서 너무 시간을 많이 보냈기 때문에 유명운은 남궁소진 돌려보내기 작전에 들어갔다. 어차피 남궁소진도 유명운의 발목을 더 이상 붙잡기 싫었기 때문에 약간의 복수만을 하기로 했다.

"알았어요. 그럼 새로운 남자 친구라도 만들어서 수다 떨죠."

"아니, 그냥 여자 친구들하고 수다 떨라는 얘기지."

"남자 친구도 친구예요. 그럼 연구 열심히 해요."

남궁소진은 그렇게 말한 뒤에 뒤도 돌아보지 않고 휭하니 걷기 시작했다. 찬바람 쌩쌩 부는 남궁소진의 태도에 유명운은 어쩔 줄 모르고 그냥 멍청히 서 있기만 했다. 그때 얼마 동안을 걷던 남궁소진이 갑자기 유명운 쪽으로 고개를 돌리고는 혀를 살짝 내밀며 일명 '메롱'을 먹었다. 궁극의 필살기 '메롱'을 먹긴 했지만 남궁소진의 '메롱'에는 따뜻한 느낌이 담겨 있었기 때문에 유명운은 훗 하고 웃을 수 있었다. 방금까지 약간 불안했던 마음이 일순간에 사라지는 건 당연했다.

'역시 난 복받은 녀석이야.'

이미 사라진 남궁소진의 모습을 떠올리며 유명운은 실실 웃었다. 그리고 가벼운 마음으로 연구실 안으로 들어갔다. 남궁소진을 만난 것만으로 유명운은 오늘 연구가 아주 잘될 것이라는 생각을 했다.

*　　　*　　　*

휘이잉—

어디선가 강한 바람이 불어와 유정운의 머리를 마구 헝클어놓았다. 약간 쌀쌀한 날씨여서 바람이 불자 몸이 조금 떨려왔다. 하지만 유정운에게 추위 정도는 별것 아니었다. 그것보다는 바람 때문에 앞머리가 완전히 뒤엉켜 버리는 게 귀찮고 짜증날 뿐이었다.

"……."

한차례 강한 바람이 휩쓸고 지나간 뒤 유정운은 헝클어진 머리를 바로 했다. 하지만 그것과 동시에 또다시 강한 바람이 애써 다듬은 머리를 마구 휘젓고 유유히 사라졌다. 그래서 다시 머리를 가다듬을라치면 어김없이 바람이 불어와 다듬은 머리를 엉망으로 만들었다.

'말아먹을……'

바람이 띄엄띄엄 부는 데다 전후좌우로 예측할 수 없게 불어서 유정운은 머리 다듬기를 포기하고 그냥 집으로 향했다. 집 앞까지 다 와서 머리가 헝클어졌기 때문에 유정운의 기분은 완전히 땅바닥으로 곤두박질쳤다. 따라서 자연히 헝클어진 앞머리 사이로 보이는 유정운의 눈은 매우 날카로워져 있었다.

　떵동—

《38층입니다. 감사합니다.》

　아파트의 38층까지 올라온 유정운은 복도 바같으로 보이는 풍경을 내려다보았다. 100미터가 훨씬 넘는 높이에서 아래를 내려다보는 것은 웬만한 사람들에게는 공포 그 자체였다. 그러나 계속 그 정도 높이에서 지내온 유정운으로서는 별로 무섭게 느껴지지 않았다. 하지만 지금 있는 높이보다 약간만 높거나 약간만 낮은 곳에 있다면 유정운은 굉장한 공포를 느낄 것이다. 유정운이 이렇게 아무렇지도 않게 있을 수 있는 높이는 항상 생활하고 있는 아파트 38층의 높이밖에 없는 것이다.

　삐빅—

《유정운님, 어서 오십시오.》

　지문 인식 잠금 장치에 손가락을 대자 미리 삽입되어 있는 여성의 목소리가 흘러나오며 자동적으로 현관이 열렸다. 유정운은 문을 열고 들어가 다시 지문 인식 잠금 장치가 작동할 수 있도록 문을 닫은 뒤 바람 때문에 헝클어진 머리를 다듬었다. 그리고 나서 방 안으로 들어갔다.

　…….

　아무도 없는 집 안에서 유정운은 교복을 갈아입은 뒤 점심 식사를 위해 요리를 시작했다. 물론 그래 봤자 예전의 전자렌지하고 비슷한 모양을 하고 있는 자동 요리 기구에 라면을 집어넣고 1분 정도 기다리는 것뿐이었다. 자동 요리 기구에는 라면으로 만들 수 있는 여러 가지 음식 메뉴가 있었지만 유정운은 그냥 일반 라면을 선택했다.

띵—

《맛있게 드십시오.》

대략 1분 정도 지나자 막 완성된 따끈따끈한 라면이 자동 요리 기구에서 튀어나왔다. 유정운은 완성된 라면을 들고 식탁 위에 놓은 뒤 다른 그릇에 덜어서 열심히 라면 가닥을 식혔다. 뜨거운 상태의 라면을 좋아하지 않는 유정운이기 때문에 일부러 따끈따끈한 라면을 식혀서 먹으려는 것이었다.

후루룩—

아무런 반찬 없이 오직 라면만으로 유정운은 점심을 먹기 시작했다. 아무도 없는 썰렁한 거실에서 아무 반찬 없는 썰렁한 식탁에 앉아 뜨거운 라면을 일부러 식혀 먹으며 유정운은 문득 아버지와 어머니가 살아 있을 때의 일이 떠올랐다.

「아유! 이 인간 또 술 처먹었어?」

「시끄러, 이 여편네야. 남편이 돌아왔으면 반갑게 맞이해야지.」

「지랄하네. 돈을 벌면 맨날 술 처먹는 인간을 누가 반갑게 맞아?」

「집안에서 여편네한테 욕만 먹으니 내가 술을 안 먹을 수가 있나.」

「술 처먹지 말고 돈이나 벌어와! 지금 돈이 얼마나 궁한지 알아?」

「시끄러! 맨날 쓸데없는 곳에 돈 쓰는 여편네 주제에 뭔 잔소리가 그렇게 많아?」

「내가 언제 쓸데없는 곳에 돈을 썼다는 거야?」

「내가 모를 줄 알고? 일주일 전에 반지 산답시고 300만원 날린 주제에!」

「겨우 300만원 가지고 뭘 그래? 내 친구는 5억짜리 목걸이도 했다고! 동창회 가서 내가 얼마나 쪽팔린 줄 알아?」

「300만원이 적은 돈이야? 내가 아무리 벌어도 맨날 그런 데다 쓰니까 돈이 없지!」

「당신이 머저리같이 항공 자동차인가 뭔가에 헛돈만 갖다 부었으니까 회사가 망했잖아! 회사만 망하지 않았어도 동창회 가서 그 흔한 반지조차 못하고 친구들한테 비웃음받을 일은 없었다구!」

「회사 망한 게 내 잘못이야? 다 빌어먹을 정부에서 병신 같은 짓거리들을 하니까 그렇지! 항공 자동차가 뜬다고 하면서 지원했다가 금지되니까 당장 나 몰라라 하고! 그 개놈의 새끼들은 잡아다가 족을 쳐야 정신을 차려!」

「그게 정부 탓이야? 무식하게 돈만 쏟아 부은 당신이 잘못이지!」

「이놈의 여편네가?!」

「까악! 어딜 손을 들어? 때릴 테면 때려봐!」

「이걸 정말……!」

후루룩—

뜨거운 라면을 일일이 식혀서 먹는 건 시간이 많이 걸리긴 했지만 어차피 할 일도 없는 유정운으로서는 그렇게 시간을 보내는 것이 나았다. 대신 먹는 도중에 쓸데없는 생각을 많이 한다는 게 문제였다.

「이놈 자식! 성적이 이게 뭐야?」

「…….」

「네 형은 천재들이 바글바글한 곳에서도 1등 해서 장학금 타고 있는데, 넌 도대체 뭐 하는 녀석이야? 어떻게 동생이면서 네 형의 발끝에도 못 미치냐?」

「…형은 어렸을 때 영재 교육받았고 전 못 받았으니까 그렇죠.」

「그게 이유가 된다고 생각하냐? 네가 노력을 하지 않았으니까 성적이 이 모양 아니야?! 너 때문에 들어가는 교육비가 얼만 줄 알아? 네 형처럼 장학금이라도 타서 부모의 부담을 줄여야 할 거 아니냐고!」

「…전 형하고 달라요. 전 형처럼 그렇게 죽기 살기로 공부하기는 싫다구요.」

「이 자식이?! 학생이 공부를 안 하면 뭐 하겠다는 거야? 막노동이라도 하겠다는 거냐?」

「……」

「왜 대답이 없어? 지금 아빠 무시하는 거냐?!」

「…아빠는 왜 절 낳았어요?」

「뭐야?」

「형하고 9살이나 차이 난다구요. 그렇게 늦게 왜 절 낳은 거예요? 게다가 그때는 아빠 회사 망하고 나서 생활이 어려웠을 때잖아요. 형하고 비교할 거면 차라리 낳질 말지 왜 뒤늦게 절 낳아서 이러시는 거냐구요.」

「이 자식이?! 누가 널 낳고 싶어서 낳은 줄 알아?! 회사가 망하지만 않았어도 너 같은 건 낳을 생각도 안 했어!」

「…역시 정부에서 자녀 둘 이상 되면 생활 보조금을 지급하니까 그걸 노리고 절 낳은 거죠?」

「그래, 그렇다면 어쩔 거냐? 다시 엄마 뱃속으로 들어갈래?」

「그렇게 될 수만 있다면 그렇게 하죠.」

「이 자식, 말하는 싸가지 보게? 이런……!」

탁—

근 20분에 걸쳐 라면을 다 먹은 유정운은 자동 설거지 기구에 그릇을 넣은 뒤 무거워진 몸을 이끌고 거실에 대 자로 드러누웠다. 아무것도 하지 않고 거실에 드러눕고만 있으니 자연히 옛날 기억이 의식의 표면에 떠오르기 시작했다. 하지만 유정운은 그 기억들 중에서 부모에 관한 내용은 자체 필터로 걸러낸 뒤에 기억을 재생했다. 그래서인지 이번엔 비교적 최근의 기억이 떠올랐다.

「형, 양자역학(量子力學)에서 보면 입자가 정지해 있으면 속도가 0이니까 운동량의 불확정도가 0으로 돼서 결국 위치의 불확정도가 무한대로 되잖아?」

「그렇지.」

「근데 우리들이 사는 세계도 결국 원자들로 이루어진 거니까 양자역학의 세계라고 할 수 있지?」

「당연하지.」

「그럼 저 책상은 정지해 있으니까 운동량 불확정도는 0이 되고 위치 불확정도가 무한대로 돼서 위치를 전혀 알 수가 없어야 하잖아. 근데 저 책상은 그 자리에 계속 있다구. 이건 불확정성 원리에 위배되지 않아?」

「아니, 지금 저 책상은 움직이고 있어. 하지만 그 움직이는 거리가 너무나 짧기 때문에 우리가 보기에 저 책상이 지금 그 자리에 계속 가만히 있는 걸로 보일 뿐이야. 우리보다 훨씬 작은 바이러스에게도 저 책상은 정지해 있는 걸로 보이거든. 그만큼 불확정성 원리에 의해 입자가 움직이는 거리는 너무나 짧아. 물론 입자 하나를 실험 대상으로 하는 물리학자들에게는 그 미세한 거리가 아주 중요하지만 일상적인 생활에서는 양자역학적인 특성이 전혀 나타나지 않는 것처럼 보이지.」

「아, 결론은 저 책상이 지금 열나게 움직이고 있다는 거구나. 단지 그 움직임이 인간의 눈에는 전혀 구별 안 된다는 것뿐이고.」

「그렇지.」

「양자역학 너무 어려워.」

「중학교 3학년밖에 안 된 녀석이 대학생 걸 이해하려니까 그렇지. 그런데 학교 성적은 형편없으면서 왜 그런 걸 좋아하냐?」

「난 뭔가 새로운 걸 배우는 게 좋아. 단지 무조건 암기하는 게 싫을 뿐이지.」

「그러냐? 하긴 나도 무조건 외우면서 공부하는 건 싫었지. 하지만 성적을 위해서 죽어라고 외울 수밖에 없었으니 원.」

「내가 애도를 표해줄까?」

「됐어, 임마. 어쨌든 그때 죽어라고 공부해서 지금 잘 살고 있는 건 사실이니까 후회는 없어.」

「그거야 형이 생막 기술을 만들었으니까 그렇지. 보통 사람들처럼 아무 생각 없이 살았다면 지금쯤 형은 폐인이 되어 있을걸?」

「지금 내가 폐인되길 바라는 거냐?」

「맘대로 생각하셔. 근데 오늘 아빠 엄마 기일인 거 알아?」

「아, 그랬냐? 벌써 2년이 지났구나. 세월 참 빨라.」

「세월이 빠르다는 건 그만큼 운동량의 불확정도가 크다는 거고 결국 위치의 불확정도가 작아져서 세월의 위치를 어느 정도 결정할 수 있다는 거지. 한마디로 세월이 빠르다고 느낄수록 날짜 관념은 정확해져야 한다는 소리.」

「오~ 불확정성 원리를 그런 것에 적용시키다니 대단한걸? 근데 그거 맞는 거냐? 세월이 빠르게 지나가는 것 같으면 오늘이 몇 월인지, 아니면 몇 일인지를 더 기억 못하는 거 아니야?」

「그런가? 그렇다면 실제로 사람들은 시간 관념이 정확하지만 그 시간 관념의 크기가 워낙 작기 때문에 자신이 제대로 시간을 파악해서 살고 있는지 아닌지 모른다고 하면 설명이 되려나?」

「오~ 그거 꽤 괜찮은데?」

「뭐, 워낙 내 머리가 뛰어나다 보니까.」

「그런데 공부는 바닥을 기니까 뛰어남과 덜떨어짐을 동시에 가진 머리가 되겠군..」

「형 머리는 뛰어남과 덜떨어짐을 동시에 가지지 않은 머리라는 거야?」

「물론 그렇지는 않지. 하지만 겉으로 보기에 내 머리의 뛰어남과 덜떨어짐은 똑같은 성질을 가지고 있기 때문에 남이 보면 난 천재로 보일 수밖에 없지.」

「그런 게 어딨어?」

「어딨긴 어딨어? 빛하고 반(反)빛이 서로 같은 성질을 가진다는 걸 모르냐? 어떤 게 빛이고 어떤 게 반빛인지 아는 방법은 그 두 개를 서로 충돌시켜서 소멸하느냐 안 하느냐를 알아내는 것밖에 없다고. 한마디로 내 뛰어남과 덜떨어짐은 빛과 반빛의 관계와 같다는 소리!」

「……」

「푸하하, 졌지? 졌지? 역시 난 너무 천재라니까!」

"훗……."

아무것도 모르는 동생을 이겼다고 좋아하던 유명운의 모습을 떠올렸던 유정운은 자기도 모르게 웃음을 흘렸다. 남들이 보기에는 별 이상한 대화를 한다고 생각할지도 몰랐지만 유명운과 유정운 형제에게는 그게 일상적이었으며, 그리고 시간을 재미있게 보내는 방법이었다.

물론 유명운과의 이상한 대화는 지금도 계속하고 있는 상태였다. 특히 유명운이 새로운 이론을 만들고 나서부터는 더욱 많이 하게 되었다고 할 수 있었다.

"웃차!"

거실에 대 자로 누워 있던 유정운은 몸을 일으키고 곧장 자기 방으로 들어갔다. 하릴없이 잠으로 시간을 때우는 것보다는 게임이라도 하기로 한 것이다. 프로게이머 박호준이 같은 반이 되었기 때문에 한 달 간 손을 놓았던 '하늘의 분노'를 하고 싶은 마음이 불쑥불쑥 들었던 것이다.

서기 2074년

프로게이머 박호준

3장

Ⅲ 프로게이머 박호준

저벅저벅—

아무도 없는 시커먼 새벽의 학교. 그 학교의 복도에서 한 명의 소년이 발걸음 소리를 내며 느릿느릿 걷고 있었다. 긴 앞머리 사이로 보이는 소년의 눈은 약간 흐리멍덩한 상태였다. 어제 게임을 하느라고 밤 2시가 되어서야 잠자리에 들었고 그 다음날 일어난 시각이 새벽 5시 30분이었기 때문에 겨우 3시간 30분 정도밖에 숙면을 취하지 못했던 것이다. 게다가 버스도 막힘없이 운행되어서 버스 안에서 제대로 잠을 잘 수도 없었다.

'7시…… 무려 2시간이나 남았군.'

흐리멍덩한 눈으로 잠시 휴대폰의 시간을 확인한 소년은 늘어지게 하품을 하며 느릿느릿 1학년 28반 교실로 들어갔다. 어둠이라는 존재가 복도와 교실에 잔뜩 깔려 있었으나 소년의 눈은 한 점의 흔들림도 없이 흐리멍덩한 눈빛을 하고 있었다.

확—

불을 켜자 어두웠던 교실이 일순간에 환해졌다. 전등이 모두 들어온 밝은 교실 안에서 얼굴을 드러낸 소년의 정체는 당연히 유정운이었다. 중학교 때부터 항상 이 시간에 학교에 왔었기 때문에 고등학교 올라와서도 그 버릇이 여전히 이어지고 있었던 것이다. 그리고 그 버릇이 이어지도록 도와준 것은 중학교가 집에서 1시간 정도 거리에 있었던 것보다는 짧지만 천인 고등학교도 유정운의 집에서 30분 정도의 거리에 있다는 점이었다. 만약 고등학교가 집에서 가까웠다면 유정운이 아침 7시에 학교로 올 이유가 없었을 것이다.

'에…… 어디 앉지?'

어제는 몇 가지 예상 못한 사건 때문에 늦게 와서 그냥 제일 뒤쪽에 앉았었지만 지금처럼 앉을 자리가 남아도는 상태에서는 어느 자리에 앉을 것인지가 상당히 고민되었다. 하지만 결국 어제처럼 유정운은 본관 건물의 뒷운동장 쪽 창가의 제일 뒷자리에 앉았다. 일찍 온다면, 설령 늦게 온다고 해도 앉을 자리는 언제든지 바꿀 수 있기 때문에 오늘은 시험 삼아 뒤쪽에 앉아보기로 한 것이었다.

…….

자리에 앉아 잠시 가만히 있으니 교실 안은 아무도 없는 것처럼 조용해졌다. 창밖은 점차 밝아져 오고 있었으나 하얀 전등이 비추는 교실 안에는 유정운 혼자만이 달랑 앉아 있었다. 그러한 느낌이 유정운에게는 아주 기분 좋게 느껴졌다.

탁—

남은 2시간을 때우기 위해서 유정운은 가방에 넣어놓고 왔던 노트북을 꺼내 테이블 위에 올려놓았다. 유정운이 가지고 있는 노트북은 유기화합물을 이용해 만들어진 것이었기 때문에 노트북 자체를 접어서 가지고 다닐 수 있었다. 일반적인 노트북이라면 사람의 손가락이 칠 수 있는 크기의 키보드를 가지고 있어야 하기 때문에 그 크기가 너무 작으면 볼펜으로 키보드를 쳐야 하는 어려움이 따른다. 하지만 유기화합물 노트북은 키보드의 중간 부분을 공책처럼 접을 수 있고 액정 화면 역시 반으로 접을 수 있기 때문에 노트북의 부피를 훨씬 줄일 수가 있다. 그것은 비교적 결합력이 약한 분자간의 인력으로 물질이 이루어져 있기 때문에 가능하지만, 아직까지 유기화합물로 만든 제품의 가격이 비싼 편이라 널리 보급되지는 못하고 있었다.

둥둥— 두두둥—

'하늘의 분노'를 실행시키고 유정운은 곧장 컴퓨터와 게임에 들어갔다. '하늘의 분노'를 손에서 놓은 지 한 달이나 지나서 손이 조금 굳은 상태였긴 했지만 사람처럼 지능적이고 변칙적인 플레이가 불가능한 컴퓨터 정도는 쉽게 이길 수 있었다. 그렇게 컴퓨터하고 몸풀이를 한 뒤 이번엔 배틀넷에 들어가 온라인 상에서 다른 사람들과 경기를 가졌다. '하늘의 분노' 같은 경우에는 배틀넷 아이디를 한 달에 한 번 갱신하기 때문에 유정운의 아이디는 이미 사라지고 없어서 새로 아이디를 만들었다. 어쨌든 새로 만든 아이디로 다른 사람과 경기를 했는데 초반에는 상대의 변칙적인 플레이에 잠시 말려들었으나 중반전으로 넘어가서는 제 페이스를 찾은 유정운이 지속적인 멀티로 자원을 확보하면서 많은 유닛 수로 밀어붙이며 경기를 승리로 이끌었다.

'후~ 한 달 동안 안 했더니 새로운 전술이 나온 것 같은데? 하마터면 질 뻔했다.'

·아무런 정보도 없이 무조건 싸우고서는 실력이 늘지 않기 때문에 유정운은 곧장 '하늘의 분노' 전략 사이트에 들어가 여러 가지 전술·전략을 확인했다. 확실히 지난 한 달 동안 몇 가지 새로운 전술이 나와서 많이 쓰이고 있었다.

'호오, 이건 꽤 괜찮은 전술이군. 에…… 어라? 근데 이건 또 뭐야? 이것도 전술이라고 올려놨냐? 도대체 게임을 알고 하는 말인지…… 어쨌든 전혀 볼 가치가 없고… 으흠……'

스르륵—

유정운이 새로운 전술·전략을 파악하느라 노트북의 액정 화면만 죽어라고 쳐다보고 있을 때 누군가 교실 앞문을 열고 안으로 들어왔다. 금발 염색을 한 그 사람은 잠시 교실을 둘러보다가 제일 뒤쪽에 앉은 유정운이 노트북을 가지고 있는 것을 발견했다. 그러더니 즉시 유정운 쪽으로 걸어와 말을 걸었다.

"그거 '하늘의 분노' 깔려 있어?"

"……!"

전술 공부에 열중하던 유정운은 갑작스럽게 날아온 물음에 꽤 놀랐다. 하지만 금발 소년이 보기에는 전혀 놀란 것처럼 보이지 않았다. 어쨌든 유정운은 자신에게 말을 건 사람을 쳐다보았다. 그리고는 크게 놀랐다. 그 사람은 바로 프로게이머인 박호준이기 때문이었다.

"아, '하늘의 분노'가 없어도 내 노트북에서 카피하면 되니까 상관 없겠구나. 그런데 '하늘의 분노' 해본 적 있어?"

프로게이머 박호준은 유정운의 옆 자리에 앉으며 또다시 질문을 던졌다. 사실 내일부터 박호준은 실전 경기를 해야 하기 때문에 아무나 붙잡고 연습을 하고 싶은 상태였다. 진짜 프로게이머라면 지금쯤 소속 팀에서 팀원들과 연습을 하고 있어야 하지만 박호준은 아직 진로를 그쪽으로 확실히 정한 것이 아니기 때문에 학교 수업을 빼먹으면서까지 연습을 할 생각은 없었다.

"예전에 했었는데……."

유정운은 어쩌면 박호준과 한판 하게 될지도 모른다는 생각에 속으로 매우 흥분했다. 하지만 겉으로 드러나는 유정운의 태도는 거의 무관심에 가까웠다.

"얼마나 했는데?"

"맨 처음 나왔을 때부터 했어."

"지금 1.2 버전까지 나왔는데 1.2도 해봤어?"

"어."

"잘됐다! 같이 하자!"

연습 상대를 만난 것에 박호준은 흥분하면서 가방에 넣어온 노트북을 꺼냈다. 박호준의 노트북은 일반 노트북이고 유정운의 노트북은 유기화합물로 만든 노트북이었지만 연습 상대를 만났다는 것에 들뜬 박호준에게는 그런 차이가 전혀 눈에 들어오지 않고 있었다.

"내가 방 만들 테니까 들어와라."

박호준은 노트북의 적외선 센서 연결을 통해 유정운의 노트북을 연결한 뒤 곧바로 유정운과 경기에 들어갔다. 서로 플레이하는 것을 보면 안 되기 때문에 유정운은 제일 뒤쪽에 앉고 박호준은 제일 앞쪽에 앉은 상태에서 경기를 했다. 둘 다 기본적으로 이어폰을 가지고 있었기 때문에 게임할 때 나는 상대방의 소리조차 들을 수 없게 되었다.

타타탁— 타탁—

유정운과 박호준만이 있는 썰렁한 교실 안에는 두 사람이 치는 키보드의 타자 소리만이 시끄럽게 울려 퍼졌다. 하지만 두 사람의 귀에는 게임 플레이 시에 들리는 음향 효과 때문에 서로의 타자 소리를 들을 수 없었다.

'우선 첫 판은 가벼운 마음으로 하고…….'

기계족을 선택해서 들어온 박호준은 인간족을 선택한 유정운의 실력을 잘 알지 못하기 때문에 우선 수비 위주로 갔다. 초반 러쉬를 했다가 그대로 이겨 버리면 유정운이 하기 싫다고 안 할지도 모르기 때문이었다. 수비 위주로 하면서 유정운에게 유닛을 모을 시간을 주고 나중에 한판 크게 붙어볼 생각이었던 것이다.

타타탁—

박호준은 열심히 손을 놀리며 자원을 모으고 병력을 생산했다. 유정운을 초보라고 생각했기 때문에 소수의 유닛으로 상대의 진영을 야금야금 괴롭히는 게릴라전은 펼치지 않았다. 그런데 생각 외로 유정운은 박호준의 방어선을 피해서 본진에 공격 유닛들을 놓아서 공격했다가 피해 버리는 식으로 나왔다. 그것도 상당히 능숙한 유닛 컨트롤로 자신의 유닛은 하나도 잃지 않고 게릴라전을 펼치고 있었다.

'보니까 꽤 하는데? 그럼 나도……!'

유정운의 실력이 약간 된다고 생각한 박호준은 즉각 운반선을 만들어 병력을 태운 뒤 공격하러 갔다. 하지만 자신의 운반선이 유정운의 본진에 도착하기 전에 유정운이 만들어놓았던 요격기에 운반선이 파괴되고 말았다. 이미 유정운은 지도 곳곳에 디텍터(Detector)를 쫙 깔아놓고 박호준이 어떤 식으로 나올 것인지를 파악하면서 게임을 하고 있었던 것이다.

'젠장……!'

뭔가 불안함을 느낀 박호준은 급히 자원을 확보하러 가기 위해 병력을 이끌고 자원이 풍부한 장소로 향했다. 하지만 가는 도중에 유정운의 습격이 있었고 박호준은 병력의 손실과 함께 멀티를 완성하는 시간이 꽤 늦어버렸다.

'으······!'

유정운은 이미 두 번째 멀티마저 완성한 채 열심히 자원을 모으고 있는 것을 정찰을 통해 확인했기 때문에 박호준의 불안감은 점차 커져 갔다. 이대로 있다가는 자원의 양에서 차이가 나고 이는 곧장 병력의 차로 나타나기 때문에 여기서 뭔가 수를 내지 않으면 자신이 밀리게 되는 것이다.

'다시 게릴라전이다!'

본진 이외에 멀티를 두 개나 건설했기 때문에 그만큼 유정운의 병력은 그렇게 많지 않았다. 그것을 이용해 박호준은 게릴라전으로 자원을 모으는 유정운의 일꾼들을 없애 버릴 생각이었다. 하지만 의외로 유정운은 박호준의 공격을 잘 막아내고 있었다. 특히 적은 수의 유닛으로 효율적인 방어를 하고 있어서 박호준의 게릴라 작전이 잘 먹혀들지 않았다.

'이렇게 된 이상······!'

이대로 시간을 끌게 되면 많은 자원을 바탕으로 유정운이 물량 공세로 나올 소지가 컸으므로 박호준은 모든 병력을 이끌고 유정운의 멀티를 부수러 갔다. 하지만 그것을 보자마자 유정운의 운반선이 박호준의 본진에 날아와 병력을 떨어뜨려 본진의 일꾼들을 죽이고 본진을 공격하기 시작했다. 마침 그때 박호준은 유정운의 제2멀티를 부수었기 때문에 그냥 유정운의 본진을 밀어버리기로 했다.

'하늘의 분노'는 일꾼을 생산하는 기본 건물이 부수어지고 그 기본 건물을 지을 자원이 없거나, 기본 건물이 부수어지지 않더라도 일꾼이 모두 죽고 일꾼을 생산할 자원이 더 이상 없는 경우 자동적으로 지게 되는 게임이기 때문에 박호준은 유정운의 일꾼과 기본 중앙 건물 파괴만을 중점적으로 했다.

'……!'

그런데 그 순간 자신의 공격 유닛들이 많은 타격을 받았다. 유정운이 고급 유닛 하나로 마법을 사용해 공격 유닛들에게 타격을 주었던 것이다. 비록 공격 유닛의 숫자로는 박호준이 많았지만 그 단 한 번의 적절한 마법 공격 때문에 박호준의 병력이 유정운의 병력에 밀리기 시작했다. 특히 공격을 받아서 거의 죽기 일보 직전인 유닛들을 뒤로 빼주고 뒤에 있는 멀쩡한 유닛으로 상대를 공격하는 유정운의 절묘한 유닛 컨트롤이 박호준의 많은 병력을 소수의 병력으로 줄여 나가는 데 한몫을 하고 있었다.

'말도 안 돼……!'

순식간에 자신의 병력을 거의 잃어버린 박호준은 허망한 표정으로 유정운의 공격 유닛들이 자신의 멀티 기지를 부수러 가는 것을 지켜보았다. 아직 박호준의 멀티 기지는 파괴되지 않아서 앞으로 나올 병력으로 유정운의 공격을 막아낼 수 있겠지만 유정운 역시 뒤에서 쏟아질 공격 유닛이 있을 게 뻔했기 때문에 거의 박호준의 패배라고 할 수 있었다.

'졌다…….'

더 이상 전세를 역전시키기 어렵다는 것을 깨달은 박호준은 패배를 인정하고 게임을 끝냈다. 그리고 즉시 유정운에게 다가가 물었다.

"잠깐, 너, 배틀넷 전적이 어떻게 돼?"

"어…… 최근 건 1승밖에 없어."

"예전에는?"

"예전? 글쎄… 새로운 패치가 나올 때마다 아이디를 바꿔서 정확히는 몰라."

유정운은 귀에 끼었던 이어폰을 빼고 잠시 몸을 풀었다. 이기기는 했지만 상대가 프로게이머라는 부담감에 많이 긴장하고 있었기 때문이다. 그래서인지 이기고 나니까 더욱 기분이 좋았다. 비록 지금까지 배틀넷에서 싸운 전적을 모두 합치면 2,000승 300패 정도였지만 그걸 누군가에게 알려주고자 하는 마음은 없었다. 그리고 솔직히 '하늘의 분노'를 하느라 학교 성적이 바닥을 기어다닌 적도 있었기 때문에 별로 말하고 싶지 않았다.

"지금 네 수준이면 프로게이머들에게 결코 뒤지지 않아. 좀 더 열심히 연습하면 프로게이머가 돼도 충분하다구."

박호준은 방금 전에 보여주었던 유정운의 게임 플레이를 그렇게 평가했다. 세계 정상급의 프로게이머에게 그런 말을 들은 유정운은 속으로 째져라 웃었다. 하지만 겉으로는 아무렇지도 않은 표정을 하면서 무덤덤하게 입을 열었다.

"난 프로게이머 될 생각 없어."

"왜? 그 정도 실력이라면 엄청나게 노력했다는 건데 그 노력한 시간을 그냥 낭비하는 거하고 똑같잖아? 차라리 대회에 나가서 자신의 실력을 공식적으로 인정받아서 그간의 노력을 보상받는 게 낫다구."

"……."

사실 박호준이 지금 하고 있는 말은 예전에 유정운이 생각했던 그대로였다. '하늘의 분노'를 하느라 학교 성적까지 망쳤으니 대회라도 나가서 인정이나 받자고 생각했던 적이 있었다. 하지만 유정운은 결국 나가지 않았다. 그 이유에는 여러 가지가 있긴 했지만 가장 중요한 이유는 이것이었다.

"대회에 나가서 입상을 하게 되면 어느 정도 주목을 받아. 말하자면 공인(公人)이 되는 거야. 그게 부담스러웠거든. 그리고 재미있어서 게임을 했는데 대회에 나가고부터는 이기기 위해서 게임을 해야 하니까 게임에 흥미를 잃을 것 같은 느낌도 들었고."

말은 그렇게 했지만 유정운 역시 대회에 아예 관심이 없는 것은 아니었다. 하지만 누군가에게 주목받는 걸 싫어하는 성격이 대회로 가는 발걸음을 항상 붙잡아두었다. 또한 뭔가 하나의 일을 시작한다는 것이 두려웠기 때문에 대회에 가지 않겠다는 생각을 굳혔던 것이다. 그렇지만 박호준의 생각은 유정운과 달랐다.

"어차피 뭔가에 성공을 하게 되면 그 사람은 공인이 돼. 너도 그냥 평범하게는 살고 싶지 않을 거 아니야? 적어도 성공한 삶을 살고 싶잖아? 그러면 공인이 되는 건 필연적이라고. 그게 부담스러우면 아무것도 할 수 없어."

"……."

"사실 공인이 되면 여러 가지 제약이 많아. 난 별 생각 없이 내뱉은 말인데 공인이라는 이유로 사람들은 그것의 잘잘못을 따지지. 그런 게 때때로 부담스럽긴 하지만 어차피 세상은 다 그런 거니까 그런가 보다 하고 넘겨 버리면 돼. 무슨 말을 할 때 한 번 정도 생각해 보고 나서 하는 게 좋고."

"……."

유정운은 아무 말 없이 박호준이 하는 말을 듣기만 했다. 확실히 박호준의 말에 일리가 있었기 때문에 유정운으로서는 뭐라고 반박할 수도 없었다. 그러는 사이 박호준은 계속해서 말을 이어 나갔다.

　"그리고 프로게이머가 돼서 게임할 때도 생각보다 재미있어. 특히 자기가 개발한 전술이 상대에게 먹혀들었을 때의 쾌감은 정말 뭐라고 설명할 수가 없지. 또 차근히 다른 사람들을 이기고 우승을 했을 때의 기분도 진짜 좋고. 그것 때문에 난 프로게이머를 하고 있는 거야."

　"……."

　밝게 웃는 박호준의 얼굴을 보며 유정운은 부러움을 느꼈다. 남들은 아직 진로조차 결정하지 못하고 방황하는 시기에 박호준은 일찌감치 프로게이머로 활동하고 있기 때문이었다. 겉으로 보면 박호준에게는 진로 걱정이 없을 것 같은 느낌이 들어서 그에게 질문을 던졌다.

　"계속 프로게이머 할 거야?"

　"응? 글쎄… 가능하다면 계속하고 싶지만 솔직히 '하늘의 분노' 빼고는 내가 잘하는 게임이 그렇게 많지 않으니까 불안해. '하늘의 분노'의 인기가 떨어지고 나면 경기가 그리 자주 안 열릴 테고 그러면 더 이상 프로게이머를 할 수 없게 될지도 모르거든. 그래서 학교에 와서 다른 길이 있을까 없을까를 보려고 하는 거야."

　진로에 아무런 걱정이 없을 것 같았던 박호준이 그런 말을 하자 유정운으로서는 많이 놀랐다. 박호준조차 앞날에 대해 불안하다면 지금 아무것도 하지 않고 있는 유정운은 앞날이 더 더욱 불안할 수밖에 없었기 때문이다.

　"그래도 넌 프로게이머 하고 있으니까 적어도 다른 사람들보다는 한 발 앞서서 자신있게 나아갈 수 있잖아. 아무것도 안 하는 평범한 사람들에게는 그런 게 부러워."

"하하하, 그래? 확실히 내가 다른 사람들보다는 앞날에 대한 걱정이 덜하다고 할 수 있겠지."

비록 겉으로는 웃고 있었으나 박호준 역시 완전히 환한 웃음을 짓진 못하고 있었다. 게임의 인기도에 따라 게임 종류를 바꿔서 해야 하는 프로게이머로서의 부담감이 앞날에 대한 불안을 가져다 주고 있었던 것이다. 물론 일반 직장인들도 능력이 부족하면 짤릴지도 모른다는 부담감을 가지고 있겠지만, 유정운은 박호준의 불안감을 느꼈기 때문에 더 이상 그것에 대한 얘기는 하지 않기로 했다.

"아차, 그러고 보니까 이름도 안 물어봤네? 난 박호준, 넌?"

"유정운. 정확히는 18번 유정운."

"아, 우리 반에 이름 같은 애가 두 명 있었지! 그게 너였구나?"

"어(불행히도)."

대답을 하면서 유정운은 속으로 그런 생각을 했다. 한 반에 같은 이름을 가진 사람이 있으면 여러 가지로 주목을 받을 일이 커지고 최악의 경우에는 그 동명이인(同名異人) 때문에 피해를 볼지도 모르기 때문이었다.

"어쨌든 연습하자! 같은 팀원하고 연습하면 서로를 너무 잘 알게되니까 좋지 않은 문제점이 있는데 대회에 나가지 않는 게임 고수하고 연습을 하면 비장의 카드를 만들어내기 아주 좋거든!"

박호준은 기분 좋은 듯이 웃으며 다시 앞 자리로 돌아갔다. 그리고는 유정운 쪽을 한번 보더니 엄포를 놓았다.

"아까는 봐줬던 거고 이번엔 진짜로 할 거니까 조심해라."

"어(대충 할 걸 알고 있었으니까 초반부터 배 째라 멀티로 나간 거지)……."

　말하고 생각하고 따로 놀면서 유정운은 다시 이어폰을 귀에 끼었다. 그리고 곧장 박호준과의 두 번째 경기에 들어갔다. 두 번째 경기는 프로게이머인 박호준의 승리였다. 한 달 동안 손을 놓고 있던 유정운과는 달리 박호준은 계속해서 전술을 연구했기 때문에 상대의 전술을 제대로 파악하지 못한 유정운이 패배의 고배를 마시게 된 것이었다.

　타타탁― 타탁―

　두 사람이 키보드를 두드리는 소리가 교실 가득히 울려 퍼졌다. 맨처음에 했던 것을 포함하면 4전 2승 2패로 무승부였다. 그동안 몇 명의 아이들이 교실 안으로 들어왔으나 그중의 대부분이 여학생들이라 유정운과 박호준의 게임 경기에는 별 관심을 보이지 않았다.

　"후우~ 유정운! 뭐 마시러 가자!"

　"어……."

　마지막 경기를 간신히 이긴 박호준이 씩 웃으면서 유정운에게 말을 걸었고 유정운은 방금 졌기 때문에 약간 인상을 찌푸리며 대답했다. 조금만 머리를 썼더라면 이길 수 있는 경기를 져버려서 계속 신경이 쓰이는 것이었다.

　위잉―

　3층 매점 앞에 있는 자판기에서 박호준과 유정운은 음료수를 뽑아 마시기 위해 자판기의 동전 자동 투입구에다 5,000원짜리 동전을 집어넣었다. 천인 고등학교에는 1, 4, 7층에 식당이 있고 나머지 층에는 매점이 있어서 언제라도 뭘 먹을 수 있게 해놓았다. 학생들은 항상 굶

주린 상태에 있기 때문에 매점을 많이 만들어도 언제나 붐볐다. 그래서 매점과 자판기 운영으로 학교가 학생들에게서 벌어들이는 수입은 꽤 짭짤했다.

따닥—

콜라 종류의 음료수를 고른 박호준은 한 손에 들어오는 크기의 캔을 따서 내용물을 벌컥벌컥 마셨다. 3월이라 날씨가 아직 쌀쌀하기 때문에 자판기의 캔들은 따끈따끈하게 달구어져 있었다. 유정운은 박호준과 달리 사과 주스 종류의 음료수를 골라서 천천히 마셨다. 따끈따끈한 음료수를 마시며 휴식을 취하고 있는 도중 박호준이 유정운에게 말을 걸었다.

"유정운, 오늘부터 연습해야 되니까 우리 집으로 와라."

"너네 집?"

"그래! 내가 점심 제공할 테니까 내 연습 상대해라."

"음……."

박호준의 말에 유정운은 잠시 생각에 잠겼다. 하지만 점심 제공이라는 말의 유혹이 너무나 강렬했기 때문에 결정은 쉽게 내려졌다.

"그러지 뭐."

"좋아, 여차하면 저녁도 제공해 주지."

"어(저녁때까지 눌러 붙자!)."

속으로 저녁까지 얻어먹을 작정을 하자 유정운의 기분은 하늘을 찌를 정도로 좋아졌다. 지금의 유정운에게는 박호준이 집에서 인스턴트 식품을 내놓든 박호준의 어머니가 만들어주는 밥을 먹든 상관없이 그저 자신의 집, 정확히는 형 유명운의 집에서 밥을 먹지 않아도 된다는 사실이 기쁜 것이었다.

"야, 저거 봐!"

그때 박호준이 유정운의 옆구리를 팔꿈치로 찌르면서 계단 쪽을 가리켰다. 그래서 유정운은 음료수를 홀짝홀짝 마시면서 시선만 살짝 계단 쪽으로 돌렸다. 그런 유정운의 눈에 한 명의 여학생의 모습이 비추어졌다. 지금 이 시간에 이 학교에 있으면 이 학교 학생일 게 뻔하지만 그것을 더욱 명확하게 나타내주는 것은 여학생의 교복이 검은색 마이와 검은색 치마, 그리고 흰색 블라우스로 이루어져 있다는 점이었다. 게다가 그 여학생의 목에는 3학년임을 뜻하는 짙은 남색의 리본이 매어져 있어서 이제 갓 들어온 따끈따끈한 신입생인 박호준과 유정운에게 있어서 그녀는 선배라는 것을 뜻하고 있었다.

하지만 무엇보다도 그 여학생에서 빼놓을 수 없는 것은 미모였다. 허리까지 내려오는 은색의 긴 머리카락이 걸을 때마다 찰랑찰랑 흩날리는 모습과 여학생의 아름다운 이목구비가 서로 어울려 굉장히 신비스러운 분위기를 풍기고 있었던 것이다. 사실 은색은 어떻게 보면 흰색과 거의 같은 색이기 때문에 '노인=백발'이라는 이미지로 인해 젊은 사람들 사이에서 별로 환영받지 않는 머리 염색 색깔이었다. 그런데 지금 그 여학생에게는 그 은발의 머리카락이 신비스러운 분위기를 만드는 데 주도적인 역할을 하고 있었다.

"저 선배 진짜 예쁘지 않냐?"

박호준은 연신 감탄을 하면서 계속 그 여학생을 쳐다보았다. 시각적인 것에 자극을 상당히 많이 받는 동물이 남자이기 때문에 예쁜 여성에게서 눈을 돌리기가 매우 어려운 것이었다. 그건 유정운 역시 마찬가지였지만 박호준과는 약간 다른 이유로 여학생에게서 시선을 떼지 않고 있었다.

'어라, 저 사람 어디서 본 것 같은데… 어디지?'

짜릿—!

그때 머리를 굴리던 유정운의 모든 기관이 정지했다. 단순히 그 여학생과 유정운의 시선이 정면으로 마주친 것뿐이었지만 유정운은 온몸에 전류가 흐르는 듯한 느낌을 받았기 때문이다. 하지만 그렇게 여학생의 얼굴을 정면으로 쳐다볼 수 있었던 덕에 그 여학생의 정체를 생각해 낼 수 있었다.

'아, 어제 입학식 하기 전에 잠깐 나왔다 사라졌던 여자구나.'

또각또각—

잠깐 유정운과 시선을 마주쳤던 여학생은 학생용 구두를 신은 탓에 또각또각 소리를 내며 곧 아무렇지도 않게 방송실 쪽으로 걸어갔다. 유정운 옆에는 훨씬 얼굴이 눈에 띄는 박호준이 버티고 서 있었지만 그녀는 박호준에게 관심조차 보이지 않았다. 그런 여학생이 유정운과 시선을 마주친 이유는 아주 간단했다. 유정운의 앞머리가 그의 얼굴을 절반 이상 가리고 있어서 시선이 그냥 그리로 갔던 것이다.

"저 선배 방송부인가 본데?"

여학생이 바로 방송실 안으로 들어가자 박호준은 의외라는 표정을 지었다. 신비스러운 분위기를 풍기기 때문에 방송부와는 성격이 맞지 않을 것이라고 생각했던 것이다. 생각이야 어쨌든 박호준은 그 여학생에게서 시선을 떼고는 고개를 휘휘 저으며 입을 열었다.

"저 선배도 예쁘긴 하지만 아쉽게도 난 벌써 찍어놓은 사람이 있어서 안 되겠다."

"전애리 선생님?"

"하하, 전애리 선생님이 훨씬 더 성숙하고 매력적… 인데 너, 어떻게 알았냐? 내가 언제 전애리 선생님 좋아한다고 말했어?"

아무 생각 없이 말을 이어가던 박호준이 갑자기 놀란 표정을 지으며 유정운을 다그쳤다. 그래서 유정운은 들고 있던 음료수를 한 모금 마신 다음에 대답해 주었다.

"첫날부터 전애리 선생님에게 잘 보이려고 전자책 가져오겠다고 한 거 아니었어?"

"하하, 자식! 눈치가 빠르구나!"

유정운의 입장에선 전혀 눈치 빠를 것도 없는 것이라 생각했지만 박호준이 멋쩍어할까 봐 그냥 음료수만 마셔댔다. 그렇게 유정운과 박호준이 자판기 앞에서 음료수를 마시고 있는 동안 시간은 유유자적 흘러가서 아이들이 줄지어 몰려드는 때로 접어들었다. 그래서 유정운과 박호준은 교실로 돌아가 자리에 앉았다. 아직 자리를 정확하게 말아놓은 게 아니었기 때문이다.

"제일 앞에 앉자."

"……!"

교실에 들어가자마자 박호준은 노트북과 가방을 챙겨 들고 테이블의 제일 앞쪽에 털썩 하고 앉았다. 앞 자리가 껄끄러운 유정운으로서는 별로 내키지 않았으나 박호준이 그리 앉았기 때문에 어쩔 수 없이 박호준의 옆 자리에 앉아야만 했다.

'점심, 저녁을 먹으니까 이 정도는 참아야지… 크으…….'

왠지 모르지만 앞쪽 자리에 앉아서 굉장히 들떠 있는 박호준을 보며 유정운은 속으로 피눈물을 흘렸다. 당연한 얘기지만 앞에 앉으면 선생들의 집중적인 시선을 받기 때문에 괴로운 것이다. 특히 자신없고 재미없는 과목일 때는 그 시선이 더욱 괴롭기 짝이 없었다.

"야, 유정운! 너, 아까 그 선배 어떻냐? 마음에 드냐?"

"……?"

뭐가 좋은지 자리에 앉아서 계속 싱글싱글 웃던 박호준이 갑자기 유정운을 바라보며 질문을 던져서 유정운은 약간 멍한 표정으로 박호준을 쳐다보았다. 하지만 이내 박호준이 한 질문의 의도를 알아차리고 별거 아니라는 듯한 어조로 답했다.

"내가 좋아하는 타입."

"그래? 그럼 방송부 들어가. 그 선배 아까 방송부 들어갔으니까 100% 방송부야. 방송부 들어가서 열심히 러쉬해 봐. 입구가 안 뚫릴 것 같으면 멀티 늘리면서 자원을 충분히 확보한 다음에 폭탄드랍을 하던가 강력한 고급 유닛을 많이 뽑아서 한방 러쉬를 하던가."

"…게임인 줄 아냐?"

"사랑하고 게임하고 별 차이 없어. 어차피 사랑도 전략이라구. 전략 없는 사랑은 오래 지속될 수 없거든. 물론 그 전략의 밑바탕에는 진심 어린 사랑이 깔려 있어야 하겠지만."

박호준은 마치 사랑을 많이 해본 사람인 듯한 태도로 유정운에게 충고를 했다. 하지만 그 정도는 유정운도 알고 있는 사실이었기 때문에 별로 감동받거나 하지는 않았다. 대신 사랑을 게임 방식으로도 설명할 수 있다는 사실이 유정운에게 흥미를 불러일으켰다.

"아, 그런데 너, 어느 부 들어갈 거냐? 난 게임부가 있으면 거기 들어갈 건데, 너도 같이 연합 러쉬 안 들어갈래?"

"…게임부가 있는지 정찰은 한 거야?"

"정찰은 네가 해라."

"싫어. 난 게임부 안 들어갈 거야."

"야야, 그러지 말고 같이 들어가자."

"안 들어갈껴."

게임부에 들어가지 않겠다는 유정운을 설득시키려고 박호준은 열심히 노력했지만 생각보다 유정운의 마음은 쉽게 변하지 않았다. 특히 어벙한 태도로 말하고 있는데도 입에서는 계속 싫다라는 말이 나오고 있었기 때문에 더 이상 유정운의 마음을 돌린다는 것이 어렵다는 것을 깨달았다.

스르륵—

그때 앞문이 옆으로 부드럽게 열리면서 1학년 28반 담임인 전애리 선생이 당당한 모습으로 들어왔다. 어제와 다름없는 갈색 긴 염색 머리에 미니스커트를 입고 하이힐을 신고 들어온 전애리 선생은 교탁 앞에 서서 투명한 안경을 통해 보이는 눈동자로 교실 안의 학생들을 쭉 둘러보았다. 엘리트 적이고 지적인 전애리 선생의 분위기에 학생들은 이미 압도당하여 조용히 하라는 소리를 듣지 않아도 조용히 하고 있었다.

"그럼 출석을 부르겠어요. 1번……."

전애리 선생은 이 조용한 틈을 타서 별로 크지 않은 목소리로 출석을 부르기 시작했고 학생들은 자신의 이름과 번호가 불릴 때마다 차례로 대답했다. 같은 이름을 가진 사람이 있는 유정운은 전애리 선생이 17번 유정운이라고 했을 때 자기도 모르게 대답을 하려고 했다가 가까스로 입을 다물어 쪽팔림당할 위기를 모면했다. 하지만 쪽팔림을 모면했다고 생각한 순간 곧바로 18번 유정운의 이름이 불려졌고 안심하고 있었던 유정운은 곧바로 대답하지 못하고 '예, 예?!' 라고 말을 함으로써 결국은 아이들에게서 쪽팔림을 받게 되었다.

"우선 임시 반장을 뽑아야 하는데, 누구 할 사람 없어요?"

출석을 다 불러 한 명도 빠지지 않고 교실에 앉아 있다는 것을 확인한 전애리 선생은 약간 걱정스러운 말투로 입을 열었다. 학급 임원 선거는 3월달 중반쯤에 이루어지기 때문에 그때까지는 정식 반장을 대신할 임시 반장이 필요했다. 하지만 머리가 어느 정도 돌아가는 고등학생들이 아무런 이득 없이 임시 반장 같은 걸 할 리가 없었다.

'역시 임시 반장은 청소를 면제시키거나 주번을 하지 않도록 하는 방법밖에는 없나…….'

약간 착잡한 마음을 느끼며 전애리 선생은 막 임시 반장이 되면 몇 가지 혜택 사항이 있다는 것을 알려주려고 했다. 그런데 그 순간 갑자기 제일 앞에 앉아 있던 박호준이 손을 번쩍 들면서 큰 목소리로 소리쳤다.

"선생님! 제가 임시 반장 하겠습니다!"

"……!"

임시 반장을 스스로 하겠다고 나설 사람이 없을 것이라 생각했던 전애리 선생과 학생들은 예상치 못한 박호준의 말에 크게 놀라고 말았다. 특히 박호준을 알고 있는 아이들은 더 더욱 놀란 표정을 지었다. 프로게이머라는 직업이 있어서 비록 임시 반장이라지만 상당히 신경 쓸 일이 많은 자리이기 때문에 과연 잘 해낼 수 있을지 걱정되는 것이었다. 게다가 내일부터 게임 대회가 있으니 그 걱정은 더해질 수밖에 없었다.

"그래… 이름이 뭐죠?"

"박호준입니다!"

"그럼 호준이가 임시 반장을 하겠어요. 일어나서 아이들에게 자기

소개해요."

"예!"

전애리 선생의 말에 박호준은 자리에서 당당히 일어나 뒤로 돌아서고는 학생들을 향해 자신있는 어조로 외쳤다.

"7번 박호준입니다! 잘 부탁합니다!"

짝… 짝짝—

처음엔 박수 소리가 작았지만 몇 사람이 박수를 치자 이내 다른 학생들도 박수를 치기 시작했다. 그 박수 속에는 박호준의 임시 반장 당선을 축하한다기보다는 임시 반장 선출 시간이 상당히 단축되었다는 것에 대한 기쁨의 의미가 담겨 있었다. 박호준이 자진해서 임시 반장을 맡겠다고 나섰기 때문에 수업 시간까지 무려 8분 정도가 남았기 때문이다.

"음… 그럼 이걸로 아침 조례는 마치도록 하겠어요. 1교시에는 마법이론 시간이니까 또 만나겠네요. 잠시 후에 보도록 해요."

전애리 선생은 출석부를 챙기고는 하이힐 소리를 내며 교실 밖으로 나갔다. 전애리 선생이 교실을 완전히 나설 때까지 학생들은 쥐 죽은 듯이 조용히 있다가 선생의 모습이 완전히 사라지자마자 시끄럽게 떠들며 교실을 활보하기 시작했다. 그리고 임시 반장인 박호준 역시 반 대표답게 열심히 떠들어대었다.

"유정운! 내가 반장이니까 넌 자동적으로 부반장이 되는 거야, 알겠냐?"

"…임시 부반장이 어디 있어?"

"지금부터 만들면 되지!"

"혼자 만들어. 난 화장실이나 갈란다."

박호준이 쓸데없는 말을 하기 전에 유정운은 자리에서 일어나 유유히 교실을 나섰다. 화장실은 각 층마다 양쪽 끝에 있었기 때문에 교실에서 나온 유정운은 방송실을 지나 서쪽으로 걸어갔다. 가는 도중 방송실을 슬쩍 쳐다보았지만 오늘은 교내 방송이 없는 관계로 방송실에는 아무도 없었다.

쏴아아—

남자 화장실에서 작은 일을 마친 유정운은 잠시 화장실 안을 둘러보았다. 이제 막 개학을 했기 때문인지 화장실은 깨끗함이 철철 흘러넘치고 있었다. 게다가 향수까지 뿌려져 있어서 화장실 특유의 구수한 냄새가 유정운의 후각을 자극하는 일은 없었다. 돈 많은 학교답게 학생 화장실에도 상당한 관리비를 쏟아 붓고 있었던 것이다.

'쩝… 향수가 뿌려져 있으면 아무리 더러워도 깨끗한 것처럼 느껴진단 말이야……'

향수의 영향력 때문에 화장실의 위생이 매우 청결하다는 느낌을 받은 유정운은 머리를 휘휘 내저었다. 하지만 그렇다고 화장실 냄새를 맡고 싶은 생각도 없었기 때문에 차라리 더러움을 어느 정도 감출 수 있는 향수 냄새가 훨씬 낫다고 생각했다. 어쨌든 남자 화장실을 대충 둘러본 유정운은 미련없이 화장실 밖으로 나가려고 했다. 하지만 그때.

쏴아아—

사람이 서 있지 않기 때문에 물이 내려와서는 안 되는 남자 소변기에서 갑자기 물이 내려오기 시작했다. 수업 첫날부터 소변기의 센서가 망가질 리 없다고 생각했기에 유정운은 호기심을 가지고 물이 계속 내려오고 있는 소변기를 살펴보았다. 그러다가 소변기의 센서 부근이 점차 뒤틀리고 있음을 발견했다.

'어라? 소변기 표면이 막 꾸물꾸물하네? 꼭 아메바 같군.'

유정운이 보는 대로 물이 계속 내려오는 소변기는 완전히 살아 움직이는 것처럼 꿈틀대고 있었다. 그런데 그 꿈틀대는 범위가 시간이 지날수록 점차 넓어지고 있었다. 화장실 벽까지 슬금슬금 퍼지면서 옆에 있는 멀쩡한 소변기에까지 도달했던 것이다. 그리고 어김없이 그 꿈틀이에게 감염된 소변기는 고장나 버리고 말았다. 만약 이대로 꿈틀이가 증식을 계속한다면 화장실 내의 모든 것이 아메바처럼 꾸물대는 꿈틀이로 변해 버릴 것이 확실했다.

'우선 아메바를 얼려서 증식을 못하게 해야겠다!'

선생이나 다른 사람에게 도움을 청하기 전에 먼저 응급조치를 해야 한다고 생각한 유정운은 즉시 눈을 감고 무엇인가를 열심히 중얼거리기 시작했다.

"위대한 마나(Mana)여, 그대 나의 부름에 답하여 내가 이끄는 대로 따라오라."

겉으로는 아무런 변화도 일어나지 않았지만 유정운의 표정은 진지함 그 자체였다. 유정운은 여전히 눈을 감은 채로 방금 전에 했던 말을 여러 번 되풀이했다. 하지만 자신이 원했던 것이 잘 안 되는지 그의 눈은 약간 찌푸려져 있었다.

'말아먹을! 맨날 중요할 때만!'

속으로 잠시 투덜거린 유정운은 다시 정신을 집중하고 같은 말을 여러 번 반복했다. 그러는 동안 아메바 꿈틀이는 계속 증식을 하면서 세 개째의 소변기를 망가뜨리고 있었다. 만약 이때 누군가 화장실로 들어온다면 그 광경을 보고 놀라서 선생들에게나 다른 사람들에게 알려줄 수도 있겠지만 안타깝게도 모두들 그전에 볼일을 끝냈는지 아무도 화장실 근처에 얼씬거리지 않았다.

'됐다!'

어느 정도 시간이 흐르고 나서야 겨우 자신이 원하는 것을 이룬 유정운은 즉시 가지고 있던 휴대폰을 꺼내어 아메바 꿈틀이를 향해 겨냥했다. 그리고 나서 또다시 어떤 주문을 외쳤다.

"위대한 마나여, 그대 차가운 손으로 얼음의 꽃을 피우라!"

단 한 번의 주문 외침으로는 아무런 변화도 일어나지 않았다. 하지만 그 주문을 몇 번인가 외치자 드디어 유정운이 의도한 대로 사건이 발생했다.

번쩍—

유정운이 들고 있던 핸드폰에서 녹색의 빛이 뿜어져 나왔다. 그리고 그와 동시에 열심히 증식을 하고 있던 아메바 꿈틀이가 차가운 얼음에 완전히 뒤덮이게 되었다. 그 때문에 아메바 꿈틀이의 증식은 더 이상 진행되지 않았다. 생물이든 무생물이든 온도가 낮은 상태에서는 결코 증식이나 팽창을 할 수 없기 때문이었다.

"……!"

유정운이 마법의 성공을 직감했을 때 뭔가 이상한 느낌에 눈을 커다랗게 떴다. 아메바 꿈틀이를 얼려 버렸던 얼음이 점차 그 강도를 더해가면서 화장실의 소변기를 하나하나 박살내고 있었기 때문이다. 마법을 완성하고 그 제어에 실패해서 아메바 꿈틀이가 아닌 유정운의 마법이 소변기를 고장내고 있었던 것이다.

콰앙! 콰쾅!

연속적인 폭발과 함께 소변기의 센서가 터져 나갔다. 더 이상 화장실 안에 있다가는 무슨 봉변을 당할지 모르기 때문에 유정운은 즉시 화장실을 빠져나왔다. 하지만 화장실 안에서는 계속해서 소변기가 터져 나가는 소리가 아름답게 들려왔다.

"무슨 일이야?!"

"뭐가 터졌어!!"

3층 남자 화장실에서 폭발음이 들리자 교실에 있던 아이들이 구름떼처럼 몰려나왔다. 마침 그때 수업 시작 5분 전임을 알리는 예비종이 울려도 아이들은 화장실에서 모락모락 피어 오르는 연기를 보며 사이좋게 웅성거릴 뿐이었다.

"무슨 일이냐? 누가 한 짓이야!"

아이들의 인파를 헤치며 우락부락하게 생긴 40대의 남자 선생이 큰 목소리로 외치며 화장실 쪽으로 다가왔다. 그 순간 유정운은 바늘이 촘촘히 박힌 방석에 엎드린 듯 뜨끔한 느낌을 받았으나 차마 자신이 실수로 화장실을 부쉈다고는 할 수가 없어서 몰래 빠져나가려고 했다. 그런데 어떤 아이가 유정운이 화장실 안에 있던 것을 봤는지 그 남자 선생에게 유정운의 죄를 불었고 남자 선생은 즉시 몰래 빠져나가려는 유정운의 멱살을 붙잡았다.

"너, 아까 화장실 안에 있었지? 증인도 있으니까 헛소리하면 가만 안 두겠다."

우락부락한 얼굴을 들이밀며 협박하는 남자 선생의 말에 유정운은 눈물을 머금고 고개를 끄덕여야 했다. 그렇게 유정운이 사건 당시 현장에 있었다는 것을 확인한 남자 선생은 즉시 유정운을 위층으로 끌고 갔다.

"학생부 가서 잠깐 얘기 좀 하자."

"……!"

유정운은 학생부까지 끌려가고 싶은 생각은 없었으나 남자 선생이 무지막지하게 잡아끌었기 때문에 힘없는 유정운으로서는 그저 끌려가는 대로 끌려갈 수밖에 없었다. 화장실 앞에 모여 있던 아이들은 끌려가는 유정운을 향해 다양한 눈길을 보냈다. 그래도 그 눈길 중 대부분은 곱지 않은 뜻을 담고 있었다. 특히 남자들은 유정운에게 적대감조차 내비치고 있었다. 유정운이 3층 남자 화장실을 날려먹은 덕에 동쪽 끝에 있는 3층 화장실을 이용하거나 2층이나 4층에 있는 화장실을 이용할 수밖에 없기 때문이었다.

"개학 첫날부터 1학년이 뭐 하는 짓이야? 무슨 수작을 부렸길래 화장실이 박살난 거냐고! 폭탄이라도 가져와서 터뜨린 거냐?"

유정운을 7층 학생부까지 끌고 간 남자 선생은 다른 학생부 선생들이 보는 앞에서 유정운을 힐책하기 시작했다. 잘못을 저질러서 학생부에 끌려온 만큼 유정운은 감히 학생부실 안에 누가 있는지 확인할 수도 없었다. 단지 마음속으로 담임 선생이 학생부 소속이 아니길 바랐다. 만약 전애리 선생이 학생부 선생이라면 지금 자신이 남자 선생에게 혼나는 모습을 그대로 들켜 버리기 때문이다. 어쨌든 유정운은 머리를 긁적이며 남자 선생의 힐책 어린 질문에 대답을 했다.

"그게… 폭탄은 아니고……."

"그럼 뭐야?"

"마법을 잘못 써서……."

"마법?"

유정운의 말에 남자 선생은 눈살을 찌푸렸다. 유정운의 빨간색 넥타이가 유정운이 1학년임을 명백하게 나타내 주고 있었기 때문에 1학년인 유정운이 마법으로 화장실을 박살냈다는 것을 믿을 수 없었던 것이다. 그러다가 문득 유정운이 어렸을 때부터 마법을 배웠을지도 모른다는 것에까지 생각이 미쳤다.

"너, 중학교 때 마법 배웠었냐?"

"예."

"그럼 밴드(Band)수는?"

"그게… 불규칙해서……."

"불규칙? 밴드가 언제 불규칙했냐? 너, 계속 거짓말할래?"

유정운이 지금 거짓말을 하고 있다고 생각한 남자 선생은 인상을 험악하게 지었다. 약간 대답하기가 꺼림칙한 유정운은 머리를 긁적이면서 슬쩍 다른 곳으로 시선을 돌렸다. 그런 그의 시선에 웬 긴 은발의 여학생 모습이 들어왔지만 별 신경 쓰지 않고 남자 선생의 질문에 대답했다.

"밴드수는 4개이긴 한데… 마법을 쓰면 불규칙하게 반응을 해서…… 마법 제어가 잘 안 되고……."

"밴드수가 4개?!"

남자 선생은 크게 놀라는 표정을 지었다. 그는 이미 유정운의 밴드수가 4개라는 말 이외에는 전혀 듣지 않고 있었다. 그런 남자 선생의 반응이 유정운을 짜증나게 만들었다. 언제나처럼 사람들은 4밴드라는 사실만을 중시하지 실제로 유정운이 얼마만큼의 마법 밴드를 사용할 수 있는지에는 신경조차 쓰지 않기 때문이었다.

'역시 밴드수는 말하지 않는 거였는데…….'

말을 하고 나서 유정운은 크게 후회를 했지만 이미 늦은 상태였다. 남자 선생은 유정운이 어린 나이에도 일반 성인 마법사 수준의 밴드수를 갖췄다는 사실에 크게 놀라면서 그것을 학생부 내의 사람들에게 다 들리도록 소리치고 있었던 것이다.

"4밴드라고? 그래서 화장실을 그렇게 박살낼 수 있었던 거였군! 4밴드라면 충분히 화장실을 부수고도 남으니까!"

"……."

남자 선생이 무슨 말을 하던지 간에 유정운은 그냥 잠자코 땅바닥만 쳐다보았다. 한동안 유정운이 4밴드라는 사실에만 집착하던 남자 선생은 문득 화장실 폭발 사건을 떠올리고는 급히 유정운에게 물었다.

"그런데 왜 화장실은 아작냈냐?"

"……."

사실대로 아메바 꿈틀이가 소변기 센서에서부터 증식해 나갔기 때문에 그걸 막으려고 마법을 썼다가 마법 제어 실패로 아메바 꿈틀이를 너무 얼리는 바람에 소변기 센서가 잇달아 파괴되면서 화장실이 엉망이 되었다고 말했다가는 미친 인간 취급받을 게 뻔했으므로, 유정운은 약간 거짓말을 구상할 시간을 가진 뒤에 입을 열었다.

"화장실 갔다가 심심해서 마법 연습해 보려고 했다가……."

"화장실에서 왜 연습을 해?"

"화장실에 아무도 없고… 또 1교시가 마법이론 수업이라서……."

그 말을 하면서 유정운은 열심히 머리를 긁적이는 시늉을 했다. 어떻게든 이 위기를 빠져나가서 담임에게 첫날부터 찍히는 불상사를 막아야 했기 때문이었다. 그러나 남자 선생은 그런 유정운의 바람을 무참히 짓밟았다.

"쓸데없이 마법 연습하다가 학교 화장실을 부숴먹다니! 하여간 마법 좀 쓴다는 것들은 실력 과시나 하고 앉아 있다니까! 담임 선생님 누구야? 너같이 자기 과시 하고 싶어서 안달난 놈들은 특별 지도를 받아야 해!"

'내가 언제 자기 과시를 했다고······.'

속으로는 열심히 남자 선생의 말을 씹었으나 겉으로는 그저 아무 말 없이 얌전히 있었다. 남자 선생이 마법사에 대해서 어떤 열등감 비슷한 것을 가지고 있는 기미가 보였기 때문에 괜히 대들었다가는 욕만 줄창 먹을지도 모르는 상황이었던 것이다.

"담임 선생님이 누구냐니까?!"

남자 선생은 유정운이 대답을 안 하자 더욱 화를 내며 유정운을 닦달했다. 상황이 이쯤 되니 유정운으로서는 대답을 안 할래야 안 할 수가 없었다. 어차피 화장실을 망가뜨린 이상 담임의 귀에 이 사실이 안 들어갈 리가 없기 때문이었다.

"···전애리 선생님이요······."

"전애리 선생? 나참, 담임한테 잘 보이려고 화장실 아작냈냐?"

"······."

"하여간 전애리 선생도 이런 문제아를 맡게 생겼으니 골치 좀 썩히겠군."

남자 선생은 유정운을 보며 혀를 찼다. 졸지에 문제아가 된 유정운은 그저 가만히 서 있을 뿐이었다. 그때 다른 학생부 남자 선생이 유정운을 나무라는 남자 선생에게 말을 걸었다.

"김(金) 선생, 이런 일 자주 있는데 뭘 그리 화를 내? 새학기 되면 마법 좀 쓴다는 것들이 툭하면 싸움해서 학교 기물 파괴하는 게 관례 잖아. 들어보니까 그 녀석은 누구와 싸운 것도 아닌 것 같은데 웬만하

면 그냥 눈감아주지 그래?'

'어라? 내 편이 있잖아?'

다른 남자 선생의 말을 듣고 유정운은 약간 의외라는 생각을 했다. 화장실 폭파 사건을 그냥 눈감아주라는 것은 그만큼 그것보다 더 큰 사건도 가끔씩 이 학교에서 일어난다는 것을 뜻했다. 즉, 이 천인 고등학교는 상당히 위험한 곳이라는 소리였던 것이다.

"이런 녀석일수록 나중에 큰 싸움 벌인다고."

유정운의 잘못을 눈감아주자는 말에 김 선생이라 불린 그 남자 선생은 탐탁지 않은 눈으로 유정운을 쳐다보았다. 유정운 역시 탐탁지 않은 눈으로 자신을 쳐다보는 김 선생이 마음에 들지 않았지만 그렇다고 똑같이 탐탁지 않은 눈으로 쳐다봤다가는 어떤 일이 일어날지 모르기 때문에 그냥 땅바닥만 내려다보았다. 어찌 됐거나 유정운은 잘못을 한 입장인 것이다.

"임마, 여기에다 반하고 이름 적어."

김 선생은 귀찮다는 표정으로 유정운에게 전자서류와 전자펜을 건네주었다. 전자서류에는 학교 기물 파괴 신고서 파일이 열려 있었고 신고서에는 기물 파괴자의 반과 이름을 쓰는 공란이 있었다. 그래서 유정운은 전자펜으로 자신의 반과 이름, 그리고 번호까지 개재했다. 그것을 보고 김 선생이 어이없는 표정을 지었다.

"누가 번호까지 적으랬냐? 아예 주소하고 주민등록번호까지 다 쓰지 그래?"

'말아먹을, 누군 좋아서 번호 쓴 줄 아냐?'

우선 속으로 김선생을 열심히 씹어준 유정운은 겉으로 멍청한 표정을 지으며 말했다.

"반에 이름이 같은 애가 있어서요……."

"같은 반에? 그럼 그 녀석이 고생 좀 하겠군. 이런 문제아하고 같은 이름이니까."

'그래, 맘대로 떠들어라. 얼굴도 오랑우탄처럼 생겨먹어 가지고…… 빨리 고향인 정글로 돌아가라.'

김 선생이 유정운을 힐책할수록 유정운은 속으로 김 선생을 씹기만 할 뿐 겉으로는 그 어떤 불쾌감도 나타내지 않았다. 그렇기 때문에 김 선생으로서도 더 이상 유정운을 힐책하지도 못했다. 그의 입장에서는 유정운이 반성을 하고 있는 것처럼 보였기 때문이었다.

땅동 땅동—

그때 1교시 수업 시작을 알리는 종소리가 발랄하게 들려왔다. 마침 유정운의 거짓된 반성의 기미에 속고 있던 김 선생은 종소리가 나자마자 유정운에게 해방 명령을 내렸다.

"화장실 날려먹은 건 알아서 할 테니까 넌 교실로 돌아가. 만약 나중에 또 일을 저지르면 그땐 바로 근신 먹을 줄 알아, 알았나?"

"예. 에… 그럼 가보겠습니다."

해방 명령을 받은 유정운은 김 선생에게 꾸벅 인사를 하고 조용히 학생부실을 빠져나왔다. 그리고 천천히 복도 중앙에 나 있는 중앙 에스컬레이터를 타고 3층까지 내려갔다. 어차피 종이 울린 이상 뛰어가도 1교시 수업에는 늦기 때문에 천천히 가자고 생각한 것이다. 하지만 그보다 더 중요한 이유는 수업에 늦은 이유를 어떻게 둘러댈 것인가 생각해 내기 위해서였다.

'화장실에서 큰 거 보다가 늦었다고 해? 이거야 전혀 안 통하겠지만… 그럼 사실대로 얘기할까? 하지만 그것도 별로고…… 으아~ 돌

아버리겠다……!'

3층까지 다 내려왔을 때에도 유정운은 변명할 거리를 생각하지 못하고 그냥 시간만 보냈다. 결국 '알아서 망하겠지'란 심정으로 무작정 1학년 28반의 교실 뒷문을 열고 들어갔다. 교실 안은 웬일인지 떠들썩했는데 유정운이 들어가자마자 일순간에 조용해졌다. 그리고 모든 반 아이들의 시선이 유정운에게로 꽂혔다. 그것은 유정운에게 굉장한 심리적 압박으로 작용할 수밖에 없었다.

"네가 유정운이니?"

조용한 교실 분위기를 깨뜨리며 교단에 서 있던 전애리 선생이 유정운에게 질문을 던졌다. 아직 학생들의 이름조차 제대로 파악하지 못할 게 당연한 담임이 벌써부터 유정운의 이름을 알고 있다는 건 방금 전까지 교실에서 유정운을 화제로 한 이야기가 있었다는 것을 뜻했다. 적어도 유정운은 그렇게 판단했다. 어쨌든 담임이 질문을 했기 때문에 바로 대답을 날렸다.

"예."

"어서 자리에 앉아라."

"……?"

전애리 선생이 '왜 늦었니?'라는 질문을 던지리라 예상했던 유정운은 의외의 말이 나오자 약간 멍청한 표정을 지었다. 하지만 방금 전까지 아이들에게서 유정운이 무슨 이유로 늦은 것인지 들었을 가능성이 있었기 때문에 유정운은 아무 말 없이 자신의 자리로 향했다. 다행히도 박호준이 자신의 옆 자리를 비워준 상태였기 때문에 바로 그쪽에 앉았다. 그렇게 자리에 앉자마자 곧바로 박호준의 작은 목소리가 유정운의 귀를 간지럽혔다.

"야, 너 화장실 작살냈다며?"

'그럼 그렇지……'

그렇게 큰 소동을 내놓고 조용할 리가 없다고 생각했기 때문에 유정운은 별로 당황하지도 않았다. 하지만 일부러 화장실 박살냈다고 자랑하고 싶지도 않아서 조용히 전자책을 꺼내 공부할 분위기를 조장했다. 그런데도 박호준은 유정운이 뭘 하든 말든 혼자 떠들어대었다.

"그렇게 안 생겼는데 생각보다 막 나가는 스타일인 것 같다, 너?"

"……."

"화장실에 무슨 감정 있어? 다음엔 화장실 연쇄 폭파 계획이라도 세우고 있냐?"

"……."

박호준이 혼자 떠드는 동안 유정운은 마법이론 교과서 파일을 전자펜으로 클릭하여 연 후 잠시 내용을 훑어보고자 했다. 그때 전애리 선생이 혼자 작은 목소리로 떠들고 있는 박호준에게 경고를 했다.

"박호준 군, 수업 시작했어요."

"아, 죄송합니다!"

전애리 선생의 경고에 박호준은 큰 목소리로 외쳤다. 게다가 얼굴에는 웃음까지 싱글싱글 걸려 있었기 때문에 전애리 선생으로서는 더이상 화를 낼 수도 없었다. 그래서 대신 조용히 하라는 뜻으로 애꿎은 교탁만 몇 번 두드린 다음에 바로 수업에 들어갔다.

"모두 교과서 파일 열고 수업 준비하세요."

서기 2O24년

마법이론 4장

IV 마법이론

"선생니~임!"

전애리 선생이 수업 시작하겠다는 소리를 하자 학생들의 입에서 약속이나 한 듯이 그 말이 튀어나왔다. 하지만 학생들이 그런 말을 할 것이라 예상하고 있었던 전애리 선생은 일말의 흔들림도 없는 표정으로 입을 열었다.

"오늘은 마법에 대한 전반적인 것만 대강 설명하겠어요. 그리고 사실 마법이론을 완전히 이해하려면 고등학교 이상의 과학적 지식이 필요하기 때문에 자세히 설명할 수도 없구요. 그러니까 오늘은 그냥 마음 편히 하고 들으세요."

"선생님~ 아이~"

"애교 부리지 말고 자세 바르게 하세요."

"아이~"

여학생이고 남학생이고 할 것 없이 전애리 선생을 향해 계속 애교 공격을 퍼부었지만 전애리 선생은 끄떡도 하지 않았다. 오히려 전애리 선생의 어딘가 차가우면서도 지적인 분위기에 아이들이 밀리고 있었다. 마치 하나의 빈틈도 허용하지 않겠다는 전애리 선생의 태도가 학생들의 '놀자' 분위기를 압도한 것이다.

"중학교 때 마법 배운 사람 손 들어보세요. 몇 명이나 되나 보게."

일단 교실 분위기를 제압한 전애리 선생은 약간 풀어진 표정으로 학생들에게 질문을 던졌다. 처음에 학생들은 전애리 선생이 손을 든 아이한테 뭔가 질문할 줄 알고 가만히 있다가 그렇지 않을 분위기라는 걸 파악하자 솔직하게 손을 들었다. 그렇게 손을 든 학생의 수는 전체의 절반이었다. 그중에는 유정운도 포함되었다. 그러나 유정운 옆에 앉아 있는 박호준은 손을 들지 않았다.

"너, 마법 배웠었냐? 그럼 화장실을 마법으로 날린 거야?"

유정운이 마법을 배웠다는 것에 박호준은 크게 놀랐고, 그래서 또다시 화제를 화장실 폭파 사건으로 몰고 갔다. 그러나 전애리 선생이 곧바로 수업에 관련된 말을 했기 때문에 유정운은 박호준에게 쓸데없는 변명을 할 필요가 없어지게 되었다.

"생각보다 마법 배운 사람이 많긴 하지만 이번에 처음 배우는 사람들을 중심으로 수업을 진행하겠어요. 그러니까 처음 마법을 접하는 사람들도 열심히 수업에 참여하기 바래요."

수업 시작 전에 그렇게 지극히 형식적인 말을 내뱉은 전애리 선생은 학생들을 둘러보면서 본격적으로 마법에 대한 설명을 시작했다. 그녀가 제일 먼저 꺼낸 말은 마법의 대략적인 역사에 관한 것이었다.

"마법이란 건 기원전부터 유럽을 중심으로 형성되었던 일종의 초

능력이에요. 그게 차차 전해져 오면서 마법이라는 체계로 굳어지게 되었죠. 그렇지만 20세기에 들어올 때까지도 마법은 그냥 초능력의 한 분야라고 취급했었어요. 아무도 마법이 어떤 원리로 발휘되는 것인가에 대한 과학적인 분석을 하지 않았죠. 고전 역학을 확립한 뉴턴조차 '마법을 과학이나 수학으로 설명하는 것은 부질없는 짓이다' 라고 할 정도였어요."

"오⋯⋯."

"그러다가 20세기 초에 아인슈타인에 의해 최초로 마법에 대한 과학적 분석이 이루어졌고 그로부터 150년이 지난 지금은 대략적인 마법 분석은 끝났고, 이제는 마법을 정량적으로 기술하는 과제만이 남았어요. 말하자면 정교한 실험 장치를 개발하고 실험에 참여할 수 있는 충분한 수의 마법사를 확보하는 게 문제가 되는 거죠."

"흠⋯ 그렇군."

전애리 선생의 설명이 이어질 때마다 박호준은 마치 이해했다는 듯이 고개를 끄덕였다. 사실 지금까지 전애리 선생이 말한 건 별로 어려운 내용도 없었기 때문에 마법을 배운 적이 없는 박호준이 고개를 끄덕일 수 있었던 것이다.

"하여튼 그렇게 계속된 노력으로 이룩된 마법이론은 어디까지나 이론일 뿐이에요. 마법 법칙이라고 부를 수 있을 정도로 확실한 것은 아니죠. 그래서 어떤 마법사들은 현재의 마법이론 체계를 부정하기도 해요. 그렇긴 하지만 마법이론을 알면 좀 더 쉽게 마법에 다가설 수 있기 때문에 앞으로 전 현대의 마법이론을 여러분에게 가르칠 거예요. 그전에 예전의 마법 체계를 잠깐 돌이켜 보도록 하죠."

또각또각―

잠깐 설명을 멈춘 전애리 선생은 화상칠판 앞으로 걸어가서 가지고 있던 전자펜으로 글씨를 썼다. 그녀가 칠판에다 쓴 글자는 '마나(Mana)'와 '서클(Circle)'이었다.

　"옛날에는 마법을 사용하기 위해 마나란 것을 모으고 마나가 모인 정도에 따라 서클이라는 단위로 분류를 했어요. 그러다가 20세기 초에 아인슈타인이 마나의 정체는 전자(電子)라는 가설을 내놓았고, 그래서 지금은 마나라는 말 대신 마나전자(Mana電子)라는 말을 쓰고 있어요. 그리고 서클이라는 마법힘의 단위 대신 밴드(Band)라는 것으로 바꾸었구요."

　"선생님!"

　한창 전애리 선생이 설명하고 있을 때 갑자기 박호준이 손을 번쩍 들었다. 학생이 가만히 앉아서 듣는 것보다는 뭔가 질문을 해주는 것을 더 좋아하는 전애리 선생은 박호준이 손을 들자마자 바로 지목해 주었다.

　"그래, 질문있니?"

　"예. 아인슈타인은 무슨 수로 마나가 마나전자인가 뭔가란 걸 알았어요? 설마 찍은 건 아니겠죠?"

　"아……."

　박호준의 질문을 받은 전애리 선생은 약간 당혹한 표정을 지었다. 그것은 전애리 선생이 질문에 대한 대답을 알지 못해서 당황하는 모습으로 보였기 때문에 학생들은 일순간 긴장했다. 잘못하면 박호준이 쓸데없는 질문을 했다고 전애리 선생에게 죽도록 맞을지 모른다고 생각했기 때문이다. 하지만 전애리 선생은 몰라서 당혹한 표정을 지은 건 아니었다.

"음… 조금 어려운 얘기지만 질문이 들어왔으니까 하겠어요. 그러기 전에 우선 마법을 사용할 때 나타나는 특이한 현상을 얘기해야겠네요."

슥슥―

화상칠판으로 전자펜이 훑어 지나가면서 빨간색부터 보라색까지의 무지개 색깔의 이름이 칠판에 적혀졌다. 그렇게 무지개 색깔 이름을 화상칠판에 적은 다음, 전애리 선생은 그에 대한 설명을 했다.

"칠판에 적은 색 이름 순서대로 1밴드, 2밴드 해서 7밴드까지 있어요. 이렇게 색 이름을 적은 이유는 마법을 사용할 경우 이러한 빛이 발해지기 때문이에요. 1밴드에 해당하는 마법힘을 사용하면 붉은색이 뿜어져 나오고 2밴드의 마법힘을 사용하면 주황색의 빛이 흘러나와요. 이런 걸 마법 발광 현상이라고 하는데 붉은색에서 보라색 쪽으로 갈수록 파장이 짧아지고 에너지는 커져요. 즉, 에너지가 큰 보라색 계열의 빛이 나올수록 그 마법사가 사용한 마법힘이 강력하다는 것이죠."

"그럼 선생님은 어떤 빛을 내실 수 있어요?"

이번엔 박호준이 아닌 다른 학생이 손도 들지 않고 갑자기 질문을 던졌다. 무공해 무스로 짧은 머리를 뾰족하게 세운 남학생이었는데 외모는 거의 눈에 띄지 않을 정도였다. 전애리 선생은 그 남학생의 질문에 약간 당황한 표정을 지었다. 그 질문은 어떻게 보면 선생의 실력이 과연 학생들을 가르칠 만한 수준이 되는가 되지 않는가를 확인해 보겠다는 의도로 해석될 수 있었기 때문이다. 그렇지만 전애리 선생은 그러한 의도에는 신경 쓰지 않고 웃는 얼굴로 입을 열었다.

"마법힘의 정도를 물어볼 때는 어떤 빛을 낼 수 있냐고 묻지 않아요. 밴드수가 몇 개냐고 물어보죠. 마법 발광색이야 밴드수가 높은 사람일수록 사용한 마법힘에 따라 다양하게 낼 수 있으니까요. 단지 한 번에 여러 가지 색의 빛은 낼 수 없어요. 4밴드의 마법사가 2밴드에 해당하는 마법을 쓰면 주황색이 나오죠. 저 같은 경우에는 지금 4밴드의 밴드수를 가지고 있어요. 마법을 고등학교에 들어와서 배웠거든요.”

“근데 밴드란 건 몇 개까지 만들 수 있어요? 지금 제일 많은 밴드수를 가지고 있는 사람은 누구예요?”

전애리 선생이 일차적으로 설명을 마치고 숨을 고르자 뾰족 머리 남학생이 곧바로 제2차 질문 공세를 퍼부었다. 그것은 앞서 한 질문보다 훨씬 대답하기 까다로운 것이었다. 아무리 선생이라지만 선생이 모든 걸 다 알고 있을 리 없기 때문에 전애리 선생으로서는 약간 진땀을 뺐다.

“글쎄… 아직 밴드수의 한계를 모르기 때문에 몇 개의 밴드까지 만들 수 있다는 건 알려져 있지 않아요. 그리고 누가 가장 많은 밴드수를 가지고 있다는 것도 알 수 없어요. 마법사의 수가 예전보다 비약적으로 많아졌기 때문에 가지고 있는 밴드수도 대부분 비슷비슷하니까요. 음… 그렇지만 7밴드 이상의 밴드수를 이룩한 사람은 현대에는 없다고 들었어요. 옛날에는 있었다는데…… 그 이상은 모르겠네요.”

전애리 선생은 자신이 알고 있는 범위 내에서 대답을 해주었다. 뾰족 머리 남학생도 그 정도의 대답이면 충분했는지 알겠다는 듯이 고개를 끄덕였다. 그렇게 뾰족 머리 남학생의 기습 질문을 잠재운 전애리 선생은 박호준 쪽을 쳐다보면서 그가 질문한 것에 대해 답변을 하려고 했다. 하지만 뾰족 머리 남학생의 질문이 기습적이었기 때문에 박호준의 질문 내용을 잊어버리는 실수를 하고 말았다.

"아, 근데 질문이 뭐였지?"

전애리 선생은 잠시 화상칠판에 써놓은 글자들을 보면서 머리를 갸우뚱했다. 칠판에 써놓은 글자를 봐도 박호준의 질문 내용을 기억해낼 수 없었기 때문이다. 그래서 박호준이 자신의 질문 내용을 그녀에게 일깨워 주기 위해 입을 열었다. 그런데 그런 박호준에게도 문제가 생겼다. 전애리 선생뿐만 아니라 질문자인 박호준마저 질문의 내용을 잊어버렸던 것이다.

"내가 뭘 질문했더라? 갑자기 기억이 안 나네?"

"아인슈타인."

박호준이 질문 내용을 잊어먹었기 때문에 옆에 있는 유정운이 한마디 해주었다. 그러나 유정운의 힌트에도 박호준은 자신의 질문 내용을 기억해 내지 못했다.

"아인슈타인? 아인슈타인이 천재라고?"

"마나전자."

"마나전자? 전자가 많다고?"

"아인슈타인이 왜 마나를 전자라고 봤는지 물었잖아."

"엥? 내가 그랬었나?"

"……(포기다……)."

더 이상 얘기해 줘봤자 박호준이 기억 못할 걸 알고 있었기 때문에 유정운은 그쯤에서 힌트 주기를 중단했다. 그렇게 박호준은 아직도 질문 내용을 기억하지 못했으나 질문을 받았던 전애리 선생은 유정운의 말을 듣고 바로 깨닫게 되었다.

"아, 아인슈타인이 어떻게 마나를 전자라고 생각했는지 물어봤었구

나. 잠깐 다른 질문에 대답하다 보니까 잊어버리고 있었어."

"아, 그랬구나!"

전애리 선생이 입을 열자마자 그때서야 박호준은 자신의 질문 내용을 기억해 내었다. 별로 웃기지도 않은 상황이었지만 학생들은 그것을 기회로 웃어댔다. 딱딱한 분위기를 싫어하는 그들이 이런 기회를 통해 분위기를 바꾸려고 하는 것이다. 그렇지만 웃음의 물결이 잔잔해지고 나서는 바로 전애리 선생의 딱딱한 수업 분위기가 되풀이되었다.

"마법을 쓰면 빛이 나온다는 사실에서 아인슈타인은 거의 직감적으로 마나가 전자의 성질을 가지고 있을지도 모른다고 추측했어요. 아인슈타인이 노벨상을 받은 것은 광전효과(光電效果)를 잘 설명한 공로의 결과였지만 그 광전효과와 반대되는 제동복사(制動複寫)에서 힌트를 얻은 것이었죠."

"……?"

"금속에 빛을 쏘여주면 전자가 튀어나오는 광전효과와는 달리 금속에 전자를 던져 주면 속력이 느려진 전자와 함께 광자(光子)… 그러니까 빛이 튀어나오는 게 제동복사예요. 아인슈타인은 바로 빛이 튀어나온다는 사실에 착안해서 마나를 전자의 성질을 가진 것으로 기술한 거지요."

"……??"

"아인슈타인은 그냥 단순히 마나가 전자의 성질을 가지고 있을 거라는 추측만 했을 뿐이에요. 하지만 그로 인해 마법에 대한 사고가 바뀌어서 마법의 본격적인 연구가 시작되었죠. 그로부터 훨씬 뒤에 나온 마나전자의 밴드(Band) 이론은 그러한 아인슈타인의 가정 위에 성립되었어요. 마치 아인슈타인이 광속도는 일정하다라는 가정 아래에 상대성 이론을 펼쳐 나갔던 것처럼 말이지요."

"……???"

전애리 선생의 설명이 진행될수록 학생들은 더 더욱 모르겠다는 표정을 지었다. 이미 일부 학생들은 딴 짓을 하고 있었고 많은 수의 학생들은 터져 나오려는 하품을 참으려고 안간힘을 쓰고 있었다. 전애리 선생의 수업을 열심히 듣는 학생은 소수의 모범생들뿐이었다. 그 중에는 모범생이 아닌 유정운도 끼어 있었다. 한때 마법에 미쳐서 지냈던 적이 있는 만큼 유정운에게 이 수업은 그때의 그리움을 불러일으켰기 때문이다.

"마나가 마나전자라는 것을 증명하기 위한 실험이 19세기 말에 시행됐어요. 진공으로 만든 실험실에다 우주복을 입힌 마법사를 집어넣고 마법사가 마법을 쓰려고 주문으로 마나전자를 들뜨게 했을 때 전자다발을 마법사 주위에 쐈죠. 만약 마나가 아무 성질도 가지지 않는다면 쏜 전자다발이 일직선으로 날아가 반대 편 스크린에 그냥 부딪쳐야 해요. 그런데 전자다발이 마치 뭔가에 맞아서 휘어진 듯이 스크린 여기저기에 불규칙하게 분포했어요. 그 결과는 쏜 전자다발이 들뜬 마나전자에 맞아 진로가 변경됐다는 것을 뜻했죠. 그로 인해 일차적으로 마나전자는 아무런 형체도 없는 것이 아니라 어떤 입자라는 것을 확인하게 되었어요."

"……?"

"그리고 결정적으로 마나가 전자의 성질을 가지고 있다는 것은 20세기 초에 증명되었어요. 진공으로 만든 실험실에 균일한 자기장을 형성한 뒤 자기장에 영향이 없도록 특수한 옷을 입은 마법사를 집어넣었어요. 그리고 나서 그 마법사가 마법을 사용해 보도록 했죠. 그 결과는 그 실험실 안에서 마법사가 마법을 거의 사용하지 못한다는 것이었어요. 균일한 자기장 속에 전자를 입사시키면 전자가 힘을 받아 진로가 휘어지기 때문에 마법사의 마나가 자기장에 의해 진로가 꺾여서 마법사의 마법 사용을 방해했다고 해석할 수 있었죠. 그것은 마나가 전자의 성질을 가지고 있다는 뜻이었어요. 그렇게 해서 마나가 마나전자라는 가정이 상당히 신빙성있는 것으로 받아들여지게 되었죠."

"……??"

아직까지도 전애리 선생의 설명을 듣던 소수의 모범생들조차 이번에는 완전히 질렸다는 표정을 지었다. 그들 중 그 누구도 전애리 선생의 설명을 완전히 이해하는 사람이 없었기 때문이다. 하지만 유정운만은 평소와 다름없는 표정으로 앉아 있었다. 오히려 그는 예전에 형인 유명운과 나누었던 얘기를 떠올렸다.

「형, 마나의 입자성 증명 실험에서 왜 진공 실험실을 택한 거야? 그냥 일반 실험실에서 하면 안 돼?」

「당연하지, 임마! 공기 중에 갖가지 분자들이 떠다니고 있는데 거기다가 전자다발 쏘면 무조건 전자가 스크린에 불규칙하게 박힐 거 아냐! 그러면 그게 마나전자에 의해 휘어진 건지 공기 중의 분자들에 의해 휘어진 건지 구분이 가겠냐?」

「아, 그렇구나. 근데 마나의 전자성 증명 실험에서 보면 자기장 속에서 마법은 잘 못쓴다고 했잖아. 그럼 마법 봉쇄 주문으로 결계를 치는 거하고 똑같은 거 같은데? 혹시 마법을 봉쇄하는 결계 속에서는 자기장이 발생하는 거 아니야?」

「오, 꽤 머리 썼구나. 바로 맞췄어. 실제로 결계 마법을 사용한 뒤에 그 속에 자기장 측정기를 넣었더니 인체에는 피해가 없지만 확실히 균일한 자기장이 끊임없이 흐르고 있었으니까.」

「그럼 그걸 이용해서 마법을 쓰면 위험한 곳에다 균일한 자기장을 흘리면 되겠네? 괜히 마법사나 마술사를 불러다가 결계 치지 말고.」

「돈 많은 곳에서는 벌써 그렇게 하고 있어.」

「그랬어? 근데 아직도 마법사나 마술사 불러서 결계 치는 인간들은 뭐야?」

「자기장 발생 장치가 비싸니까 그렇지.」

「그런가? 역시 우리 나라는 아직도 가난한가 보네.」

「우리 나라가 가난한 게 아니라 우리 주변에 있는 사람들이 가난한 거다. 괜히 일부분만 보고 전체를 평가하는 일반화의 오류를 범하지 말도록.」

「예예, 잘나셨수다.」

"훗─"

옛날 생각을 했기 때문인지 유정운의 입가에 살짝이나마 미소가 걸렸다. 눈이 머리카락에 의해 많이 가려져 있어서 정확한 얼굴 표정은 확인하기 어려웠지만 입꼬리가 올라갔다는 것은 누가 보더라도 확실했다. 그리고 전애리 선생 역시 유정운의 미소를 발견했다.

"왜 그러니? 뭐 재미있는 거라도 있어?"

"……!"

전애리 선생의 지적에 유정운은 화들짝 놀랐다. 옛날 생각을 하느라고 지금 수업 중이라는 사실도 모른 채 실실 쪼개고 있었다는 것을 알아차렸던 것이다.

"아, 아뇨… 그냥……."

"그래? 그럼 설명한 내용 이해 가니?"

막 전애리 선생이 설명을 마쳤을 때 유정운이 운 나쁘게 걸린 것이라 전애리 선생은 유정운에게 설명의 이해 여부를 물어보았다. 만약 이 수업이 마법이론이 아닌 다른 수업이었다면 유정운은 그냥 멍청한 표정으로 앉아 있었겠지만 이미 형에게서 다 들었던 내용이었기 때문에 유정운은 평소와는 달리 자신감있는 어조로 말을 했다.

"선생님이 설명하신 것 중에 아직 배우지 않은 게 너무 많아서 이해는 못했는데요."

"아……!"

유정운의 말이 끝나기도 전에 전애리 선생은 아차 하는 표정을 지었다. 설명에 집중하다 보니 학생들의 수준을 고려하지 않고 수업을 진행했음을 알아차렸던 것이다. 그래서 즉시 학생들에게 부연 설명을 보태었다.

"이건 아직 여러분 수준에서는 어려운 이야기이기 때문에 굳이 이 자리에서 이해하려고 할 필요는 없어요. 그것보다 마법에서 가장 기본적이면서 필수적인 것을 조금만 가르칠게요."

'…전혀 조금만 가르칠 것 같지 않은데.'

유정운은 전애리 선생이 전자펜을 눕혀서 화상칠판의 글씨를 지우는 광경을 쳐다보면서 그렇게 생각했다. 전애리 선생같이 스스로가 설명에 집중하는 경우에는 아까처럼 듣는 사람의 수준을 벗어나는 설명까지 하게 되기 때문이었다.

"마법을 사용하기 위해서는 우선 밴드를 형성해야 해요. 밴드란 건 마나전자가 들어갈 수 있는 공간을 말하죠. 고체 결합에서 형성되는 밴드와 거의 비슷한 개념인데, 하여튼 마나전자를 만드는 주문을 계속하다 보면 자연스럽게 형성돼요. 사실 눈에 보이는 밴드가 형성되는 것도 아니고 마나전자가 그냥 우리 몸 주변을 도는 것뿐이지만 설명을 쉽게 하기 위해서 마법 연구가들이 그렇게 말하는 거예요. 그러니까 그냥 마나전자를 만들면 밴드가 자동적으로 형성된다고 생각하세요."

숙숙—

학생들의 대다수가 선생 모르게 딴 짓 하고 있다는 것을 아는지 모르는지 전애리 선생은 설명하고 나서 화상칠판에다 글자를 적었다. 그녀가 칠판에 적은 글자는 「위대한 마나여, 나 그대의 안식처를 제공하리니 나에게 와서 머무르라」였다.

"이 문장은 여러분들이 반드시 외워야 하는 것이에요. 어차피 마법실기 시간이 있기 때문에 여러분들은 이걸 외우고 싶지 않아도 외워야 해요. 안 외우면 마법을 사용할 수 없고, 그럼 자연히 마법실기 점수가 0점일 테니까요. 이 문장이 바로 마나전자를 만드는 주문이니까 꼭 외우도록 하세요. 모두 교과서 파일 열고 검색해서 중요 표시 해두세요."

스슥—

중요하다는 말에 학생들이 일제히 마법이론 교과서 파일을 열고 칠판에 적힌 문장을 검색했다. 검색란에 전자펜으로 찾고자 하는 문장을 대충 쓴 뒤 검색 버튼 누르면 바로 그 문장이 있는 페이지로 이동하기 때문에 문장 찾고 전자펜으로 중요 표시 해두는 건 어렵지 않았다. 단지 그 문장을 외워야 하는 것이 학생들에게, 특히 마법을 처음 배우는 학생들에게 골치 아플 뿐이었다.

"여러분이 빨리 마법을 사용하고 싶다면 이 문장을 소리 내어 외우는 것으로 마나전자를 만들어야 해요. 시간이 남으면 언제나 이 문장을 여러 번 반복해 외우면서 집중하세요. 사람에 따라서 1밴드 형성하는 데에는 하루에 1시간씩 한다는 기준으로 보통 두 달 정도가 걸려요. 그런데 마법실기 중간고사가 1밴드 수준의 마법을 구사하는 거라서 처음 마법을 배우는 사람에게는 벅찰 거예요. 그러니까 지금부터 열심히 준비해 두도록 하세요."

"우~"

마법실기 중간고사 얘기를 듣자마자 마법을 아직 배우지 않은 학생들 사이에서 야유가 터져 나왔다. 일부 학생들은 미리 마법을 배운 아이들이 너무 유리하다고 불만을 토하기도 했다. 그렇지만 전애리 선생은 고개를 저었다.

"마법실기 시간에 마법실기 선생님이 말씀하시겠지만 중간고사는 1밴드의 마법을 사용하기만 하면 거의 만점이에요. 1밴드를 형성 못한 사람에게는 구술 시험으로 등급을 매기게 돼요. 마법을 미리 배우고 올라온 것이나 조기교육을 받고 올라온 것이나 같은 거라 생각되기 때문에 우리 학교는 마법을 배우지 않은 사람들을 기준으로 평가하고 있어요. 그러니까 마법을 배우지 않았다고 미리 포기하는 일은 없도록 하세요."

그 말을 하는 전애리 선생의 얼굴에는 싸늘함마저 감돌았다. 그녀 자신 역시 고등학교에 들어와서야 마법을 처음 배웠기 때문이었다. 비록 그것이 8년 전의 일이었다 하더라도 그때나 지금이나 그리 큰 차이는 없다고 생각하기 때문에 학생들이 불공평하다며 불평하는 걸 좋게 생각하지 않고 있었다.

　슥슥—

　마법을 배우지 않은 학생들의 불만을 잠재운 전애리 선생은 화상칠판에 또다시 어떤 문장을 썼다. 그녀가 쓴 문장은 「위대한 마나여, 그대 나의 부름에 답하여 내가 이끄는 대로 따라오라」였다.

　"이 문장은 밴드를 형성하고 난 뒤에 밴드에 안착해서 안정하게 우리 몸을 돌고 있는 마나전자를 들뜨게 하는 주문이에요. 쉽게 말하자면 배고픈 마나전자에게 밥을 줘서 마나전자가 우리의 의도대로 움직이도록 하는 것이지요. 전문적인 용어로는 마나전자 들뜸현상을 유도한다는 것인데 이 주문을 여러 번 소리 내어 반복하면 돼요. 이 주문역시 여러분들이 반드시 외워야 하는 것 중에 하나예요. 이걸 외우지않고는 마법을 사용할 수가 없으니까요. 교과서 파일에서 검색한 다음 아까와 마찬가지로 중요 표시 해두세요."

　첫 시간부터 전애리 선생이 중요하다면서 수업을 그대로 진행하고있었기 때문에 학생들은 궁시렁거렸다. 그렇지만 전애리 선생의 분위기에 휩쓸려서 모두들 그녀 말대로 마나전자 들뜸현상 유도 주문, 줄여서 들뜸유도 주문에 중요 표시를 했다. 이미 그 두 개의 주문을 지겨울 정도로 많이 써먹었던 유정운조차도 괜히 중요 표시를 하고 있었다. 중요 표시 안 하면 전애리 선생에게 혼날 것 같은 기분이 들었던 것이다.

　"선생님!"

　학생들이 열심히 중요 표시를 하고 있을 때 갑자기 뾰족 머리의 남학생이 또다시 질문을 하려는 듯이 전애리 선생을 불렀다. 그의 외침에 전애리 선생이 쳐다보자 뾰족 머리 남학생은 예상대로 그녀에게 질문을 던졌다.

"아까 주문으로 밴드인가 뭐인가를 만든다고 했잖아요? 근데 1밴드를 완성하면 뭔가 느낌이 와요?"

"음… 느낌은 와요. 근데 문제는 1밴드를 완전히 형성할 때까지는 그 어떤 느낌도 없다는 거예요. 그래서 자기가 과연 어느 정도까지 밴드를 완성했는지 전혀 알 수가 없어요. 그것 때문에 포기해 버리는 사람이 많죠."

"왜 그런 건데요? 중간 정도까지 밴드를 만들면 무슨 느낌이 있을 것 같은데요."

"그게… 조금 어려운 말이라서 지금은 이해를 못해요. 나중에 마법 · 마술계 쪽으로 가면 차근히 배울 테니까 지금은 그냥 그렇다고만 알아두세요."

전애리 선생은 뾰족 머리 남학생에게 곤란하다는 표정을 보여주며 그렇게 말했다. 뾰족 머리 남학생 역시 괜히 어려운 설명 들으면 머리만 아파진다는 것을 알았는지 더 이상 캐묻지는 않았다. 그러한 그들의 문답을 듣다 보니 유정운은 또다시 형 유명운과 나누었던 옛날 얘기가 떠올랐다.

「형, 밴드를 중간 정도 만들었을 때 왜 아무런 느낌이 없어? 내가 밴드를 어느 정도 만들었는지 알 수가 없으니까 답답해. 특히 높은 밴드수로 갈수록 밴드 형성 시간이 길게 걸리니까 미칠 것 같아. 뭔가 밴드를 만들어간다는 느낌이라도 있어야 할 맛이 나지 이건…….」

「그건 양자역학(量子力學)적 개념이라 쉽게 이해 못할 텐데.」

「양자역학?」

「양자역학 중에서도 전자 터널링(Tunneling)이라는 것과 아주 유사해. 전자 터널링은 알지?」

「전자다발을 장벽에 쏘면 장벽 너머로 일부의 전자가 발견되는 거?」

「뭐, 거의 비슷해. 위치에너지가 높은 장벽에다가 그보다 위치에너지가 낮은 전자들을 많이 쏴주면 일부의 전자들이 그 장벽을 투과해서 반대 편 공간에 나타나지. 마치 사방이 막힌 방에서 큰 소리를 지르면 방 밖에 있는 사람이 그 소리를 듣는 거와 마찬가지야. 전자 터널링 현상은 전자가 소리처럼 파동의 성질을 가지고 있다는 증거인데, 어쨌거나 마나전자 역시 전자의 성질을 가지고 있기 때문에 터널링을 하게 돼.」

「그거하고 밴드 형성할 때 못 느끼는 거하고 무슨 상관이야?」

「상관있어, 임마. 너, 전자가 장벽 내에서는 절대 발견되지 않는다는 거 책에서 배웠지?」

「에… 그런 것 같네. 왜 그런지는 정확히 모르지만.」

「거기엔 여러 가지 이유가 있는데 마나전자하고 연관 지어서 설명하자면 시간 때문이라고 할 수 있어.」

「시간?」

「전자의 에너지를 정확히 측정하려면 불확정성 원리에 의해서 오랜 시간 측정해야 해. 오랜 시간 측정하니까 '장벽을 통과하는 중'에 있던 전자가 있을 리가 없지. 오랜 시간이 흐른 후에 측정하니까 결국엔 장벽을 통과 못 하고 반사되는 전자와 마침내 장벽을 투과해서 반대 편에 나타난 전자밖에 없을 거 아니야.」

「음… 그렇겠네.」

「그거와 마찬가지로 마나전자를 열심히 만들 때 시간이 오래 걸리잖아. 시간이 오래 걸리니까 결국 밴드가 완성됐냐 안 됐냐밖에 못 느끼는 거야.

과학자들이 터널링 현상을 관찰할 때 장벽 속에 있는 전자를 절대 관측해 낼 수 없는 것처럼 마법사들도 형성 중에 있는 밴드를 느낄 수 없는 거지.」

「음… 왠지 알 것 같기도 하고 모를 것 같기도 하고…….」

「아직 넌 양자역학적 개념이 잡혀 있지 않아서 그런 거야. 여러 번 반복해서 생각하다 보면 이해하게 돼. 이해가 안 될 때마다 이 형님에게 여쭤봐라.」

「글쎄, 여쭤보기는 싫은데? 그냥 모를 때마다 형에게 물어봐 주지.」

「여쭤라면 여쭐 것이지 말이 많네?」

「이히힝~ 푸르릉~」

'으……!'

형과의 대화를 생각하다가 말 흉내 냈다는 것을 떠올리고 유정운은 하마터면 또다시 웃음을 지을 뻔했다. 다행히 이번엔 웃기 전에 미리 고개를 숙였기 때문에 전애리 선생에게 걸리는 불상사는 발생하지 않았다.

"에… 그리고…….."

유정운이 옛날 생각 하는 동안 전애리 선생은 화상칠판에다가 몇 가지의 글씨를 더 썼다. 그녀가 쓴 글자는 「불꽃계, 얼음계, 바람계, 토지계, 빛살계」였다.

"기본적으로 마법사가 사용할 수 있는 마법은 이 5가지 종류예요. 불꽃계는 말 그대로 불을 다루는 거고 얼음계는 물 계열을, 바람계는 공기 계열, 토지계는 땅에 관련된 것을 다루고 빛살계는 빛에 관한 마법을 말해요. 이 이외의 마법은 미술의 영역이라고 봐도 좋아요."

전애리 선생이 칠판에 적은 글자를 가리키며 설명하자 예외없이 뽀족 머리 남학생의 질문이 날아왔다.

"선생님! 나머지 글자는 전부 한글인데 왜 토지계만 한자예요?"

"오……!"

뽀족 머리 남학생의 질문을 듣고 반 아이들이 탄성을 내질렀다. 비록 유정운은 그런 축에 끼어 있지는 않았지만 계속해서 날카로운 질문을 던지는 뽀족 머리 남학생이 꽤 마음에 들었다. 그래서 그 남학생에게 주의를 기울였다.

"좋은 질문인데, 제가 들은 바로는 아마 적당한 단어가 없어서 그냥 원래대로 토지계를 쓰는 것 같아요. 뭐, 정확한 이유는 윗분들밖에 모르겠죠. 어쨌든 3년 전부터 교과서에 이렇게 사용하기로 했기 때문에 그냥 사용해야죠."

"그럼 선생님이 배우실 때에는 다른 말이었어요?"

"그래요. 불꽃계는 화염(火焰)계, 얼음계는 빙(氷)계, 바람계는 풍(風)계, 빛살계는 광(光)계라고 했었죠. 개인적으로는 예전에 쓰던 말이 더 괜찮은 것 같은데……."

전애리 선생은 그 점이 아쉬운 듯한 표정을 지었다. 그리고 유정운에게는 바로 그러한 선생의 모습이 아쉬웠다. 그렇기 때문인지 유정운의 머리 속에는 또다시 형과의 옛날옛적 얘기가 선명하게 떠오르고 있었다.

「야! 이거 어떠냐?」

「뭔데? 불꽃계, 얼음계, 바람계, 토지계, 빛살계? 어라? 이거 설마 마법 종류 분류한 걸 이름만 바꾼 거 아니야?」

「자식, 예리하구나! 맞아. 어떠냐? 이름 괜찮냐?」

「음… 그리 나쁘지는 않은 것 같은데…… 왜 하필 토지계는 그대로야?」

「나도 그게 걸린다니까. 뭔가 좋은 말 생각 안 나냐?」

「음…… 글쎄, 흙계는 어때? 아, 토지계가 원래 땅 자체를 움직이는 마법이니까 흙이란 건 의미가 너무 협소하고…… 그럼 땅계는 어떨까?」

「땅계면 땅개하고 발음상의 차이가 없잖아.」

「그러고 보니 그렇네. 그럼 흙땅계는?」

「너, 헛소리하면 죽는다?」

「에…… 이거 진짜 적당한 말이 안 떠오르네? 딴 게 다 두 글자니까 이것도 두 글자로 맞춰야 하니 그것도 어렵고…….」

「역시 적당한 말이 안 떠오르지?」

「모르겠다.」

「역시 토지계는 그냥 토지계로 둬야겠군. 으아~ 완전 한글화에 실패했어……!」

「근데 왜 마법 분류 이름을 바꾸려는 거야?」

「한글로 바꿀 수 있는 걸 굳이 한자로 쓰는 게 짜증나서 바꾸려고 마법사 협회에 건의했지. 그랬더니 나보고 좋은 말을 생각해 오라고 해서 말이야.」

「그냥 원래대로가 더 멋있지 않아?」

「쯧, 너도 정신 상태가 썩었구나.」

「뭐가?」

「어려운 말이나 외국 말 쓰면 멋있다고 생각하는 게 정신 상태가 썩었다는 거다.」

「…….」

「생각해 봐, 지금 쓰고 있는 프리즈(Freeze) 마법 같은 건 영어를 바탕으로 하잖아? 우리야 그게 외국 말이니까 별 이상할 게 없지만 미국애들이 들으면 어때? 걔네들이 듣기에는 '얼다 마법'이잖아. 얼마나 촌스러운 마법 이름이냐?」

「생각해 보니 그렇네.」

「그래서 난 모든 마법 이름을 한글화하고 싶다는 거야. 외국 말을 멋있는 척 쓰는 그 꼴이 보기 싫거든. 뭐, 우리말로 바꿔서 멋없는 건 그냥 그대로 둘 생각도 있긴 하지만.」

「근데 한글화가 쉬울까?」

「푸하하, 보고 있어라. 내가 언젠간 모든 마법 이름이나 체계를 완전 한 글화할 테니까!」

「근데 우리 나라는 절반 이상이 한자 어휘인데 그게 가능할까?」

「그건 어쩔 수 없는 거야. 단지 외국 말이 판을 치는 걸 조금 바꿔보려는 것뿐이지.」

「그럼 열심히 해보셔.」

「너한테도 가끔 물어볼 테니까 너도 좋은 한글 이름 많이 생각해 둬라.」

「왜 또 그런 걸 나한테 시켜?」

「넌 내 쫄따구니까 당연하지!」

'벌써 3년이군……'

그랬다. 유명운이 유정운에게 마법 분류 체계의 한글화 얘기를 꺼 냈던 때로부터 3년이 흘렀던 것이다. 그동안 한글화 한글화를 외쳐 대던 유명운의 노력으로 대부분의 마법 이름이나 체계가 한글화되었 다. 물론 밴드 같은 것은 '띠'라고 바꿀 수 있지만 '밴드수가 몇이 냐?'가 '띠수가 몇이냐?'로 되기 때문에 멋대가리도 없고, 외우기도 쉬운 밴드를 한글로 바꿔 버리면 약간 좋지 않다고 판단한 유명운이 그냥 건들지 않기로 했기 때문에 지금 밴드를 그대로 사용하고 있는 것이었다.

"하여튼 마법에는 이런 5가지 종류의 체계가 있고 앞으로 여러분들은 이 5가지 마법 체계를 하나하나씩 배워 나갈 거예요. 물론 대부분 주문을 외우는 방식이에요. 아직도 마법 발동 원리는 정확하게 밝혀지지 않았으니까요."

"우~"

주문을 외워야 한다는 말에 학생들이 우는소리를 했다. 물론 그런 학생들의 대부분은 암기식이 아닌 이해하는 방식의 수업이라고 해도 우는소리를 할 게 뻔했다. 공부 자체에 관심이 없다라는 게 우는소리를 하는 가장 중요한 이유였기 때문이다.

"그리고 마법을 사용하면서 빠뜨려서는 안 되는 부분이 있어요."

아직도 할 얘기가 끝나지 않았는지 전애리 선생의 말은 계속되었다.

"마법을 쓸 때는 반드시 도구가 있어야 해요. 예를 들자면 시중에서 흔히 팔고 있는 소형 마법 지팡이가 있죠. 물론 그런 도구 없이 마법을 사용할 수도 있지만 자신이 원하는 만큼의 마력은 낼 수가 없어요. 특히 밴드수가 낮은 마법사일 경우에는 더욱 그렇죠. 아, 혹시 지금 마법 지팡이 가지고 있는 사람 있어요?"

열심히 설명을 하던 전애리 선생이 갑자기 학생들을 보며 물음을 던졌다. 갑작스런 말이었기 때문에 학생들의 대부분이 의아해했지만 그중에 눈치 빠른 한 여학생이 자기 가방에서 지팡이 하나를 꺼내 들었다. 세 개의 발가락이 나 있는 맹금류의 발로 주먹만한 유리구슬을 쥐고 있는 형태이고 길이는 20cm도 채 안 되는 지팡이였는데, 그것이 바로 현재 가장 잘 나가고 있는 소형 마법 지팡이였다.

"저한테 있어요!"

마법 지팡이를 꺼내 든 여학생이 큰 목소리로 전애리 선생을 불렀다. 파랗게 생막 염색한 포니테일 형 머리의 여학생이었는데 그 얼굴은 입학식 날에 유정운의 옆 자리에 앉았던 그 남녀 커플이었다. 그리고 그것을 증명이라도 하듯이 그 여학생의 옆 자리에는 강하지만 결코 거칠지 않은 분위기를 풍기고 있는 남학생이 떡하니 앉아 있었다.

'어라? 저 여자애… 어제와는 머리 색깔이 다른 것 같은데?'

잠시 포니테일 머리의 여학생을 쳐다봤던 유정운은 그렇게 생각하면서 고개를 살짝 갸웃했다. 비록 그 여학생을 자세히 쳐다본 적은 없지만 분명 어제와는 머리 색깔이 다르다는 느낌을 받았던 것이다. 하지만 그 옆에 앉아 있는 남학생의 머리는 어제와 마찬가지로 파란색이었다. 어쨌든 그렇게 서로 머리 색깔이 같으니 커플이라는 느낌이 바로바로 왔다.

"그 지팡이 잠깐 빌려줄래?"

전애리 선생은 포니테일 머리의 여학생에게 웃으면서 요청을 했고 그 여학생은 역시 빙글빙글 웃으면서 마법 지팡이를 앞으로 넘겼다. 그렇게 마법 지팡이를 받아 든 전애리 선생은 다시 학생들을 쳐다보며 입을 열었다.

"자, 그럼 제가 마법을 써볼 테니까 잘 보도록 하세요."

학생들에게 미리 예고를 한 전애리 선생은 정면을 쳐다보며 눈을 감았다. 그녀의 마법 지팡이는 양쪽에 설치되어 있는 테이블의 가운데 통로를 향했다. 그렇게 한껏 폼을 잡은 전애리 선생은 즉시 주문을 외우기 시작했다.

"위대한 마나여, 그대 나의 부름에 답하여 내가 이끄는 대로 따라오라."

"……!"

진지한 전애리 선생의 모습에 학생들은 숨을 죽였다. 그리고 유정운 역시 전애리 선생에게 모든 신경을 쏟았다. 특히 전애리 선생의 입 모양을 주의 깊게 쳐다보았다. 전애리 선생이 과연 몇 번의 주문 외우기로 원하는 만큼의 마나전자를 들뜨게 할 수 있는지 파악해 보고 싶었기 때문이다.

"위대한 마나여, 그대 차가운 손으로 얼음의 꽃을 피우라."

'3번! 그리고 얼음 마법!'

마나전자를 들뜨게 하는 주문, 즉 들뜸 주문을 단 3번만 외운 상태에서 전애리 선생이 바로 얼음 마법을 사용하려는 사실을 유정운은 즉각 파악했다. 게다가 유정운의 자리가 전애리 선생과 매우 가까웠기 때문에 그녀가 몇 밴드수의 마법을 사용하려는지도 알아낼 수 있었다.

'1밴드!'

번쩍—

마법 지팡이의 유리구슬을 중심으로 붉은색의 빛이 뿜어져 나왔다. 그리고 그와 거의 동시에 양쪽 긴 테이블 사이의 통로에 주먹만한 얼음 덩어리가 허공에서 형성되었다. 그렇게 형성된 얼음 덩어리는 중력에 의해 그대로 교실 바닥에 추락했다.

팍—

얼음 깨지는 소리와 함께 얼음 덩어리는 거의 박살난 채 교실 바닥에 흩어졌다. 3월이라는 계절 탓에 깨진 얼음이 금방 물로 변하지는 않았다.

"우와! 진짜 얼음이다!"

질문 공세를 퍼부었던 뾰족 머리 남학생이 바닥에 떨어진 얼음 조각을 집어 들고는 놀랍다는 듯이 소리쳤다. 그리고는 즉각 전애리 선생에게 질문을 날렸다.

"선생님! 이거 깨끗한 얼음이에요?"

"글쎄… 깨끗하다고는 할 수 없을 거예요. 아무래도 공기 중에서 만든 거니까 공기 중에 떠다니던 먼지도 같이 얼어버리지 않았겠어요?"

"아, 그렇구나."

팍—

깨끗하지 않다는 말에 뾰족 머리 남학생은 들고 있던 얼음 조각을 바닥에 던져 버렸다. 어차피 녹으면 물로 돌아가고 결국 증발해 버리기 때문에 교실 바닥에 집어 던져도 아무 문제 없었던 것이다.

"아까 봤듯이 마법을 사용하게 되면 빛이 나오게 돼요. 아까 붉은색이었으니까 제가 사용한 마법은 1밴드에 해당하는 마법이에요. 그 중에서도 얼음계 마법이죠."

"선생님!"

전애리 선생의 설명이 채 끝나기도 전에 뾰족 머리 남학생이 손을 번쩍 들었다. 그리고 선생이 자신을 지목하든 말든 곧바로 질문을 던졌다.

"꼭 마법 지팡이를 써야 돼요? 딴 거 쓰면 안 돼요?"

"물론 다른 걸 써도 되죠. 근데 마법 지팡이 대신 뭐 다른 좋은 도구가 있나요?"

"핸드폰은 안 돼요?"

"음… 1밴드 정도의 마법이라면 괜찮겠지만 그 이상의 마법을 쓸 때 핸드폰을 도구 대신 사용한다면… 아마 핸드폰 망가질걸요?"

"……!"

전애리 선생과 뾰족 머리 남학생의 문답을 듣고 있던 유정운은 덜컥 하는 느낌을 받았다. 그래서 즉시 가지고 있는 핸드폰을 꺼냈다. 아까 화장실 날려먹었을 때 마법 도구 대신 핸드폰을 사용했던 사실이 떠올랐던 것이다.

'말아먹을……!'

그의 예상대로 핸드폰은 이미 기능을 상실한 상태였다. 외관상으로는 아주 멀쩡했으나 이미 그 속에 들어 있는 정밀 기계는 망가져 있는 것이다. 물론 그 정밀 기계도 보기에 망가진 점은 전혀 없겠지만 본래의 기능을 완전히 상실한 상태였기 때문에 핸드폰이 제대로 동작할 리 없었다.

「형, 핸드폰 망가졌어.」

「뭐? 산 지 며칠이나 됐다고 부숴먹냐?」

「2밴드 마법 쓰니까 핸드폰이 맛이 가더라구.」

「너, 미쳤냐? 마법 쓰는 데 왜 핸드폰을 써?」

「마법 지팡이 들고 다니는 거 쪽팔리니까 그렇지. 도구 될 만한 게 핸드폰밖에 없잖아.」

「차라리 네 손을 도구로 쓰지 그러냐?」

「싫어. 그러다가 적혈구나 백혈구가 이상해지면 나만 죽는다고.」

「그런 건 잘도 생각하네.」

「일찍 죽을 생각 없거덩.」

유정운이 마법을 배울 때부터 시작해서 지금까지 망가뜨린 핸드폰의 수는 무려 4개였다. 물론 지금 것까지 합하면 총 5개가 되는 셈이었다. 손에 뭔가를 들고 다니는 것을 극히 싫어하기 때문에 마법 쓸 일이 생기면 항상 손이 절로 핸드폰 쪽으로 가서 그런 결과를 낳은 것이었다.

'미치겠군. 내 돈으로 핸드폰을 산다는 건 어려우니까 이번에도 형한테 부탁해야 되나? 말아먹을…… 또 형의 신세를 지는군.'

속으로 한숨을 푹푹 쉬면서 유정운은 망가진 핸드폰을 가방 속에 넣었다. 정밀 기계 전체가 망가진 이상 수리하는 것이 불가능하기 때문에 결국 핸드폰을 새로 장만해야만 하는 것이다. 그리고 돈이 적은 유정운으로서는 형 유명운의 도움을 받을 수밖에 없었다.

"그럼 오늘 수업은 이 정도로 하겠어요. 아직 시간이 15분 정도 남았는데 묻고 싶은 게 있으면 질문하세요."

더 이상의 수업은 의미가 없다고 생각했는지 전애리 선생은 그쯤에서 수업을 끝냈다. 전애리 선생이 설명을 어느 정도 짧고 간결하게 한 탓에 50분의 수업 시간 중에서 15분이 남게 되었던 것이다. 언제라도 놀고 싶어하는 학생들이 그 기회를 놓칠 리가 없었다.

"선생님! 야외수업해요!"

"현장학습해요!"

학생들은 일제히 밖에 나가서 놀 것을 전애리 선생에게 요청했다. 하지만 그 말을 들어줄 리 없는 전애리 선생이었다. 들어줬다간 그녀 자신의 목이 날아갈 게 뻔했기 때문이다.

"선생님! 결혼하셨습니까?!"

그때 갑자기 유정운 옆에 앉아 있던 박호준이 큰 소리로 전애리 선생에게 질문을 날렸다. 덕분에 옆에 앉아 있던 유정운만 간 떨어지는 충격을 받았다. 생각 같아서는 박호준의 입을 레이저 시술로 봉합해 버리고 싶었지만 박호준이 전애리 선생을 좋아한다는 사실을 알기 때문에 가만히 있어주었다. 박호준에게 있어서 전애리 선생의 결혼 여부는 아주 중요한 사항이기 때문이었다.

"결혼 안 하셨죠?"

"안 했겠지, 설마 저 나이에 했을라구."

"선생님 나이 몇이세요?"

박호준의 질문이 떨어지기 무섭게 학생들이 벌 떼 질문을 해왔다. 아직 선생이 된 지 1년밖에 지나지 않았기 때문에 그런 학생들의 질문 공세가 전애리 선생에게는 약간 당황스럽기도 했다. 하지만 자신의 분위기를 잃지 않으면서 학생들의 질문에 간단히 대답해 주었다.

"그건 여러분 스스로 상상해 보세요."

"에이, 그게 뭐예요?"

전애리 선생의 대답이 애매모호했기 때문에 학생들이 야유를 했다. 그런데 그중에서 뾰족 머리 남학생이 큰 소리로 옆 아이에게 이렇게 말했다.

"선생님한테는 벌써 중학교에 다니는 애가 있다니까. 내가 두 눈으로 똑똑히 봤어."

"진짜?"

"그렇다니까 그러네."

"……!"

뾰족 머리 남학생의 말에 학생들은 물론이고 전애리 선생조차 크게 놀라는 표정을 지었다. 그러한 전애리 선생의 표정은 정말 중학교에 다니는 애가 있다는 것을 증명이라도 해주는 듯했다. 그래서 학생들은 더욱 놀랄 수밖에 없었다.

　"정말이에요?!"

　"그럼 언제 결혼하신 거예요?!"

　"장난 아니다!"

　전애리 선생이 아무 말도 못하고 있었기 때문에 학생들의 혼란은 더욱 가중되고 있었다. 이대로 두면 학생들이 이상한 말까지 할지도 모르는 상태라 전애리 선생은 급히 뾰족 머리 남학생에게 출처를 캐물었다.

　"그 말 어디서 들었니?"

　"예? 다른 선생님들에게서 들었는데요."

　"……."

　뻔뻔스러운 뾰족 머리 남학생의 대답에 전애리 선생은 어이가 없었다. 그래서인지 평상시와는 다르게 약간 화난 목소리로 소리치게 되었다.

　"아직 결혼도 안 했는데 무슨 중학교에 다니는 애가 있어?!"

　"……?"

　전애리 선생이 뾰족 머리 남학생과는 다른 말을 했기 때문에 학생들은 또다시 대혼란에 빠졌다. 과연 어느 쪽 말을 믿어야 할 것인지 갈피를 잡지 못하는 것이다. 그러자 뾰족 머리 남학생이 능글능글 웃으면서 학생들의 패닉 상태를 진정시켰다.

　"아, 전애리 선생님은 아직 결혼 안 하셨구나. 제가 아는 어떤 선생님은 결혼 안 했다고 하면서 중학교 다니는 애가 있어서 말이죠. 그때 얼마나 놀랐던지.”

“……!”

순간적으로 전애리 선생의 머리 속으로 당했다는 생각이 스쳐 지나 갔다. 뾰족 머리 남학생은 분명 전애리 선생을 지목해서 한 말이 아니 었는데 전애리 선생은 그것을 자신의 얘기라고 생각한 것이다. 물론 일부러 뾰족 머리 남학생이 다 들리도록 말했기 때문에 그렇게 생각 하는 게 당연했지만, 평소 냉정하던 자신이 그런 잔 속임수에 넘어갔 다는 사실이 그녀를 화나게 했다.

“…….”

전애리 선생이 아무 말도 하지 않고 잠시 숨을 고르고 있었기 때문 에 학생들은 일순간 긴장한 표정을 지었다. 인내심없는 선생 같은 경 우에는 이럴 때 바로 주먹이 날아오거나 태도 점수를 감점시켜 버리 기 때문이었다. 그런데 그런 위험한 상황인데도 뾰족 머리 남학생은 능글능글한 태도를 유지했다. 바로 그 태도가 잘못하면 선생의 화를 더 북돋을 수 있다는 사실을 모르는 듯했다.

“선생님!”

그때였다. 갑자기 가만히 있는 학생들 중에서 포니테일 머리를 한 여학생이 손을 번쩍 들었다. 조용하던 교실에서 소리쳤기 때문에 학 생들은 물론이고 전애리 선생조차 놀란 눈으로 그 여학생을 쳐다보았 다. 그렇게 모든 사람들의 시선을 간단하게 받은 여학생은 웃는 얼굴 로 전애리 선생이 들고 있는 마법 지팡이를 가리켰다.

“그거 언제 돌려주실 거예요?”

“……!”

포니테일 여학생의 말은 모든 이들에게 충격을 가져다 주었다. 이 상황에서 감히 그런 말을 할 수 있으리라고는 그 누구도 생각하지 못했기 때문이다. 만약 전애리 선생이 남자였다면 미모가 상당한 그 여학생을 용서해 줄 수도 있었겠지만, 전애리 선생은 어디까지나 여자였기 때문에 그 미모가 오히려 역효과를 불러올 수 있었다. 그래서 교실 안은 그야말로 일촉즉발의 위기상황으로 변해 버렸다.

"…아, 그랬구나. 하마터면 가져갈 뻔했네."

잠시 침묵을 지키던 전애리 선생은 엷은 미소를 띠며 포니테일 여학생에게 마법 지팡이를 건네주었다. 그것은 학생들의 예상을 뒤엎는 행동이었다. 웬만한 선생이라면 그 상황에서 버럭 화를 냈을 게 뻔했기 때문이다.

"자, 이제 질문 없나요?"

포니테일 여학생의 말로 화를 가라앉혔는지 전애리 선생은 아까 전과 다름없는 미소를 떠올리며 학생들에게 물었다. 하지만 학생들은 그 어떤 대답도 하지 않았다. 여기서 말을 잘못했다가는 겨우 가라앉은 전애리 선생의 분노에 기름을 퍼부을 수도 있기 때문이었다.

"질문 없으면 모두 자습하도록 하세요. 가능하면 마법이론 교과서를 한번 쭉 훑어보는 게 좋을 거예요."

학생들이 더 이상 질문을 하지 않을 분위기라서 전애리 선생은 그렇게 지시를 내린 뒤 교탁 안에 있는 의자를 꺼내어 거기에 앉았다. 학생들은 전애리 선생의 말대로 각자 자습을 시작했다. 물론 대부분의 학생들은 자습하는 척하면서 딴 짓을 했고 일부 우등생들은 마법이론 교과서를 열심히 읽었다. 박호준은 마법을 하나도 모르기 때문인지 전애리 선생에게 잘 보이고 싶기 때문인지 어쨌든 교과서를 열심히 들여다보고 있었다. 그러나 이미 마법이론을 알고 있는 유정운 같은 경우에는 전자펜으로 교과서 파일에다 낙서를 했다. 아무리 교과서 파일에 낙서를 해도 새로고침 버튼을 누르기만 하면 그 페이지가 원래대로 복구되기 때문에 거침없이 낙서를 하고 있는 것이다. 물론 낙서해 놓고 저장 버튼 누르면 끝장이지만.

서기 2074년

새로운 친구들

5장

V 새로운 친구들

땡— 땡— 땡—

"와아!"

2교시 수학 시간이 끝나자 반 아이들은 마치 수업이 모조리 끝난 듯한 분위기를 연출했다. 그도 그럴 것이 3교시가 체육이기 때문에 수업은 이걸로 끝난 것이나 마찬가지이기 때문이었다.

《1학년 28반 학생들에게 전합니다. 3교시 체육 시간은 운동장에서 할 것이니 전원 모두 앞 운동장의 구령대 앞으로 모여주기 바랍니다. 체육복은 착용하지 않아도 되니 속히 모이기 바랍니다.》

스피커에서 굵직한 남자 목소리가 흘러나왔다. 상황으로 보아 체육 선생이 직접 방송을 하고 있는 것 같았다. 어쨌든 학생들은 교실에서 수업하지 않고 운동장에서 수업한다는 소리에 좋아하면서 서둘러 자신의 물건을 사물함에 집어넣었다. 지문 인식 시스템이라서 먼저 사물함 문의 안쪽에 달려 있는 시스템에 지문으로 사용자 입력을 한 뒤 사물함 문만 닫으면 끝이었다. 유정운은 자신의 번호가 달린 사물함에 사용자 입력을 끝내고 나서 가져온 물건을 죄다 사물함에다 넣어놓고 문을 닫았다.

"나가자!"

유정운이 사물함을 닫자 기다리고 있던 박호준이 그를 불렀다. 그래서 유정운도 박호준과 같이 교실을 나가려다가 중요한 사실을 하나 떠올리고는 박호준에게 물었다.

"근데 교실 문 그냥 안 잠그고 나가는 거야?"

"응? 글쎄?"

유정운의 질문이 의외라는 듯 박호준은 머리를 갸웃했다. 하지만 적어도 임시 반장이라는 직무를 맡고 있기 때문에 교실 문을 돌아보았다. 그런데 교실 문에는 자물쇠를 채울 수 있을 만한 고리 같은 게 전혀 없었다. 아예 처음부터 문을 잠글 수 없게 만들어놓은 것 같았다.

"사물함에 지문 인식 시스템을 달아놨으니까 교실 문은 잠글 필요가 없지 않을까?"

교실 문을 둘러본 박호준이 그런 결론을 내렸다. 유정운이 보기에도 그런 것 같았기 때문에 별 이견(異見)을 달지 않았다.

저벅저벅—

교실을 나선 박호준과 유정운은 곧장 중앙 계단으로 향했다. 중앙계단 역시 본관 건물의 양 옆처럼 엘리베이터에 에스컬레이터, 계단이 갖추어져 있었다. 하지만 엘리베이터는 막 위로 올라가고 있는 참이었고 에스컬레이터에는 학생들이 바글바글 대었다. 특히 에스컬레이터의 속력이 보기 답답할 정도로 느리기 때문에 유정운과 박호준은 그냥 계단으로 내려갔다. 어차피 3층밖에 안 되기 때문에 걸어 내려가도 아무런 무리가 없었던 것이다.

"넌 체육 시간에 뭐 할 거냐? 축구? 농구? 배구? 테니스?"

에스컬레이터보다 상대적으로 한적한 계단을 내려가며 박호준이 유정운에게 질문을 던졌다. 하지만 박호준은 유정운의 대답을 듣기 전에 자신의 취미부터 말을 했다.

"난 농구가 좋아. 넌?"

"에… 축구."

"그래? 축구 잘하냐?"

"아니, 그냥 수비만 해. 가끔 골키퍼도 했고."

"축구하면 공격이지!"

"난 드리블을 못하거든."

박호준과 유정운은 이런저런 잡담을 하면서 유유히 앞 운동장의 구령대 앞에 도착했다. 구령대 앞에는 미리 도착한 반 아이들이 몇 명 있었지만 아직 체육 선생의 모습은 보이지 않았다. 사실 2교시 끝나는 종이 울린 지 5분밖에 지나지 않았기 때문에 벌써 체육 선생이 운동장에 나와 있을 이유는 없었다.

"그런데 생각해 보니까 반 인원이 30명밖에 안 되니까 축구는 할 수 없겠다."

반 아이들이 모이길 기다리던 박호준이 문득 그런 말을 꺼냈다. 그 말에 유정운도 고개를 끄덕였다. 축구를 하기 위해서는 적어도 20명이 필요했다. 하지만 인원수의 절반이 여자이고 대부분 축구를 잘 하지 않기 때문에 그 인원만으로 축구를 한다는 건 불가능에 가까웠던 것이다.

"아, 그런데 꼭 그렇지도 않겠다."

자신이 먼저 축구 경기는 불가능하다고 말했던 박호준이 갑자기 말을 뒤집었다. 그것은 운동장에 다른 반이 나와 있는 것을 봤기 때문이었다. 어림잡아도 5개 반이 운동장에 나와 있었다. 단지 그중에 4개 반은 2학년과 3학년이었고 나머지 1개 반만이 1학년이었을 뿐이었다.

"쟤들 포섭해서 축구하면 되겠네."

"……."

박호준의 말대로 그렇게 하면 축구 인원수를 대충 맞출 수 있었다. 하지만 남에게 먼저 무엇인가를 같이 하자고 말을 못하는 유정운으로서는 나서서 같이 축구하자고 할 수도 없는 노릇이었다. 속으로는 박호준이 그 반에 가서 같이 하자는 말을 해주길 바랬다. 그렇지만 박호준은 축구보다는 농구를 할 생각이었기 때문에 그것은 꿈에 지나지 않았다.

"날씨 좋다!"

그때 몰려나오는 학생들 속에서 한 여학생이 웃으면서 말했다. 파란색 포니테일 머리를 한 여학생이었는데 그 옆에는 언제나 파란색 스포츠 머리를 한 남학생이 같이 있었다. 1교시 때 대담한 발언으로 뾰족 머리 남학생의 위기를 넘겨주었던 그 여학생은 다른 애들이 어떻게 쳐다보든 상관없이 옆의 남학생에게 자꾸 말을 걸었다.

"동민이 넌 뭐 할 거야?"

"뭘?"

"체육 시간에 뭐 할 거냐고."

"글쎄… 축구나 할까?"

"그래? 그럼 나도 축구할래."

"맘대로 해라."

유정운은 그 두 남녀 커플의 대화를 엿들으면서 열심히 그 둘의 이름을 기억해 내려고 애썼다. 맨 처음 개학식 날 출석부를 때 들었지만 단 한 번만 들었기 때문에 머리를 쥐어짜 봤자 아무것도 알아낼 수 없었다.

"자, 줄 서라 줄! 4열 횡대(橫隊)로 서!"

그때 큰 목소리로 어떤 30대 남자가 외치면서 유정운 반의 학생들에게 지시를 내렸다. 트레이닝복을 입고 있는 것으로 봐서 그 남자가 체육 선생일 것은 뻔했다. 그래서 학생들은 급히 체육 선생의 말대로 줄을 서려고 했다. 하지만 한 가지 문제에 봉착하고 말았다.

"4열 횡대가 뭐냐?"

"가로로 길게 서는 거야, 세로로 길게 서는 거야?"

"횡대니까 가로 아닌가? 중학교 때하고 똑같이 줄 서면 되는 거 아니야?"

"그럼 세로로 서는 건?"

학생들은 4열 횡대가 어떻게 줄을 서는 것인지 알지 못했기 때문에 우왕좌왕하며 갈피를 잡지 못했다. 그 모습에 체육 선생이 어처구니없다는 표정을 지었다.

"이놈들아! 중학교 체육 시간에 뭘 배웠어? 횡대면 가로로 길게 서는 거잖아!"

체육 선생의 호통에 학생들은 그제야 가로 방향으로 길게 섰다. 총 30명이기 때문에 2명이 맨 끝에 남게 되었다. 어쨌든 체육 선생에게 호통 맞으며 학생들이 줄을 다 서자 체육 선생은 학생들에게 몇 가지 주의 사항을 알렸다.

"다음 시간부터는 체육복을 반드시 착용하고 나와야 한다. 물론 체육 할 때 구두 신으면 안 되고. 알겠지?"

"예!"

"당분간 체육은 자유 시간이니까 체육반장은 항상 체육실에서 공을 가지고 와라. 그런데 누가 체육반장을 할 거지? 체육반장 하면 체육 점수에서 플러스가 있는데."

"……."

체육반장을 뽑는다는 말에 학생들이 잠시 주춤거렸다. 귀찮은 일인지 아닌지 정확히 판단이 되지 않았기 때문이다. 하지만 그런 학생들 중에서 파란색 스포츠 머리의 남학생이 번쩍 손을 들었다. 한 치의 망설임 없는 태도에 체육 선생은 흡족해했다.

"그래, 이름이 어떻게 되지?"

"서동민입니다."

"그럼 동민이가 체육반장을 하도록. 1층 중앙 현관 바로 옆에 체육실이 있으니까 가서 공 바구니 가져와라."

"예."

지시를 받은 서동민은 혼자서 체육실까지 뛰어갔다. 항상 서동민과 같이 붙어 다니던 포니테일 여학생은 이번엔 따라가지 않았다. 사실 이 상황에서 괜히 따라갔다가는 체육 선생에게 찍힐 소지가 다분했기 때문이었다.

탁탁—

교복 차림으로 공이 담긴 바구니를 들고 오는 서동민의 모습은 별로 어울리지는 않았으나 체육복을 입지 않았으니 당연한 것이었다.

아직 겨울 날씨가 완전히 풀리지 않는 쌀쌀한 3월이라 운동장에 나와 있는 학생들은 어서 놀기를 바랐다. 이런 날씨에는 웬만큼 뛰어서는 땀 한 방울도 나오지 않기 때문이었다. 그런 학생들의 마음을 알았는지 체육 선생은 서동민이 공 바구니를 가져오자마자 학생들에게 지시를 내렸다.

"수업 끝나기 5분 전에 호루라기 불 테니까 집합하도록! 해산!"

"와―!"

체육 선생의 말에 학생들은 환호성을 내지르며 각각 아이들을 규합하기 시작했다. 체육반장이 된 서동민은 애초의 계획대로 축구할 아이들을 모으려 했다. 하지만 여학생들 중 포니테일 여학생과 튼튼해 보이는 한 여학생 빼고는 모두 농구를 하러 갔다. 게다가 남학생들 중에서도 박호준을 위시한 많은 수가 농구하러 빠져나갔기 때문에 축구를 하겠다고 남은 사람은 겨우 8명뿐이었다.

"사람 수가 너무 적잖아?"

서동민과 언제나 같이 다니는 포니테일의 여학생 김연영이 한숨을 쉬었다. 이 인원으로는 축구를 할 수 없기 때문이었다. 그래서 서동민은 이제 막 해산해서 놀려고 하는 다른 1학년 반에 가서 같이 축구할 것을 종용했다. 다행히 그의 설득이 먹혀 들어가 유정운네 반 아이들은 같은 1학년 학생들과 반 대항 경기를 하게 되었다.

"헷갈리니까 28반은 넥타이 풀어!"

축구 경기를 하기 전에 서동민은 28반 학생들에게 그런 주문을 했다. 체육복을 입고 있다면 팔 걷어붙이는 것으로 구별하겠지만 지금은 아직 두꺼운 교복 마이를 입고 있어서 팔을 걷어붙일 수가 없었다. 그래서 넥타이의 유무로 반 구별을 하자는 것이었다.

"어서 시작하자!"

서동민은 하프라인에 공을 놓고는 양쪽에 다 소리쳤다. 그래서 유정운은 즉시 넥타이를 풀고 골대 쪽으로 걸어갔다. 그때 축구하겠다고 남아 있던 뾰족 머리 남학생이 아이들을 둘러보며 입을 열었다.

"근데 골키퍼는 누가 하냐?"

"……."

그 말에 아무도 대답을 하지 않았다. 축구할 때 가장 재미없는 포지션 중에 대표적인 것이 바로 골키퍼이기 때문이었다. 우리 편이 잘할 때는 골키퍼가 할 일이 없어지고, 대신 골을 먹으면 골키퍼가 못 막았다고 굉장히 욕먹기 때문이다. 게다가 공 올 때까지 골대 앞에 있어야 하는 것도 대부분의 아이들이 원하지 않았다.

"내가 할게."

골키퍼 하기 싫어서 모두 가만히 있을 때, 한 소년이 무뚝뚝한 어조로 입을 열었다. 그 소년은 바로 유정운이었다. 중학교 때부터 골키퍼 하겠다는 사람이 없을 때 항상 골키퍼를 해왔던 유정운이라서 골키퍼 하는 것에 별 불만은 없었던 것이다.

"그럼 시작!"

상대편도 포지션이 대충 정해진 것 같았기 때문에 서동민은 즉시 공을 차면서 경기를 시작했다. 유정운도 골대 앞에 버티고 서서 경기에 임했다. 골키퍼이기 때문에 공이 오기 전까지 하릴없이 서 있어야 하긴 하지만, 그러는 동안 박호준이 농구장에서 농구하는 모습이나 다른 학생들이 노는 모습을 볼 수 있기 때문에 유정운에게는 좋은 포지션이라고도 할 수 있었다.

위이잉—

한눈에 보기에도 굉장히 복잡한 정밀 기계들이 돌아가면서 연구실의 실험은 계속되었다. 그렇게 실험실에서 우주금속의 연구를 하고 있던 유명운은 잠시 실험을 조교들에게 맡기고 자신의 교수실로 돌아갔다. 아직까지 실험 도중에 중요한 사실이나 현상이 관찰된 적이 없기 때문에 피곤해진 머리를 쉬고자 했던 것이다.

"끄아—!"

교수실로 들어온 유명운은 일단 기지개를 한껏 켰다. 그리고 나서 몸을 이리저리 돌려 굳어진 몸을 푼 다음 책상 위에 놓여 있는 컴퓨터 쪽을 향해 입을 열었다.

"컴퓨터 시작."

위잉—

유명운의 말이 끝나기가 무섭게 전원이 꺼져 있던 컴퓨터가 저절로 기동하기 시작했다. 몇 초 지나고 컴퓨터가 완전히 기동하자 유명운은 또다시 입을 놀렸다.

"국제 우주금속 연구소 사이트로 이동."

《접속되었습니다.》

이번에도 유명운의 말이 끝나기 무섭게 컴퓨터의 스피커에서 젊은 여성의 목소리가 흘러나왔다. 지금 유명운의 책상에 놓여 있는 컴퓨터는 음성 인식 시스템을 탑재하고 있어서 키보드나 마우스를 사용하지 않고도 컴퓨터를 기동하고 다른 업무를 할 수 있었다. 단지 가격이 일반 컴퓨터에 비해 훨씬 비싼 편이라 아직 널리 보급되고 있지는 않았다.

"딸기 박사에게 화상 채팅 신청해."

《 '딸기' 라는 이름은 존재하지 않습니다.》

"존 스트로베리(John Strawberry) 박사. 미국인."

《상대방 쪽에서 응답이 없습니다.》

"그럼 계속 요청 보내."

《무한 송신 모드로 들어갑니다.》

유명운이 화상 채팅을 하고자 했던 스트로베리 박사가 컴퓨터를 꺼 놨는지, 아니면 국제 우주금속 연구소 사이트에 접속하지 않았는지 응답이 없었기 때문에 유명운은 또다시 길게 하품을 했다. 그러다가 화상 채팅할 사람이 한 명 더 떠올라서 급히 명령을 내렸다.

"코바야시 나츠오(小林なつお)에게 연락해."

《연결되었습니다.》

스트로베리 박사와는 다르게 코바야시 박사는 접속 상태라서 금방 연결이 되었다. 모니터를 통해 비추어지는 코바야시 박사의 모습은 평범하게 생긴 40대의 중년 일본 남자였다. 그렇지만 그는 일본 과학 계의 선두주자라고 불리는 사람이었다. 유명운은 그러한 코바야시 박 사와 바로 화상 채팅에 들어갔다.

"코바야시 박사님, 제 메일 읽어보셨습니까?"

[읽어보았습니다. 꽤 흥미있는 이야기였습니다.]

유명운은 한국 말로, 코바야시 박사는 일본 말로 각각 얘기하고 있 었지만 자동 통역 시스템이 작동하고 있었기 때문에 유명운은 코바야 시 박사의 말을 한국 말로 듣고 있었다. 물론 코바야시 박사도 유명운 의 말을 일본 말로 통역해서 듣고 있을 게 분명했다. 어순이나 다른 여러 가지 면에서 한국 말과 유사한 일본 말이기 때문에, 코바야시 박사가 말을 꺼내는 순간부터 바로바로 통역되고 있다고 봐도 무방했다.

[최근 일어나고 있는 원인 모를 폭발 사건… 확실히 뭔가 석연치 않은 점이 많습니다.]

"아직까지는 그다지 많이 일어나고 있지는 않지만 계속해서 증가 추세라는 건 분명합니다."

[그렇습니다. 언젠가는 일반 국민들에게도 알려지겠지요.]

"당장 우주금속에 대한 조사를 해야 한다고 생각합니다."

[우주금속이 폭발 사건의 원인이라… 하지만 증거가 없지 않습니까?]

"증거는 없지만 폭발 후의 잔해를 보면 다수의 부품들이 한 뭉터기로 뭉쳐져 있었습니다. 이것은 우주금속의 복제 능력 이외에는 생각할 수 없는 부분입니다."

[물론 복제 능력을 가진 것은 우주금속밖에 없습니다만 철도금을 했는데 어떻게 우주금속이 다른 물질을 융합시킬 수 있겠습니까.]

"그 부분은 메일에도 써놨듯이 터널링(Tunneling)……."

《스트로베리님께서 응답을 보내왔습니다.》

그때 접속 상태가 아니었던 스트로베리 박사가 유명운과 코바야시 박사의 화상 채팅에 참여했다. 그래서 유명운이 쳐다보고 있는 모니터에는 코바야시 박사의 얼굴과 스트로베리 박사의 얼굴이 동시에 비추어지고 있었다. 이제 막 50대의 길에 들어선 스트로베리 박사는 헛기침을 몇 번 한 다음에 영어로 말을 하기 시작했다. 통역기에는 음성 인식과 음성 변환 시스템이 설치되어 있기 때문에 스트로베리 박사의 어조는 코바야시 박사의 어조와는 많이 달랐다.

[무엇에 대해 당신들은 얘기하고 있었습니까?]

한국 말과는 어순이 크게 다른 영어인 탓에 통역 시간이 몇 초 정도 느리고, 통역된 문장도 그렇게 부드러운 편은 아니었다. 하지만 유명운이나 코바야시 박사나 그런 점은 이미 익숙해져 있어서 문제없었다.

[우주금속에 대해 얘기하고 있었습니다.]

[아, 그건 유명운 박사가 보낸 메일입니다.]

"스트로베리 박사님은 제 의견을 어떻게 생각하십니까?"

[나는 그것이 있을 수 있는 일이라 생각합니다. 하지만……]

유명운의 질문에 모니터를 통해 보이는 스트로베리 박사의 표정이 약간 부정적으로 변했다.

[철도금된 우주금속은 다른 금속을 융합시킬 수 없습니다. 당신 역시 우주금속이 터널링을 한다는 증거를 가지고 있지 않습니다.]

"그러니까 우주금속의 터널링 가능성을 연구하고 싶은 것입니다."

유명운과 스트로베리 박사가 얘기를 주고받고 있는 걸 듣던 코바야시 박사가 중간에 끼어들었다.

[하지만 연구가 가능한 것입니까? 유명운 박사님이 얘기한 끈 이론은 단순한 상상일 뿐이지 않습니까.]

[그것은 끈을 통해 우주금속이 터널링하는 것은 어리석습니다. 유명운 박사가 말한 끈 이론은 아직 검증되지 않았습니다.]

"검증되지 않았으니까 지금부터 연구하고 싶은 것입니다. 우주금속은 분명 철도금이라는 장벽을 끈을 통해 뛰어넘어 다른 물질을 지배할 수 있을 겁니다."

[하지만 우주금속은 그것을 우리들에게 보여주지 않았습니다. 당신은 그것에 관해서 어떻게 설명합니까?]

[그렇습니다. 우리들은 수차례 우주금속에 대한 연구를 계속해 왔습니다만, 단 한 번도 우주금속이 터널링을 해서 다른 물질을 잠식해 들어가는 것은 보지 못했습니다. 유명운 박사님은 이 점을 어떻게 생각하십니까?]

스트로베리 박사와 코바야시 박사는 유명운의 말에 부정적인 뜻을 밝혔다. 그렇지만 유명운은 자신의 생각을 철회하려 하지 않았다.

"우주금속은 보통 물질이 아닙니다. 지구에 떨어질 때 아무 피해 없었다는 것부터가 이상하지 않습니까? 그리고 마치 살아 있는 것처럼 자기 복제를 합니다. 그것도 매우 빠른 속도로요."

[당신은 우주금속이 살아 있다고 생각합니까?]

"그럴지도 모르죠."

[나는 당신이 지나친 생각을 한다고 생각합니다.]

"그렇기 때문에!"

유명운은 스트로베리 박사와 코바야시 박사가 무슨 말을 하기 전에 얘기를 끊었다. 그리고 약간의 시간을 보낸 뒤에 다시 입을 열었다.

"우주금속의 핵(核)을 이곳으로 보내달라는 겁니다. 제가 직접 연구를 해서 우주금속의 진실을 파헤쳐 볼 테니까요."

[……]

유명운의 말에 스트로베리 박사는 잠시 입을 다물었다. 스트로베리 박사 역시 우주금속의 핵으로 연구를 하고 있었는데, 유명운이 그걸 보내달라고 하니까 기분이 언짢아졌던 것이다. 사실 자신과는 다르게 생막 염색을 개발해서 떼돈을 벌고 있으면서도 계속 좋은 논문을 발

표하고 있는 유명운이 스트로베리 박사의 마음에 들지 않는 점도 있었다.

[그러지 말고 차라리 유명운 박사님이 미국으로 가면 어떻겠습니까?]

그것은 코바야시 박사의 의견이었다. 중요한 우주금속의 핵을 함부로 이송하는 것보다는 그보다 덜 중요한 유명운이 직접 미국으로 날아가는 게 더 현명하다고 판단했던 것이다. 유명운도 순간적으로 그러면 되겠다는 생각을 했지만, 한 사람의 얼굴을 떠올리고는 바로 그 생각을 지워 버렸다. 긴 보라색 머리에 입꼬리가 살짝 올라간 아름다운 여성의 얼굴이 떠올랐기 때문이었다.

"전 이곳을 떠날 수 없습니다. 제가 안전한 운송 회사에게 의뢰할테니까 우주금속의 핵을 이쪽으로 보내주십시오. 대신 스트로베리 박사님이 연구하고자 하는 분야에 집중적인 지원을 하겠습니다. 어떻습니까?"

[당신은 한국이 연구하기 좋은 나라라고 생각합니까? 좋은 연구 시설이 있습니까 한국에는?]

"충분히 있습니다. 걱정 마십시오."

[……]

지원금을 대주겠다는 유명운의 제안에 스트로베리 박사는 흔들리는 표정을 지어 보였다. 사실 최근 연구 자금은 떨어지고 연구 성과는 없어서 굉장히 곤란한 상태였던 것이다.

[음… 나는 그것에 대해 고려해 보겠습니다.]

잠시 후 스트로베리 박사의 입에서 나온 말은 비교적 긍정적인 발언이었다. 그러자 코바야시 박사가 농담조의 말을 유명운에게 던졌다.

[유병운 박사님, 우리들에게도 지원해 주십시오. 요즘 돈이 궁합니다.]

"하하, 그럼 저처럼 사업이라도 해보세요."

[나는 그런 능력 가지고 있지 않습니다.]

"노력하는 자에게 복이 있습니다."

[연구하는 것도 힘든데 사업할 시간이 있을 리 없잖습니까. 하하.]

유명운과 코바야시 박사는 서로 쓸데없는 농담을 주고받았다. 그래서 자연히 소외당한 스트로베리 박사는 헛기침으로 두 사람의 농담 따먹기를 잘라먹었다.

[나는 나가겠습니다. 연구원들과 상의를 해야 하기 때문에.]

"아, 그럼 잘 부탁합니다."

[유명운 박사님, 나도 이만 가보겠습니다.]

"연구에 좋은 결과 있기를 바랍니다."

《스트로베리님과 코바야시님이 나가셨습니다.》

모니터에서 스트로베리 박사와 코바야시 박사의 얼굴이 사라지자 스피커에서 그 말이 흘러나왔다. 그래서 유명운은 '채팅 종료'란 말로 화상 채팅 창에서 빠져나온 뒤 늘어지게 하품을 했다. 스트로베리 박사가 우주금속의 핵을 넘길 가능성이 아주 짙어졌기 때문에 안심이 되었던 것이다.

"자, 그럼 또 연구하러 가볼까!"

　　　　　*　　　　*　　　　*

"……"

"……."

유정운을 비롯한 아이들은 모두 할 말을 잃고 말았다. 체육반장 서동민과 항상 붙어 다니는 김연영이 운동장을 종횡무진 날아다니기 때문이었다. 겉으로는 조금 가냘퍼 보이는 면이 있었지만 김연영이 드리블을 해서 슛까지 날리고 이리저리 뛰어다니는 모습은 결코 여자라고 볼 수 없었다.

"쟤 여자 맞냐?"

"아하하."

뾰족 머리 남학생의 말에 서동민은 그냥 웃기만 했다. 지금 그 둘이 서 있는 위치는 골키퍼를 맡고 있는 유정운의 바로 앞이었다. 그것은 그 둘이 현재 수비수를 보고 있다는 뜻이었다. 원래 서동민은 방금 전까지 공격수로 뛰고 있었지만 체력이 떨어진 탓에 지금은 수비를 보고 있는 것이다.

"저렇게 뛰어다니고도 지치지도 않다니… 나보다 체력이 좋은 것 같은데?"

뾰족 머리 남학생은 어이가 없다는 듯이 입을 놀렸다. 하지만 서동민은 열심히 뛰어다니는 김연영을 보며 히죽 웃었다.

"건강한 게 좋은 거지."

"……."

김연영을 보며 웃고 있는 서동민의 모습에 뾰족 머리 남학생은 더욱 어이없다는 표정을 지었다. 서동민이 김연영에게 굉장히 빠져 있다는 사실을 확실하게 알아차렸던 것이다.

"너, 쟤 좋아하냐?"

"응? 아, 뭐……."

뾰족 머리 남학생의 질문을 받고 서동민은 멋쩍은 미소를 떠올렸다. 그 미소만으로도 모든 게 설명되고 있었기 때문에 뾰족 머리 남학생은 서동민에게 질문 공세를 퍼부었다.

"언제부터 사귀었냐?"

"유치원 때부터 계속 같이 다녔는데."

"소꿉 친구야?"

"뭐, 그런 셈이지."

"그럼 갈 데까지 간 사이냐?"

"뭐가 갈 데까지 가? 맞고 싶냐?"

뾰족 머리 남학생의 마지막 질문에 서동민이 약간 불편한 표정을 지었다. 그러다가 문득 자신은 아직 뾰족 머리 남학생의 이름조차 알지 못한다는 사실을 알아차렸다. 그래서 우선 서로의 이름을 밝히는 게 순서라고 생각했다.

"근데 이름이 뭐야? 난 서동민인데."

"나? 내 이름은 워낙 존귀해서 남에게 함부로 가르쳐 주면 안 돼."

"……."

그런 말을 아무렇지도 않게 말하는 뾰족 머리 남학생을 보며 서동민은 그의 얼굴에 주먹 한 방을 안겨주고 싶은 충동을 느꼈다. 특히 뾰족 머리 남학생이 능글능글 웃고 있었기 때문에 그 느낌의 강도는 점차 심해지고 있었다. 그것을 눈치 챘는지 뾰족 머리 남학생은 손을 휘휘 내저으며 입을 열었다.

"야야, 그렇게 주먹 부들부들 떨지 말라고. 이 몸의 존함을 가르쳐 줄 테니까."

'네놈 존함 같은 건 듣고 싶은 생각 없다, 임마!'

서동민은 속으로 그렇게 생각하며 상대편 진영 쪽으로 고개를 돌렸다. 아직 김연영을 위시한 공격 부대가 상대편 골문을 열심히 두드리고 있었기 때문에 수비를 맡고 있는 서동민 일당들은 할 일이 없었다. 그래서 어쩔 수 없이 뾰족 머리 남학생의 존함을 들어야만 했다.

"내 이름은 이상규(李常赳). 오얏 리(李)에 항상 상(常)에 헌걸찰 규(赳)."

어떤 한자를 쓰는지까지는 알고 싶지도 않았는데 이상규라는 이름의 뾰족 머리 남학생은 자기 한자까지 밝혔다. 그런데 마지막에 들은 '헌걸찰' 이라는 말이 무슨 뜻인지 몰랐기 때문에 한번 물어보았다.

"근데 헌걸차다는 게 무슨 뜻이냐?"

"아마 의젓하고 용맹스럽고… 뭐, 그런 뜻이라는데 정확히는 몰라."

이상규는 능글능글 웃었다. 자주 쓰이지 않는 말, 아니, 아예 안 쓰인다고 할 수 있는 말이었기 때문에 뜻은 알아도 그것이 정확히 어떤 뉘앙스를 가지고 있는지는 몰랐던 것이다.

"수비, 뭐 해?!"

그때 공격하고 있던 김연영이 자기 편 진영에다 대고 큰 소리를 질렀다. 계속 몰아붙이다가 방금 전에 공을 빼앗기고 역습을 당하고 있었기 때문이다. 빠른 속도로 치고 올라오는 공격수를 막을 수비가 지금 서동민과 이상규, 그리고 골키퍼인 유정운밖에 없었다.

"우라라라라!"

이상규는 별 희한한 괴성을 지르며 달려오는 공격수에게로 뛰어갔다. 하지만 상대편 공격수는 간단한 몸놀림으로 이상규를 가볍게 제쳐 버렸다. 수비에 전혀 도움을 안 준 이상규 때문에 이제 수비수는 서동민과 유정운뿐이었다.

삐앙—!

아까 서동민이 공격수를 하고 있을 때 그의 실력을 알았기 때문인지 상대편 공격수는 서동민이 다가오기도 전에 중거리 슛을 날렸다. 상당히 정확한 킥을 했기 때문에 공은 곧장 유정운이 지키고 있는 골문 쪽으로 날아왔다. 무서운 속도로 날아오는 축구공은 가히 공포 그 자체였다.

팡!

공이 골 포스트 안쪽으로 날카롭게 날아왔으나 유정운은 몸을 날리며 그 공을 주먹으로 쳐내었다. 그래서 공은 유정운의 손을 맞고 골라인 밖으로 날아갔고 유정운은 운동장 흙바닥에 교복 채로 엎어지게 되었다. 3년 동안 골키퍼 맡아온 실력이 유감없이 드러나는 순간이었다.

"와! 대단한데!"

"완전 프로 급이야!"

서동민과 이상규가 흙바닥에서 허우적대는 유정운을 잡아 일으켜주며 그를 칭찬했다. 하지만 유정운은 그런 칭찬보다도 교복 입고 몸을 날렸다는 사실이 한심스러웠다. 비록 교복 옷감이 흙이나 물이 침투하지 못하는 재질이라서 흙을 털면 거의 깨끗해지기는 했지만, 기분 상 지저분한 것은 어쩔 수 없었기 때문이다.

"간다!"

공이 골 라인 밖으로 나가서 상대편의 코너킥으로 공격이 시작되었지만 상대편 코너킥이 형편없어서 이번에 다시 김연영 공격 부대가 상대편 쪽을 밀어붙이게 되었다. 그렇게 여유를 찾았기 때문에 유정운은 교복을 아름답게 장식하고 있던 흙을 떨어내었다. 옷을 툭툭 칠 때마다 흙은 관성의 법칙에 의해 아래로 떨어져 내렸다. 옷을 치면 옷이 뒤로 밀리고 옷에 달라붙어 있던 흙은 그 자리에 정지해 있으려는 성질 때문에 결국 옷하고 이별하게 되어서 중력에 의해 땅바닥으로 추락하는 것이다.

"너, 언제 골키퍼 했었냐? 잘 막는데?"

이상규가 마치 친한 척 유정운의 어깨에 팔을 걸며 질문을 던졌다. 옷을 털고 있을 때 이상규가 팔을 걸었기 때문에 행동에 제약을 받게 된 유정운은 그의 내장이 어떻게 생겼는지 확인하고 싶었으나 그냥 평상시와 마찬가지로 억양없는 어조로 입을 열었다.

"중학교 때 했어."

"그러냐? 난 중학교 때 공격수 했는데, 이상하게 내가 공만 잡으면 우리 편 애들이 수비하러 되돌아가더라구."

"……."

"그래서 수비수 좀 하려고 했는데 애들이 차라리 그냥 공격수하래."

"……."

이상규의 말을 들으면서 유정운은 과거 이상규와 같이 축구를 해야 했던 아이들에게 애도의 뜻을 표했다. 대부분의 학교가 남녀 공학이라서 축구하려는 인원수의 부족으로 어떻게든 아무나 받아들여서 축구를 해야 했기 때문이었다.

"아, 근데 너, 오늘 아침에 화장실 날려먹었지?"

"……."

이상규가 그 말을 함으로써 유정운은 박호준뿐만 아니라 반 아이들

전부가 그 사실을 알고 있음을 알게 되었다. 역시 유정운이 늦게 들어왔음에도 전애리 선생이 그냥 자리에 앉으라고 한 것은 이미 사정을 알고 있어서였던 것이다.

"이야, 나 사실 네가 우리 반인 줄 몰랐어. 알았다면 학생부 선생한테 말 안 하는 거였는데."

"……?"

유정운은 잠시 이상한 느낌을 받았다. 그래서 이상규의 말을 되새겨 보았다. 그리고 잠시 후 유정운은 한 가지 결론에 도달할 수 있었다. 그것은 이상규가 유정운이 화장실에서 뛰어나오는 것을 보고 그것을 학생부 선생에게 고자질했다는 것이었다.

"정말 미안하다! 용서해 주라!"

"……"

능글능글 웃으면서 사과하는 이상규의 모습을 보며 유정운은 속으로 화를 삭였다. 만약 그가 직접 말을 하지 않았다면 유정운은 어쩌면 죽을 때까지 고자질한 사람을 알 수 없었을 것이다. 그렇게 숨겨도 될 것을 굳이 말하는 인간에게는 화를 내기가 참 애매모호했다.

"아, 네가 걔였냐?"

김연영이 볼 컨트롤하는 장면을 쳐다보고 있던 서동민은 이상규의 말을 듣고 놀란 표정을 지었다. 반 아이들이 유정운에 대해서 얘기할 때 피곤한 상태에서 거의 듣는 둥 마는 둥 했기 때문에 유정운이 어떻게 생겼는지까지는 확인하지 않았던 것이다.

"생각보다 순진한 얼굴인데?"

유정운의 얼굴을 보고 서동민이 한 말이었다. 앞머리가 얼굴의 절반을 가려서 제대로 보이지도 않을 텐데 서동민은 척 보자마자 그렇게 말했다. 유정운 자신은 그렇게 생각하지 않을지라도 다른 사람이 보기에 유정운의 모습은 한 번 보고 위험하다는 느낌이 들지는 않기 때문이었다. 게다가 화장실을 박살냈다는 소문만으로 보면 그 인물이 굉장히 험악하게 생겼을 것이라는, 아니면 적어도 반항기가 다분한 인물이라는 느낌이 강한데 지금의 유정운에게는 그런 낌새가 전혀 없었던 것이다.

"하긴 뭐, 골키퍼 하는 사람 치고 성격 더러운 인간은 없으니까."

그러면서 서동민은 마치 자신의 말을 시험이라도 하듯이 유정운의 어깨를 툭툭 두드렸다. 대개 골키퍼는 활동량이 매우 적은 포지션이기 때문에 뭔가 나서기를 좋아하고 주도해 나가려는 스타일의 사람들은 잘 하지 않으려고 한다. 말하자면 학생 시절에 맡게 되는 골키퍼라는 포지션은, 특히 체육 대회 같은 때가 아닌 일반적인 시합에서는 거의 힘없고 백없는 사람이 하게 되는 것이다.

"아, 근데 너 박호준하고 친하지?"

서동민이 유정운의 어깨를 안마하듯이 툭툭 두드리고 있을 때 이상규가 유정운에게 질문을 던졌다. 그 질문에 유정운은 약간 대답을 망설였다. 박호준과 친해진 건 순전히 오늘 아침에서부터였기 때문이다. 하지만 과정이야 어쨌든 현재 친한 것은 친한 것이기 때문에 이내 고개를 끄덕였다. 그러자 이상규는 계속해서 질문을 해댔다.

"박호준하고 같은 중학교 다녔냐?"

"아니."

"그럼 박호준하고 같은 길드(Guild)야?"

"난 길드 아무 데도 안 들었어."

"그럼 어떻게 알게 된 거냐? 설마 여자 소개시켜 준다는 걸로 친해진 건 아니겠지?"

"……."

이상규라는 녀석은 계속 말하게 두면 이상한 말을 하는 위험한 인간이라는 것을 유정운은 금방 파악했다. 그래서 아주 분명하고 명확하게 그의 말을 끊었다.

"오늘 아침에 같이 게임했거든. 그것 때문에 친해진 거고."

"아, 그러냐…… 가 아니라! 어떻게 오늘 게임을 해? 너, 설마 노트북 갖고 있는 거야?!"

남들은 그냥 넘길 만한 사소한 문제를 이상규는 절대 넘겨 버리지 않고 물고 늘어졌다.

"어떤 노트북이냐? 중고야 새거야?"

"…새거."

"얼마냐? 엄마 아빠가 사준 거야?"

"…얼마인지는 몰라. 내가 산 게 아니니까."

유정운은 일단 대답을 대충 얼버무렸다. 지금 가지고 있는 노트북은 한 달 전에 형 유명운이 사준 것이었다. 중학교 3학년 때 유명운에게 노트북을 받고 나서 줄곧 그걸로만 사용해 오다가 사양이 많이 뒤쳐진 관계로 이번에 새로 얻게 되었던 것이다.

'우습군……'

노트북에 대한 것을 떠올리자 유정운은 속으로 쓴웃음을 지었다. 평소 유정운은 유명운에게 가능하면 의지하지 않으려고 노력했다. 그런데 자신의 능력 밖으로 벗어나는 것, 예를 들어 노트북이나 핸드폰 구입 같은 것은 전적으로 유명운에게 의지하고 있었다. 더욱 웃긴 것은 그것을 유정운은 당연하게 생각하고 있다는 것이었다.

'식사 같은 건 혼자 해결하려고 하면서 중요한 학교 등록금이라든지 노트북 구입 같은 건 모두 형에게 의지하고 있으니…… 마음에 안 들어.'

차라리 유명운이 돈을 잘 벌지 못한다면 그게 마음 편할지도 몰랐다. 그런데 지금은 유정운 자신과 유명운 사이의 능력 격차가 너무 현저하게 나고 있기 때문에 여러 가지로 괴로운 것이었다. 그리고 그런 유명운의 능력을 등에 업고 마음 편하게 놀고 있는 자신도 웃기는 노릇이었다. 여러 가지 이유를 대고는 있지만 결국 유명운 덕분에 자신이 편하게 살고 있다는 것은 부정할 수 없었기 때문이다.

'계속 형에게만 의지하는 게 싫어서 아르바이트를 하고 식사는 혼자 해결하고 있지만, 그건 자신의 위치를 조금이나마 확보하기 위한 처절한 몸부림……. 후후, 말아먹을.'

생각을 거듭할수록 유정운의 기분은 땅바닥으로 곤두박질쳤다. 그래서 자연히 머리카락에 가려진 그의 눈은 날카롭게 변해 있었다. 하지만 유정운은 몇 가지 사실을 간과하고 있었다. 유정운과 비슷한 나이의 학생들 대부분은 전적으로 부모에게 의지하고 있다는 것을. 유정운이 유명운에게 열등감을 느끼는 것은 유명운과 유정운이 형제라는 점 때문임을. 그리고 남의 신세를 지고 싶지 않다는 그의 성격도 작용하고 있음을.

"박호준 이겼냐? 아님 졌냐?"

유정운의 눈이 날카로워졌다는 것을 모르는 이상규는 계속해서 유정운에게 쓸데없는 물음을 던지고 있었다. 하지만 그런 멍청한 이상규의 모습이 유정운의 가라앉은 마음을 어느 정도 풀어주었다.

"뭐… 프로게이머를 내가 어떻게 이겨."

"하긴, 그건 그렇지. 괜히 프로게이머겠냐."

이상규는 별 의미 없는 질문이었다고 생각하면서 멍청히 웃었다. 하지만 그는 한 가지를 잘못 생각하고 있었다. 프로게이머란 사람들은 대개 일반 게이머 시절에 무수한 연습과 배틀넷에서의 시합을 통해 실력을 쌓아 마침내 프로라는 이름을 달았다는 사실이었다. 그렇기 때문에 일반 게이머 중에서도 프로게이머에 맞먹는 실력을 가진 인재들이 넘쳐흐른다는 것을 모르고 있는 것이다.

"하여튼 박호준한테 잘 좀 말해서 이번 경기 티켓 좀 얻어다 주라. 친구 좋다는 게 뭐냐, 응? 응?"

"……(네가 언제 내 친구였냐?)."

이상규의 공짜 티켓 요구에 유정운은 속으로 열심히 그를 씹어주었다. 그렇지만 겉으로는 무표정한 얼굴로 입을 열었다.

"난 경기 보러 안 갈 거니까 직접 말해."

"야, 그러지 말고 좀 얘기해 주라."

"네가 직접 얘기하는 게 더 확실하잖아."

"그럼 넌 알지도 못하는 녀석이 티켓 달라고 하면 주겠냐?"

이상규는 계속해서 유정운이 박호준에게 티켓 달라고 말하기를 요구했다. 하지만 유정운은 결코 그럴 생각이 없기 때문에 딱 잘라서 말했다.

"박호준한테 가서 경기 보고 싶으니까 티켓 달라고 해. 같은 반 친구의 부탁이니까 웬만하면 들어주겠지. 뭐, 그건 어디까지나 박호준에게 공짜 티켓이 있을 때 얘기지만."

"……."

유정운의 말이 결정적이었는지 이상규는 더 이상 공짜 티켓 요구를 하지 않았다. 대신 고개를 뒤로 돌리고 유정운에게 들리게 혼자서 궁시렁거렸다.

"친구의 피눈물 나는 부탁을 그렇게 냉정히 거절하다니… 역시 세상에는 믿을 만한 친구가 없구나. 이런 차가운 세상에서 어떻게 사나… 처량한 내 신세……."

"……."

이상규가 뭐라고 떠들든 말든 유정운은 시합에 집중했다. 그때 마침 상대편 공격수가 공을 몰고 나오고 있었기 때문에 바짝 긴장했다. 그러는 순간에도 이상규의 궁시렁거림은 멈추지 않고 있었다.

팡—!

다행히 서동민이 공격수의 공을 빼앗아 멀리 걷어내어 일단 위기는 넘겼다. 서동민의 좋은 수비에 그때까지 계속 궁시렁대던 이상규가 '역시 서동민!'이라며 소리만 질렀다. 몸이 안 따라주기 때문에 칭찬이라도 하자는 속셈이었지만 그걸 좋게 볼 인간은 그 누구도 없었다.

삐익—!

그때 체육실에서 놀고 있었던 체육 선생이 운동장으로 나와서 호루라기를 불었다. 물론 다른 반의 체육 선생들도 체육실에서 나온 상태라 그 호루라기를 신호로 모든 학생들이 처음 섰던 위치로 돌아가야 했다. 유정운 역시 서동민, 이상규와 함께 구령대 쪽으로 향했다. 이상규는 데려갈 생각이 없었으나 자기가 쫄래쫄래 따라왔기 때문에 어쩔 수 없이 동행해야 했다.

"야, 유정운! 축구 이겼냐?"

속속 모이는 학생들 중에서 이마에 땀이 송골송골 맺힌 박호준이 유정운에게 다가오며 말을 걸었다. 농구라는 경기는 조금도 쉬어서는 안 되기 때문에 아무리 3월이라도 땀이 나기 마련이었다. 그에 비해 축구는 운동장이 넓다는 이유로 공격수 빼고는 그렇게 많이 뛸 상황이 안 되는 데다가 유정운은 더욱 움직임이 없는 골키퍼였기 때문에 땀이 맺힌 박호준과는 달리 유정운은 추위로 볼이 약간 상기되어 있었다. 하지만 긴 앞머리 때문에 볼이 가려져서 유정운이 추워하는지 안 하는지 남들이 보기에는 알 수 없었다.

"공 모두 확인했냐?"

체육 선생은 체육 반장인 서동민에게 물었고 서동민은 공의 개수를 확인한 후 그렇다고 대답했다. 그렇게 공 확인이 끝나자 체육 선생은 학생들에게 해산 명령을 내렸고 박호준은 별 생각 없는 표정으로 유정운에게 제안을 했다.

"수돗가에 가서 씻자."

"……"

열심히 뛰어 놀았던 박호준에게는 당연한 생각이었지만 지금 추워서 빨리 교실에 들어가고 싶은 유정운에게는 지옥이나 다름없었다. 그렇지만 박호준과 별개 행동을 하게 되면 오늘 점심 식사와 저녁 식사가 위태로워지기 때문에 그냥 씻는 시늉만 내기로 했다.

'아, 그러고 보니 골키퍼 봐서 손이 더럽지.'

손에 흙먼지가 들어앉은 것을 보고 유정운은 마침 잘됐다고 생각했다. 굳이 씻는 시늉 낼 것 없이 손은 진짜로 씻어야 하기 때문이었다.

쏴아아—

박호준이 수돗물을 틀어놓고 열심히 세수하고 있는 모습을 보고 유정운 역시 손을 씻으려고 했다. 그러다가 수도꼭지가 파란 것도 있고 빨간 것도 있다는 것을 알게 되었다.

'설마……!'

유정운은 설마설마 하면서도 떨리는 마음으로 빨간 수도꼭지를 조심스럽게 틀었다. 수도꼭지를 통해 흘러나오는 물에서는 김이 모락모락 나고 있었다. 그럼에도 유정운은 믿을 수 없었기에 그 물에 조심스럽게 손가락을 대어보았다.

'따뜻하다……'

그랬다. 따뜻했다. 천인 고등학교에서는 운동장의 수돗가에서조차 찬물과 따뜻한 물이 나오도록 만들어두었던 것이다. 정말 돈이 남아돌아서 주체하지 못한다고 표현하는 게 옳았다.

쏴아아—

따뜻한 물이 나온다는 것을 알았기 때문에 유정운은 맘놓고 손을 씻었다. 그러는 동안 서동민이나 다른 학생들도 수돗가에 와서 더러워진 얼굴과 손을 씻기 시작했다. 수돗가가 운동장 양쪽에 각각 3개씩 있었기 때문에 씻으려고 순서를 기다리는 학생들의 수는 그다지 없었다.

땡— 땡— 땡—

그때 3교시 수업 끝났다는 종소리, 다시 말해 토요일 수업이 모두 끝났음을 알리는 종소리가 암울하게 들려왔다. 학생들은 암울한 종소리를 발랄하게 들으며 모두 교실로 돌아갔다. 유정운 역시 박호준과 같이 교실로 돌아가 자리에 앉았다. 그리고 전애리 선생은 학생들보다 먼저 들어와서 학생들이 모두 모이기를 기다리고 있었다.

"에… 모두 들어온 것 같으니까 종례를 하겠어요."

학생들이 모두 자리에 앉자 전애리 선생이 입을 열었다.

"우선 반장 뽑고 학급회의 할 때까지는 하루마다 두 사람씩 당번을 정하겠어요. 오늘은 별로 더럽지 않으니까 그냥 가고, 다음주 월요일부터 1, 2번이 당번을 하세요. 아, 그리고 임시 반장인 호준이는 당번 하지 않아도 돼요."

전애리 선생의 말에 박호준은 싱글벙글 웃었다. 꼭 당번을 하지 않게 되어서 싱글벙글 웃는다기보다는 전애리 선생이 자기 이름을 불러 줘서 싱글거리고 있다라고 보는 게 옳았다. 그러는 동안에도 전애리 선생은 계속해서 이야기를 진행해 나갔다.

"그리고 학급일지를 쓸 서기가 필요한데…… 누구 할 사람 없나요? 서기도 당번에서 제외시킬 생각인데."

"저요!"

전애리 선생의 말이 끝나자마자 한 여학생이 큰 소리로 외치면서 손을 번쩍 들었다. 그 여학생은 서동민과 함께 앉아 있는 김연영이었다. 마법이론 시간에 마법 지팡이를 선생에게 건네주었던 것, 체육 시간에 축구를 했던 것에서 김연영의 성격이 굉장히 쾌활하고 적극적이라는 것을 알았기 때문에 과연 서기 같은 일을 잘할 수 있을지 유정운은 약간 걱정되었다. 하지만 자기 할 일을 안 하고 무조건 놀기만 하는 사람으로는 보이지 않아서 그냥 신경 쓰지 않기로 했다.

"이름이 어떻게 되니?"

"김연영이요!"

"김, 연, 영?"

"네."

"그럼 연영이가 서기를 하도록 해요. 오늘부터 학급일지 써야 하니까 종례 끝나면 바로 날 따라오세요."

서기 선출까지 끝낸 전애리 선생은 그밖에 뭔가 할 말이 있는가 없

는가를 체크해 보았다. 하지만 아직 학기 초라서 학생들에게 전달할
만한 사항은 없었다. 그래서 서기 선출을 마지막으로 바로 종례를 끝
내었다.

"그럼 모두 다음 주에 보도록 해요. 당번은 8시 30분까지 오는 거
잊지 말구요."

"예ㅡ!"

말을 마친 전애리 선생이 교실을 나가자 교실은 일순간에 학생들의
시끄러운 잡담 소리로 넘쳐 났다. 비록 같은 반이 된 지 얼마 되지 않
았으나 체육 시간에 같이 뛰어 놀았기 때문에 어느 정도 친구 관계가
형성된 것이다. 친구 관계 형성에 체육 시간만큼 좋은 연결 끈은 없기
때문이다.

"동민아! 학급일지 쓰러 가자!"

서기가 된 김연영이 서동민을 끌고 교무실로 가려고 했다. 서동민
은 교무실 가는 게 별로 내키지 않아서 안 가려고 했지만 김연영이 거
의 강제로 끌었기 때문에 어쩔 수 없이 교무실까지 끌려가게 되었다.
그 모습을 보며 어느새 다가온 이상규가 유정운과 박호준에게 속삭였
다.

"너희들이 보기에도 쟤네들 사귀는 것 같지?"

"그런 것 같다."

이상규의 말에 박호준은 고개를 끄덕였다. 그런 그의 얼굴에는 미
소가 걸려 있었다. 자신도 김연영과 서동민처럼 전애리 선생과 커플
이 되는 상상을 하고 있었기 때문이다.

"호준아, 혹시 내일 경기 티켓 있나?"

"……?"

전애리 선생과 커플이 되어서 18세 미만 관람 불가의 장면을 상상하고 있던 박호준은 갑작스런 이상규의 물음에 고개를 갸웃했다. 하지만 이내 이상규의 말뜻을 파악했다.

"매니저한테 받은 티켓이 5장 있긴 한데……."

"그래? 그중에서 나 한 장만 주라."

공짜 티켓이 5장 남아 있다는 사실에 이상규의 눈은 야수와 같은 탐욕의 빛으로 넘쳐흘렀다. 자신에게 티켓을 넘기지 않으면 바로 응징을 가하겠다는 뜻이 담겨 있는 눈빛… 이라고 하기에는 조금 약했지만 어쨌든 탐욕스러운 눈을 하고 있는 것은 사실이었다. 그렇지만 박호준은 그런 이상규의 눈빛을 보면서도 불쾌한 얼굴을 하지 않았다. 아니, 이상규의 눈빛을 보고 있다기보다는 다른 생각을 하고 있었기 때문에 불쾌한 얼굴을 하지 않은 것이었다.

'5장 중에서 전애리 선생님한테 한 장 주면 4장… 정운이에게 한 장 주면 3장… 뭐, 이 녀석한테 하나 줘도 상관없겠지.'

그렇게 생각을 정리한 박호준은 고개를 끄덕이며 대답했다.

"알았어. 그럼 정운이하고 만날 약속 정해."

"……!"

갑자기 박호준이 자신을 끌어들였기 때문에 유정운으로서는 당황했다. 사실 유정운은 박호준의 경기를 보러 갈 생각이 없었기 때문이다. 물론 공짜 티켓을 준다고 한다면 상황이 달라지겠지만.

"나도 가야 되냐?"

"당연하지! 그럼 안 올 생각이었냐?"

"…알았어, 갈게."

"좋아좋아. 아, 그보다 전애리 선생님에게도 티켓 드리러 가자!"

유정운에게 긍정의 대답을 받아내자마자 박호준은 자리에서 벌떡 일어났다. 그리고 유정운과 이상규를 데리고 4층에 있는 교무실로 향했다. 이미 다른 반도 종례가 모두 끝나고 학생들이 돌아가는 중이었기 때문에 중앙 쪽에 있는 엘리베이터와 에스컬레이터, 계단 모두 사람이 바글바글했다. 그래도 그나마 계단이 한산해서 세 사람은 계단을 통해 4층으로 올라갔다.

"뜨아, 4층에 식당이 있었잖아? 점심 시간에 4층으로 와야겠다!"

중앙 통로를 사이에 두고 왼쪽에는 식당이, 오른쪽에는 교무실이 있는 것을 본 이상규가 좋은 발견을 한 듯이 연신 고개를 끄덕였다. 1층에 식당이 있긴 하지만 1학년 28반 교실이 3층에 있는 관계로 4층으로 올라오는 게 가장 시간이 적게 걸리기 때문이었다.

스륵―

부드럽게 열리는 미닫이문을 통해 유정운 일당은 교무실 안으로 잠입했다. 교무실 자체가 교실 4개를 합친 크기인데다가 선생들의 수 또한 많았기 때문에 그중에서 전애리 선생을 찾는다는 것은 꽤 힘든 일이었다. 하지만 박호준은 잠깐 훑어보고 나서 바로 전애리 선생의 자리를 찾아내었다.

"저기다. 가자."

박호준이 앞장 선 채 유정운 일행은 교무실의 중앙 쪽에 있는 전애리 선생의 자리로 향했다. 그곳에는 미리 올라갔던 서동민과 김연영의 모습이 있었다. 전자노트로 된 학급일지를 받아 든 채 전애리 선생에게서 여러 가지 주의 사항을 배우고 있었던 것이다.

"선생님!"

박호준은 눈치도 없이 전애리 선생과 김연영 학생과의 대화를 끊어

먹었다. 다행히 대부분의 주의 사항을 모두 알려준 상태였기에 망정이지 그렇지 않았다면 박호준은 영원히 전애리 선생에게 버릇없는 녀석이라고 찍혔을지도 모르는 상황이었다.

"그래, 무슨 일이니?"

"예, 부탁드리고 싶은 게 있어서요."

"부탁? 뭔데?"

부탁이 뭐냐고 물어보면서도 전애리 선생의 얼굴에는 약간 걱정스런 빛이 드러났다. 뭔가 황당한 부탁을 할지도 모른다고 생각했기 때문이었다. 사실 이 천인 고등학교에 막 부임해 왔을 때 남학생들에게 잇달아 데이트 신청을 받았던, 그것도 교실이 아니라 다른 선생들도 다 있는 교무실에서 데이트 신청을 받았던 황당한 경험이 있었기 때문에 걱정되는 것은 당연했다.

"내일 '하늘의 분노' 게임 경기가 있는데 보러 와주셨으면 해서요."

"......?"

전애리 선생으로서는 박호준의 부탁이라는 것이 황당하게 느껴졌다. 특히 아직 박호준의 진정한 정체가 프로게이머라는 것을 모르고 있었기 때문에 그 황당함은 더했다.

"갑자기 무슨 소리니?"

"사실 내일 제 경기가 있거든요. 그래서 구경하러 오시라구요."

"경기?"

"예. 내일부터 74년도 '하늘의 분노' 전국 리그가 시작되거든요. 전 작년 3차 전국 리그에서 우승해서 시드 배정으로 그냥 본선 진출이구요. 그래서 내일부터 바로 16강 경기를 하게 돼요."

"……?"

박호준은 전애리 선생에게 경기에 대한 설명을 했지만 게임에 대해 전혀 모르는 전애리 선생으로서는 지금 그가 무슨 얘기를 하고 있는 건지 전혀 알아들을 수가 없었다. 하지만 어쩌다 가끔씩 보는 스포츠 뉴스에서 프로게이머의 경기 하이라이트를 본 적이 있었기 때문에 혹시나 해서 물어보았다.

"경기 나간다고? 설마 프로게이머니?"

"예. 중학교 2학년 때부터 했어요."

"……!"

전체적으로 프로게이머의 연령이 점차 낮아지고 있다는 소식을 스포츠 뉴스나 신문에서 본 적이 있지만 그녀 자신의 앞에 그러한 인간이 서 있다는 사실이 매우 신기했다. 그리고 몇 년 전의 기억에서 프로게임계에 신동이 하나 나타났다며 방송 매체에서 떠들어댔었던 것을 끄집어내었다. 또한 그 신동의 이름이 박호준이었다는 것도 더불어 깨달았다.

"저한테 무료 티켓이 5장 있는데 정운이하고 상규하고 주면 3장 남거든요. 그중에 한 장은 선생님한테 드리고 싶어서요. 오실 거죠?"

박호준은 기대에 잔뜩 찬 눈으로 전애리 선생을 쳐다보았다. 그렇게 학생의 똘망똘망한 눈을 보고 있자니 교육자인 전애리 선생은 차마 안 간다는 말을 할 수 없었다. 어린 학생의 마음을 다치게 하는 건 선생으로서 할 짓이 못된다고 생각하기 때문이었다.

"그래, 갈게. 근데 몇 시에 시작하니?"

"오후 1시부터요. 근데 티켓 한 장으로 그날 경기는 모두 볼 수 있으니까 다른 선수들의 경기도 보려면 적어도 오전 10시 이전에 만나는 게 좋아요. 10시에 첫 경기 시작이니까요."

박호준이 전애리 선생과 유정운, 이상규를 향해 말하는 사이 그 얘기를 열심히 듣고 있던 김연영이 갑자기 환한 웃음을 지으며 대화 속에 침범해 들어왔다.

"티켓 2장 남는 거지? 우리도 갈래!"

"김연영……!"

갑작스런 김연영의 말에 가장 놀란 것은 박호준 일당들이 아닌 서동민이었다. 김연영이 게임, 특히 '하늘의 분노' 같은 전략 시뮬레이션 게임은 거의 하지 않는다는 것을 누구보다도 잘 알고 있었기 때문에 감히 '하늘의 분노' 경기를 보러 가겠다고 말할 줄은 몰랐던 것이다.

"보러 가도 되지? 되지?"

김연영은 박호준에게 애교 섞인 표정으로 계속 그를 다그쳤다. 어차피 박호준으로서도 2장의 티켓이 남는 상태이기 때문에 이 두 커플에게 티켓을 준다 해도 별 상관은 없었다. 아니, 오히려 같은 반 아이들이 응원을 하러 와주는 것이라고 할 수 있기 때문에 기분 좋은 일이었다.

"그럼. 너희들도 같이 와. 근데 약속 장소는 어디로 하지?"

"빨리빨리 정하자!"

박호준이 보러 가도 된다는 소리에 김연영은 기뻐하면서 약속 장소와 시간을 정할 것을 재촉했다. 그래서 박호준을 중심으로 전애리 선생, 유정운, 이상규, 서동민과 김연영이 서로 머리를 맞대고 약속 시간과 장소를 정했다. 학생들과 담임 선생이 어디로 놀러 가는 음모를 꾸미는 것은 굉장히 보기 어려운 일이었지만 그들은 여러 차례 회의를 하고 나서 약속 장소와 시간을 맞추었다. 전애리 선생의 나이가 꽤 젊다는 점, 예쁘다는 점, 그리고 성격이 원만하다는 점이 학생들에게 친밀감을 주고 있었던 것이다.

서기 2074년

게임 센터

6장

Ⅵ 게임 센터

탁—

유정운이 외출할 준비를 하고 있을 때 유명운이 책상에 무엇인가를 놓았다. 그것은 핸드폰이었다. 어제 본의 아니게 핸드폰을 날려먹었기 때문에 유명운에게 핸드폰 사다달라고 전자메일을 보냈었다. 그래서 오늘 이렇게 유명운이 핸드폰을 유정운에게 건네주고 있는 것이다.

"임마, 왜 또 멀쩡한 핸드폰을 저승 보내고 난리야? 또 마법 쓰다가 그랬냐?"

형 유명운의 질책에 유정운은 뭐라고 대꾸할 말이 없었다. 유명운의 말대로 마법 쓰다가 핸드폰을 고장냈기 때문이었다. 항상 꾸지람을 들으면서도 마법 쓸 일이 있으면 절로 핸드폰으로 손이 가는 자신의 버릇이 문제였던 것이다.

"그럼 나 나갔다 올게."

"사고나 치지 마라."

유명운은 현관을 나서는 유정운에게 그 말만 전했다. 솔직히 지금 유정운이 어디로 가려는지 물어보고 싶은 마음은 몸에 난 털의 개수만큼 많았지만 유정운의 모습이 현관에서 사라질 때까지 아무런 말도 하지 않았다. 그가 밖에 나가서 착한 분을 만나든 나쁜 녀석을 만나든 유명운으로서는 관여하고 싶지 않았기 때문이다. 언제나 죽은 부모에게서 많은 제재를 받으며 살아왔던 유명운이 유정운에게 자유로움을 만끽하게 하고 싶은 것은 어찌 보면 당연했다. 하지만 그런 '방목(放牧)'이 가능한 것은 유정운에 대한 믿음이 있었기 때문이다. 유정운에 대한 믿음이 없다면 절대 유정운을 자유롭게 놔둘 리가 없을 것이다.

부우웅—

유정운은 버스 좌석에 앉아 창밖을 쳐다보았다. 일요일에 이렇게 외출하는 것은 아르바이트 외에는 처음이었다. 식비 감당하는 것만으로도 벅차기 때문에 휴일에 어딘가로 간다는 건 생각조차 할 수 없었던 것이다. 그래서 이렇게 놀기 위해서 밖으로 나오는 것이 흥분되었다.

끼익—

버스가 서울 게임 센터 앞에 섰고 유정운은 천천히 버스에서 내렸다. 한국에서 가장 큰 규모를 자랑하는 서울 게임 센터는 총 10층이고 그중에서 2, 3층 전체가 게임 경기장이었다. 물론 유정운도 그렇게 소문만 들었을 뿐 실제 내부가 어떻게 생겼는지는 알지 못했다. 금전 여유가 없어서 한 번도 구경하러 온 적이 없었기 때문이다.

'아무도 안 나온 모양이군.'

만날 장소는 게임 센터 정문 앞이었는데 일행의 모습은 전혀 보이지 않았다. 핸드폰에서 시간을 확인해 보니 아직 아침 8시 30분이었다. 약속 시간인 9시 30분이 되기까지에는 무려 1시간이나 남은 것이다.

'역시 너무 일찍 나왔어······.'

유정운은 속으로 그렇게 후회하며 센터 안으로 들어갔다. 1시간 동안 센터 내부가 어떻게 생겼는지 알아봐 둘 생각이었던 것이다. 사실 그렇게라도 하지 않으면 남은 1시간을 보낼 방법이 없었다.

······.

게임 센터 내에 여러 가지 점포와 시설이 마련되어 있는 것을 확인한 유정운은 잠깐 하품을 했다. 그러다가 문득 센터 내부의 디지털 시계를 보니 벌써 9시 28분이었다. 9시 25분까지 둘러보고 다시 정문 앞에서 기다릴 생각이었는데 무려 3분이나 초과한 것이다. 그래서 유정운은 급히 정문 쪽으로 내려갔다. 하지만 정문 앞에 서 있는 전애리 선생과 서동민, 김연영 커플, 그리고 이상규와 박호준의 모습에 유정운은 덜컥하는 느낌을 받아야 했다.

'말아먹을······ 내가 제일 늦게 도착하는 게 되어버렸잖아?'

정문으로 내려가는 계단에서 잠시 멈춘 유정운은 시간 관리를 잘못한 자신을 탓하면서 급히 뒷문을 통해 게임 센터를 빠져나갔다. 그리고 건물을 빙 돌아서 다시 정문 쪽에 모습을 나타냈다. 물론 건물 안에서 바로 정문으로 나가도 되지만 그렇게 되면 자신이 미리 도착해 있었다는 것이 알려지기 때문에 일부로 뒷문으로 돌아나온 것이다. 먼저 와서 건물 구경하고 있었다고 하면 애들에게 '왜 기다리지 않고 먼저 들어갔냐?'라고 핀잔을 들을 수도 있고, 자신이 일찍 왔다는 것을 알아차릴 수도 있으므로 유정운은 그냥 자신이 제일 늦게 도착한다는 것으로 각본을 꾸몄다.

"늦어서 죄송합니다."

일행이 모여 있는 곳에 도착한 유정운은 전애리 선생에게 사과를 했다. 하지만 전애리 선생이나 다른 애들이나 화난 표정은 전혀 짓지 않았다. 어차피 약속 시간이 되려면 2분 남은 상태였기 때문이다.

'어라? 또 머리색이 바뀌어졌네?'

무심코 김연영을 쳐다봤던 유정운은 머리를 갸웃했다. 오늘 그녀의 머리 색깔은 정열적인 빨간색이었기 때문이다. 그에 비해 서동민의 머리는 여전히 파란색 스포츠형이었다.

'매일 머리 색깔을 바꾸는 모양이군. 뭐, 그럴수록 형한테 돌아오는 이익이 있을 테니까 오히려 좋은 거지만.'

"자, 그럼 모두 들어가죠!"

유정운이 그렇게 생각하고 있을 때 일행의 리더인 박호준이 모두를 이끌고 게임 센터 안으로 들어갔다. 게임 경기 시작까지 30분 남았기 때문에 벌써 많은 사람들이 안으로 들어가고 있었다. 박호준 일행은 그 사람들 사이에 껴서 표 관리인에게 티켓을 보여준 뒤 바로 게임 경기관 안으로 스며들었다.

"이야……!"

경기관 안으로 들어가자마자 이상규가 입을 쩌억 하고 벌렸다. 이 건물 자체가 워낙 큰 데다가 2층과 3층을 터놓고 경기관으로 쓰고 있었기 때문에 수용 인원이 무려 1만 명에 달하는 규모에 놀란 것이다. 물론 일행 중에서 박호준을 제외하고는 전부 처음 게임 경기관에 와 본 것이라 놀라지 않는 사람은 아무도 없었다.

"자리는 저쪽이에요."

박호준은 일행을 2층의 중간 좌석 쪽으로 끌고 갔다. 그리고 나서 일행의 자리를 직접 분배했다. 티켓으로 얻은 자리가 한 줄에 다 있었기 때문에 가장 바깥쪽부터 이상규, 유정운, 박호준, 전애리 선생, 김연영, 서동민 순으로 앉았다.

"이거 진행 순서가 어떻게 되냐?"

푹신푹신한 좌석에 앉자마자 이상규가 박호준에게 질문을 던졌다. TV에서 게임 중계하는 것은 몇 번 봤지만 주로 녹화 방송이었기 때문에 진짜 경기가 어떤 순서로 진행되는지는 알지 못했던 것이다. 그래서 박호준은 모두가 알아들을 수 있는 어조로 대답을 했다.

"우선 10시에 경기 시작하고 경기 끝나면 휴식 시간이야. 그리고 11시에 다음 경기가 있고, 그 경기 끝나면 또 휴식이고. 그런 식으로 진행돼. 경기가 빨리 끝나면 해설자들이 설명을 좀 길게 하고 경기가 늦게 끝나면 설명을 간단하게 해서 시간을 조절하게 돼. 대부분의 경기가 30분 이내로 끝나니까 해설자 설명까지 포함하면 각 경기마다 대충 10분 정도의 휴식 시간이 있어."

"그래? 근데 넌 대기 안 해도 돼?"

"난 1시부터잖아. 게다가 11시에 하는 두 번째 경기 끝나면 12시부터 1시까지 점심 시간이니까 여유 많거든."

박호준은 경기를 코앞에 두고도 매우 여유를 부렸다. 어제 유정운과 저녁 10시까지 집중적인 연습을 했기 때문에 어느 정도 자신감이 붙은 것이다. 유정운이 비록 한 달 동안 게임을 별로 하지 않아서 전략 면에서는 딸리는 면이 있다고는 하지만 유닛 컨트롤만큼은 수준급이었기 때문에 컨트롤 연습은 정말 열심히 하게 됐던 것이다.

웅성웅성—

　박호준 일행이 서로 이것저것 이야기하고 있을 때 유정운은 경기관 내부를 쭉 훑어보았다. 경기 시작 시간이 가까워질수록 만여 명의 좌석이 거의 꽉 들어차고 있었다. 대부분이 중·고등학생들이었고 대학생들로 보이는 사람들도 꽤 있었으며, 그중에는 간간이 직장인들이나 노인들의 모습도 보였다.

　"야, 박호준! 저거 봐!"

　그때 이상규가 갑자기 박호준을 부르며 어떤 자리를 가리켰다. 그가 가리킨 자리에는 십수 명이 여학생들이 있었는데 손에는 「박호준 사랑해」, 「게임계의 귀공자 박호준」 등등의 플랜카드가 들려 있었다. 한마디로 박호준 팬클럽이었던 것이다.

　"역시 박호준 인기 대단한데!"

　"하하하."

　이상규의 칭찬에 박호준은 멋쩍은 듯이 웃었다. 그런 박호준의 모습에 모두들 놀라고 있었다. 그 나이 때의 아이들은 대부분 연예인이나 다른 무엇인가에 빠져 있는데, 박호준은 그들을 자신에게 빠져들게 하고 있었기 때문이다.

　'부담이… 클지도 모르겠구나……'

　멋쩍게 웃고 있는 박호준을 보며 전애리 선생은 약간 안타까운 마음이 들었다. 어린 나이에서부터 공인이 되어 여러 가지 제약을 받고 있는 게 분명하기 때문이었다. 그런 박호준의 모습과 옛날 자신의 모습이 겹쳐져서 우울한 기분을 들게 만들었던 것이다.

　"꺄! 박호준이다!"

　전애리 선생이 그런 생각을 하고 있을 때 어디선가 병아리 짹짹 우는 소리가 들려왔다. 그리고 그것을 증명이라도 하듯이 한 무리의 병아리들이 박호준 주위로 몰려들었다. 거의 중·고등학생들로 구성된 병아리 소녀들은 열심히 쩍쩍거리며 박호준에게 사인을 받는 등, 상당히 소란을 떨었기 때문에 주변에 있는 유정운 외의 관계자들은 병아리들에게 둘러싸여 숨이 막힐 지경이 되어야만 했다. 게다가 병아리 사이에는 박호준의 명성을 듣고 찾아온 건장한 닭 소년들이 끼어든 상태라서 유정운 일행들은 괴로울 수밖에 없었다.

"그쪽 분들! 얌전히 자리에 앉아주세요!"

사람들이 한 좌석 쪽으로 몰려들었기 때문에 경기관 내에 있던 경찰들이 그들을 모두 해산시켰다. 그렇게 경찰들의 도움으로 겨우 숨통을 트게 된 유정운 일행은 길게 한숨을 내쉬었다. 유명인과 같이 다니면 굉장한 위험에 처할 수 있다는 것을 뼈저리게 느꼈던 것이다.

"야, 박호준! 차라리 경호원을 고용하지 그러냐?"

가장 바깥쪽에 앉아 있어서 몰려든 사람들 사이에서 제일 고생했던 이상규가 불만 어린 목소리를 내었다. 하지만 박호준은 어색한 웃음을 지을 뿐이었다. 경호원을 고용해야 할 정도로 신변에 위협을 느끼고 있지는 않기 때문이었다.

띠리링―

그때 박호준이 가지고 있는 핸드폰에서 벨이 울렸다. 원래 현재의 핸드폰은 온도 감지 센서가 달려 있어서 핸드폰을 몸에 지니고 있을 경우에는 주위 온도가 체온과 비슷해지므로 진동 상태가 되고 핸드폰을 다른 곳에 넣어두었을 때에는 주위 온도가 체온보다 낮아지기 때문에 자동적으로 벨 상태로 바뀌게 되어 있다. 근데 지금 같은 경우에는 박호준이 무조건 전화가 오면 벨이 울리도록 강제 설정을 적용한 상태였기 때문에 핸드폰을 몸에 지니고 있더라도 벨이 울리게 된 것이다.

"여보세요. 아, 예. 예예."

박호준에게 전화를 한 사람은 그보다 나이가 많은 사람인지 박호준은 열심히 존댓말을 썼다.

"예. 예? 그냥 여기서 구경하면 안 돼요?"

열심히 전화 속의 상대와 얘기를 하던 박호준의 눈썹이 조금 찌푸려졌다. 상대의 말에 따르고 싶지 않지만 따라야 할 수밖에 없는 상태가 된 듯했다.

"예… 곧 가겠습니다……."

마지막으로 힘없이 대답한 박호준은 통화를 종료했다. 박호준의 표정이 못마땅해 보였기 때문에 모두들 걱정되는 눈빛으로 그를 쳐다보았다. 그러자 박호준은 급히 얼굴 표정을 바꾸고는 밝은 목소리로 입을 열었다.

"하하, 매니저가 빨리 선수 대기실로 오라고 해서 말이야. 안 오면 작살낸대."

"그럼 가야지."

"후…… 그럼 가볼게요. 그래도 점심 시간에는 다시 올 거니까 먼저들 점심 먹지 마세요."

"알았어."

전애리 선생과 다른 아이들에게 확실한 대답을 얻어낸 뒤 박호준은 씁쓸한 얼굴로 자리를 떴다. 그의 계획으로는 전애리 선생과 게임을 함께 보며 여러 가지를 알려줌으로써 분위기를 뜨끈뜨끈하게 몰고 가려고 했었는데 매니저의 전화 한 통으로 그 계획이 완벽히 무산되었기 때문이다.

"우히히, 그럼!"

박호준이 자리를 뜨자마자 기회를 노렸다는 듯이 이상규가 박호준의 자리를 꿰차고 앉았다. 김연영이나 서동민은 아직 박호준이 전애리 선생을 좋아한다는 사실을 모르고 있기 때문에 이상규의 행동에 별 신경은 쓰지 않았지만 유정운은 조금 표정을 찌푸렸다. 하지만 전애리 선생과 자신의 자리에 빈자리가 생기는 것도 별로 좋은 게 아니었기 때문에 그냥 입을 다물었다.

"......?"

할 일이 없어서 그냥 사람들 구경을 하고 있던 유정운의 눈에 유난히 눈에 띄는 머리 색깔이 들어왔다. 긴 은색의 머리카락이었는데 어디선가 본 적이 있는 머리 모양 같은 느낌이 들었다. 그런데 그 은발 여자의 옆에는 에메랄드 색의 단발 여자가 팔짱을 끼고 바싹 붙어 있었다. 그 두 여자가 앉은 위치는 유정운의 훨씬 앞쪽이라서 얼굴이나 나이 같은 세세한 부분은 확인할 방법이 없었지만 하나의 결론에 도달하는 것은 할 수 있었다.

'저 두 사람은 레즈로군.'

그런 결론을 내린 유정운은 다시 관심을 경기 무대 쪽으로 돌렸다. 그가 고개를 돌린 그 순간이 딱 10시였으며 게임 해설자들과 경기할 게이머들이 동시에 무대에 등장하는 순간과 일치했다.

와와—!

게이머들이 경기 무대 위에 마련된 컴퓨터 앞에 앉자 관중석에서 환호성이 터져 나왔다. 지금은 관중석의 말이나 해설자의 말을 게이머들이 경기 무대 위에서 들을 수 있지만 경기가 시작하게 되면 소리

차단 마술이 발동되기 때문에 게이머들은 아무것도 들을 수 없게 된다. 게임 경기는 마술이 사용되는 분야 중의 하나인 것이다.

"그럼 경기 시작합니다!"

선수들과 게임 예상에 대한 설명이 끝나자마자 곧바로 경기가 시작되었다. 경기가 시작되자 소란스러웠던 관중들은 일순간에 조용해지며 양쪽 옆에 있는 대형 스크린에서 눈을 떼지 않았다. 한순간이라도 스크린에서 눈을 뗐다가는 유닛 컨트롤 같은 중요한 장면을 놓치게 되는 불상사가 초래되기 때문이었다.

* * *

떵동 떵동—

유명운이 TV앞에 앉아 TV프로그램을 보고 있을 때 초인종이 울렸다. 인터폰 화면에서 그가 잘 아는 여성의 모습이 비추어졌기 때문에 유명운은 즉시 문을 열고 그녀를 맞이했다.

"무슨 일이야?"

"그냥 놀러 왔어요."

남궁소진은 현관에서 신발을 가지런히 벗고 안으로 들어왔다. 하지만 집 안에 유정운이 없다는 사실을 알고 조금 놀란 표정을 지었다.

"정운이 어디 갔어요?"

"아침 일찍부터 나갔어."

"무슨 일인데요?"

"나도 몰라. 지금쯤 친구들과 함께 환각제를 사서 먹거나 마약을 하고 있을지도."

"……."

동생에 대한 걱정이 눈곱만큼도 없는 유명운의 말에 남궁소진은 고운 눈썹을 살짝 찌푸렸다. 형제 자매가 없는 남궁소진으로서는 유정운을 친동생처럼 생각하고 있었기 때문에 혹시라도 유정운이 잘못된 길로 빠져들지 않을까 걱정되었던 것이다.

"형인데도 동생이 걱정되지 않나요? 정말 정운이가 그런 일을 하고 있을지도 모르잖아요?"

"흐음… 그럴 수도 있겠군. 만약 그 녀석이 나쁜 녀석들을 만나서 나쁜 짓을 하고 있다면……!"

유명운은 눈에 불을 켜고 말을 이었다.

"녀석을 저승으로 보내줄 수밖에! 크흐흐흐흐!"

"……."

자기 딴에는 사악하게 웃는다고 생각하고 있겠지만 옆에서 보고 있는 남궁소진은 그의 사악한 웃음이 정말 어설프기 짝이 없었다. 이런 어설픈 남자와 사귀고 있는 자기 자신에 대해 약간의 회의가 들 정도였다. 그러다가 문득 어떤 사실이 떠올라서 유명운에게 물어보았다.

"혹시 정운이 오늘 여자 친구 만나러 간 거 아니에요?"

"풋……!"

남궁소진의 말이 끝나기가 무섭게 유명운은 물 마시다가 체한 것처럼 웃음을 터뜨렸다. 그런 유명운의 반응에 남궁소진이 화를 내었다.

"뭐가 웃겨요? 정운이에게 여자 친구가 있을지도 모르잖아요!"

"푸하하! 녀석에게? 내가 장담하건대 절대 없어!"

"무슨 근거로 그렇게 단언하는 거예요?"

"형이니까!"

유명운은 그게 굉장한 근거라도 되듯이 당당하게 말했다. 하지만 남궁소진은 그런 말을 근거라고 보지 않았다.

"가족이라도 모르는 건 모르는 거라구요. 특히 명운 씨처럼 동생한테 관심없는 사람일수록 그애가 지금 어떻게 지내는지 더욱 모르죠."

"아니, 적어도 난 녀석에게 여자 친구가 있는지 없는지 정도는 알고 있어."

"제대로 된 근거를 대세요."

"녀석의 성격 탓이거든."

이번엔 유명운의 대답이 꽤 확고했다. 그리고 이어진 부연 설명도 분명한 어조를 띠었다.

"정운이 녀석은 누군가에게 자기 마음을 잘 열지 않아. 말하자면 자기 자신에 대한 믿음이 없기 때문에 남과 사귄다는 걸 두려워하는 거지. 그런 소극적인 성격 탓에 누군가 먼저 자신에게로 다가오지 않는 이상 먼저 남에게 다가가는 일은 없어. 그러니까 정운이 녀석이 맘에 드는 애를 보더라도 결코 먼저 다가가지는 않는 데다가, 지금 막 새 학기가 시작됐으니까 정운이 녀석에게 반한 여자애가 있을 리 없지. 따라서 결론은 정운이 녀석에게는 여자 친구가 없다라는 것."

"……."

유명운의 대답에 남궁소진은 뭐라고 할 말이 없었다. 유명운의 말대로 그녀 역시 유정운의 성격이 그렇다는 것을 어렴풋이 알고 있었기 때문이다. 평소 자신과 만나더라도 유정운은 항상 어느 정도의 거리를 유지하고 있었다. 남궁소진이 유정운을 동생이라고 생각하고 신경 써주려고 해도 유정운이 그것을 보이지 않게 거부하고 있었던 것이다.

"좀 더 마음을 열면 좋을 텐데……."

"녀석한테 너무 신경 쓰지 마. 자기 일은 자기가 알아서 잘 하는 녀석이니까."

"그건 너무 무책임한 발언이라구요."

"무책임이 아니라 녀석을 잘 알기 때문이야. 나하고 성격이 똑같거든."

유정운과 자신의 성격이 똑같다는 유명운의 말에 남궁소진은 약간 어이가 없었다. 아무리 생각해도 지금의 유명운과 유정운은 성격이 완전히 반대였다. 유정운은 너무 말이 없어서 탈이고 유명운은 너무 말이 많아서 탈이기 때문이었다.

"뭐가 명운 씨하고 정운이하고 성격이 똑같아요?"

남궁소진이 반박을 하자 유명운은 웃으며 대답했다.

"나도 예전엔 정운이하고 똑같은 소극적인 성격이었어. 소진이하고 만날 때에도 그랬잖아? 먼저 대쉬한 쪽은 소진이였으면서."

"그거야 명운 씨는 교수라는 위치라서 제가 먼저 말하지 않으면 절대 안 사귀어줄 걸 알았으니까 그렇죠. 제가 말하자마자 대뜸 좋다고 대답한 사람은 명운 씨라구요."

"소진이처럼 예쁜 여성의 부탁을 거절하는 건 바보 같은 짓이거든."

"그거 지금 아부예요?"

"글쎄, 과연 뭘까?"

유명운은 갑자기 표정을 음흉하게 바꾼 다음에 느닷없이 남궁소진을 번쩍 안아 올렸다. 그런 유명운의 행동에 놀란 건 남궁소진이었다.

"앗! 무슨 짓이에요?"

"남자 혼자 있는 집에 여자가 왔으니 있을 수 있는 일을 해야지."

"오늘 정운이가 집에 없을 줄은 몰랐다구요!"

"어찌 됐거나 지금 남녀 둘이 같은 집에 있으니 일은 벌어졌어."

남궁소진이 품 안에서 바둥바둥거려도 유명운은 그녀를 내려줄 생각을 하지 않았다. 오히려 품 안에 안긴 남궁소진을 내려다보며 분명한 어조로 말했다.

"난 자신감을 가지고 있어."

"네?"

"난 지금 명문대 교수에다가 경제적으로도 부유하잖아. 그것들이 바로 내 자신감을 뒷받쳐 주고 있어. 만약 그런 자신감이 없었다면 난 지금 소진이를 이렇게 안고 있지 못할 거야."

"……."

"정운이 녀석도 자신감을 얻게 된다면 좀 더 적극적인 성격으로 변하겠지. 그러니까 녀석이 뭔가에 자신감을 찾을 때까지 우리들은 그냥 지켜봐 주자구."

"……."

유명운이 얼굴에 부드러운 웃음을 띠며 말했기 때문에 남궁소진은 마치 아기라도 된 듯이 얌전히 그의 팔에 안겨 있었다. 그의 말대로 유정운에게 지나치게 신경을 쓰기보다는 유정운이 자신을 편하게 대할 수 있도록 분위기를 만드는 것이 낫겠다는 생각을 한 것이다. 하지만 그녀는 유명운이 지금 어떤 생각을 하고 있는지까지는 알지 못했다.

"그럼 하던 일을 계속해서!"

"앗!"

남궁소진이 유명운의 팔에 안겨 생각하고 있을 때 유명운이 그녀를 안은 채로 안방으로 들어갔다. 그 행동이 뜻하는 바는 명백한 것이었기 때문에 남궁소진으로서는 기겁할 수밖에 없었다.

"아직 대낮이라구요! 대낮부터……!"

"사랑에는 밤낮의 구별이 없어~"

"하지만…… 앗!"

안방 문이 닫히고 안방에서는 청소년 보호법에 걸리는 소리들이 흘러나왔다. 원래 작가라면 그들의 행위 묘사를 해야 마땅하지만 심의에 걸리는 내용이므로 더 이상의 묘사는 포기해야 하겠다.

*　　　　*　　　　*

짝짝짝—!

74년도 '하늘의 분노' 1차 리그 제3경기가 끝나자 관중석에서 우레와 같은 박수가 터져 나왔다. 박호준의 경기였는데, 초반에는 상대의 전략에 말려들어서 불리하게 게임을 진행했지만 절묘한 유닛 컨트롤로 상대의 부대를 괴멸시킴으로써 마침내 경기를 승리로 이끌었기 때문이다.

《박호준 선수는 어린 나이에도 불구하고 나날이 유닛 컨트롤이 향상되는군요.》

《정말 신의 컨트롤이라고 해도 과언이 아닙니다.》

게임 해설자들도 박호준의 유닛 컨트롤을 칭찬해 마지않았다. 이것으로 박호준은 16강 첫 번째 경기에서 1승을 했기 때문에 8강 진출을 위한 힘찬 발걸음을 내딛게 되었다.

"역시 박호준인데!"

"굉장하다!"

서동민과 김연영은 박호준의 경기를 보고 감탄을 터뜨렸다. 물론 둘 다 '하늘의 분노' 게임을 자세히는 몰랐지만 박호준의 현란한 컨트롤만 보고도 박호준이 굉장한 실력을 가지고 있음을 느낀 것이다. 그리고 그것은 게임이라고는 전혀 해본 적이 없는 전애리 선생도 마찬가지였다.

'저 정도의 실력을 쌓으려면 대체 얼마나 노력해야 하는 걸까……'

1승을 거두어서 환한 미소를 짓고 있지만 이마에는 땀이 송골송골 맺힌 박호준의 모습을 보며 전애리 선생은 그런 생각을 떠올렸다. 처음에는 그저 단순한 직업이라고 생각했던 프로게이머도 하나의 스포츠라는 것을 이번 경기에서 느끼게 되었던 것이다.

…….

제3경기가 끝나고 잠깐 동안의 휴식 시간에 박호준이 유정운 일행의 자리로 다가왔다. 모두들 박호준의 승리를 축하해 주었지만 이상규가 전애리 선생의 옆 자리에 앉아 있는 것을 보고 박호준은 살벌한 눈을 했다. 그의 날카로운 표정에 이상규는 고양이 만난 쥐처럼 조용히 자리를 비켜주었다.

'호오……!'

박호준이 날카로운 표정으로 이상규를 전애리 선생 옆자리에서 물러나게 한 모습을 보고 서동민과 김연영이 뭔가 알겠다는 표정을 지었다. 처음 경기관에 들어왔을 때 박호준이 전애리 선생 옆에 앉은 것은 그냥 그러려니 했는데, 지금의 모습은 분명하게 박호준이 전애리 선생을 좋아하고 있음을 뜻하고 있었던 것이다. 그렇지만 정작 전애리 선생은 박호준이 자신을 좋아하고 있다는 사실을 눈치 채지 못했다.

"멋진 경기였어."

이상규를 몰아내고 옆 자리에 앉은 박호준에게 전애리 선생은 축하의 말을 건넸다. 그러자 박호준은 방금 전까지의 표정을 싹 걷어내고 입 째져라 웃었다. 하지만 그와 반대로 전애리 선생 옆 자리에서 쫓겨나게 된 이상규는 삐친 표정을 지으며 궁시렁궁시렁댈 뿐이었다.

"자기 티켓이라고 친구를 자리에서 쫓아내다니…… 칫칫."

"……."

이상규의 바로 옆 자리라서 그의 궁시렁 소리를 본의 아니게 들어야만 하는 유정운으로서는 그저 속으로 한숨만 내쉬었다. 그러다가 경기관 내에서 뭔가 이상한 낌새가 느껴져서 흠칫했다.

'뭐지? 이 불길한 느낌은……?'

무슨 일인가가 일어날 듯한 느낌이 들었기 때문에 유정운은 급히 주위를 둘러보았다. 하지만 관중들은 대부분 휴식 시간을 맞이해서 경기관 내의 매점에서 군것질을 하고 있었고 그들 중에는 눈에 띄게 수상한 사람들도 없었다. 아무리 봐도 뭔가 불길한 일이 일어날 것 같은 분위기는 아니었던 것이다.

'…신경이 날카로워져 그런가? 하지만 오늘은 신경이 날카로워질 일도 없었는데?'

왜 불길한 일이 생길 것이라는 느낌이 들었는지 이해할 수가 없었던 유정운은 자신의 신경이 예민해질 만한 일이 있었는지 없었는지 생각해 내기 위해 머리를 굴렸다. 그런데 그 순간, 유정운이 불길하게 느꼈던 일이 마침내 터지고 말았다.

쨍— 파광—

"꺄악!"

"으악!"

경기관 천장에 설치되어 있었던 전등들이 일제히 깨어져 나갔다. 그 덕분에 좌석에 앉아 있던 사람들이 비명을 지르며 밖으로 빠져나가려고 소란을 피웠다. 깨진 전등의 유리 조각이 비 오듯이 우수수 떨어져 내렸기 때문에 자리에 계속 앉아 있으면 유리 조각이 박혀 고슴도치가 될 수 있는 상황이었던 것이다.

"모두 진정하시고 차례차례 출구를 통해 나가주십시오!"

경기관 내의 사람들이 우왕좌왕했기 때문에 경비원들이 사람들을 통솔하려고 부단히 노력했다. 하지만 대부분의 사람들은 그들의 통제를 무시하고 무조건 먼저 밖으로 나가려고 했다. 나이가 어리기 때문에 자신에게 위험이 닥쳐오자 주변은 돌아보지 않고 무조건 안전한 장소로 가려고 하는 것이다. 그리고 나이 많은 사람들조차 나이 어린 사람마냥 무조건 위기를 벗어나려고만 해서 혼란은 더욱 가중되고 있었다.

"어서 나가자!"

전등이 터져 나가 낮인데도 어두워진 경기관 내에서 전애리 선생은 선생답게 유정운 일행을 통솔하며 출구 쪽으로 향했다. 그렇지만 유정운은 어둠을 틈타 선수들이 게임을 펼치는 경기 무대 쪽으로 걸어갔다. 그의 시선은 줄곧 컴퓨터에 꽂혀 있었다.

펑—!

마침내 마지막 남은 전등이 깨지며 경기관은 완전한 어둠에 휩싸였다. 하지만 열린 출구를 통해서 빛이 들어오고 있었기 때문에 사물의 구별이 어려운 정도는 아니었다.

콰직— 콰직—

전기 합선되는 소리가 나면서 선수들이 경기를 했던 컴퓨터가 이상한 모습으로 꿈틀거리기 시작했다. 그것은 유정운이 천인 고등학교 남자 화장실에서 봤던 아메바 꿈틀이와 움직임이 상당히 유사했다. 단지 그때의 꿈틀이보다 지금의 꿈틀이 규모가 더 크다는 점이 다를 뿐이다.

'정말 형이 말했던 대로인가!'

콰앙— 콩!

전기 합선과 기계 융합으로 터져서 불이 나는 컴퓨터 사이에서 점차 크기가 커지고 있는 손 모양의 꿈틀이를 보며 유정운은 몇 달 전에 유명운과 했던 얘기가 떠올랐다.

「야, 넌 우주금속을 어떻게 생각하냐?」

「갑자기 무슨 헛소리야? 나 숙제해야 하니까 사라져 줘.」

「요즘 일어나고 있는 기계 폭주 사고, 아무래도 우주금속의 짓 같다는 생각이 들어.」

「동생의 숙제를 방해하러 왔어?」

「세상이 멸망할지도 모르는 때에 숙제가 중요하냐?」

「세상이 멸망한다는 증거를 대보시지?」

「방금 말했잖아. 우주금속이 선진국에서 일어나고 있는 기계 폭주 사고의 주범이라고.」

「뭔 헛소리야? 기계 폭주 사고가 뭔데?」

「너, 뉴스도 안 보냐? 선진국을 중심으로 정밀 기계들이 멋대로 폭발하고 폭주하는 사고가 일어나고 있다는 소식 못 들었어?」

「아, 그거? 그쪽 나라에서 일어나면 일어나는 거야. 우리 나라에는 아직 일어난 적이 없으니까 상관없잖아.」

「상관없긴 왜 없어? 우리 나라도 정밀 기계가 많아서 결코 안전한 상태가 아니라고.」

「사건이 일어나면 그때 해결하면 되지.」

「임마, 문제는 선진국에서조차 무엇 때문에 기계 폭주 사고가 일어나는 지를 모른다는 거야. 그런데 우리 나라가 무슨 수로 그 사건을 해결해?」

「그럼 모두 얌전히 죽던가.」

「넌 얌전히 죽을 거냐?」

「어차피 인간은 때가 되면 죽어야 돼.」

「그건 그런데, 우주금속이 그 기계 폭주 사고를 일으켰다고 하면 믿겠냐?」

「움직이지도 못하는 금속이 무슨 수로 사고를 일으켜?」

「우주금속은 분명 끈을 이용해서 사고를 일으키고 있을 거야.」

「끈? 형은 모든 걸 끈으로 설명하려고 하는 경향이 있어.」

「푸하하, 끈이야말로 만물의 근원이니까.」

「그래, 형 잘났수.」

「지구에 떨어져 내린 우주금속이 지구를 멸망시키려고 지금 서서히 각성하고 있다! 어때, 충분히 있을 수 있는 일인 것 같지 않냐?」

「…내 생각엔 정신 병원에라도 가는 게 좋을 것 같은데.」

「하여튼! 우주금속은 끈을 통해 철도금을 뛰어넘어 기계를 조작하고 있을 거야.」

「그런 짓을 해서 우주금속에게 무슨 이득이 있는데?」

「글쎄… 그걸 모르겠단 말이야. 분명 뭔가를 하려고 그러는 것 같은데 알 수가 없어.」

「그럼 혼자서 그 이유를 열심히 생각해 봐. 난 숙제해야 되니까.」

'말아먹을……!'

그때는 그냥 별것 아니라고 생각했지만 지금 두 번이나 그런 일을 겪다 보니 그냥 지나쳐서는 안 될 일이란 것을 유정운은 깨닫게 되었다. 비록 눈앞에 보이는 꿈틀이의 정체가 우주금속이라는 증거는 아무 데도 없으나, 적어도 꿈틀이 때문에 잠시 뒤에 있는 '하늘의 분노' 1차 리그 제4경기가 더 이상 진행될 수 없게 되었던 것이다.

'역시 증식을 하는군.'

밖의 사람들은 경기관 내에서 발생하는 폭발음 때문에 소란스러웠으나 유정운은 그 자리에 서서 컴퓨터를 중심으로 점차 세력을 확장해 가는 꿈틀이를 쳐다보았다. 만약 이대로 둔다면 게임 센터의 모든 기계를 장악한 꿈틀이가 무슨 짓을 할지 알 수 없었다.

"위대한 마나여, 그대 나의 부름에 답하여 내가 이끄는 대로 따라오라."

꿈틀이가 점차 사람의 손 모양을 갖추어 나가기 전에 유정운은 마법으로 녀석을 없애기로 작정했다. 경찰이 와서 녀석에게 총을 쏴대봤자 생명체 같지도 않은 꿈틀이가 별 타격을 받을 것 같지는 않았기 때문이다. 게다가 이런 경기관에서 폭탄류의 무기는 사용하기도 어렵기 때문에 마법으로 꿈틀이에게 최대한의 타격을 입히자는 생각이었다.

"위대한 마나여! 그대 나의 부름에 답하여 내가 이끄는 대로 따라 오라!"

언제나 그렇듯이 단 한 번의 들뜸유도 주문으로는 마나전자가 들뜨지 않아서 유정운은 계속해서 같은 주문을 반복했다. 그렇게 한 다섯 번 정도 반복했을 때 마침내 유정운의 몸 주변의 안정적인 원자가띠(Valence Band)를 돌고 있던 4밴드의 마나전자가 에너지를 받아 전도띠(Conduction Band)로 이동하여 들뜨게 되었고, 마법을 사용할 수 있는 들뜬 상태가 되었다.

"위대한 마나여, 그대의 강렬하고 뜨거운 분노가 하늘을 두려움에 떨게 하리라."

유정운이 사용하고자 하는 마법은 불꽃계 마법 중에 하나인 폭발 주문이었다. 그러나 주문을 여러 번 외워서 폭발 마법을 사용할 수 있게 되었을 때, 무심코 핸드폰을 꺼내 들고 마법을 쓰려던 유정운은 흠칫했다. 이번에 핸드폰을 도구 대신 쓰게 되면 핸드폰이 또 망가져 버릴 것은 뻔했기 때문이었다. 어제 유명운이 사다준 핸드폰을 받자마자 박살내 버리는 것은 결코 원하는 일이 아니었다. 잘못하면 유명운이 다시는 핸드폰을 사주지 않을 경우가 발생할 수도 있었다.

"말아먹을……!"

유정운은 핸드폰으로 갔던 손을 회수하며 도구 대신 사용할 만한 물건을 찾아보았다. 하지만 유정운 근처에는 그 흔한 음료수 캔조차 없었다. 경기관 내에서는 음식물을 먹을 수 없게 해놓았기 때문에 쓰레기 하나 찾을 수 없었던 것이다.

콰쾅!

유정운이 도구를 찾는 동안 꿈틀이는 이미 컴퓨터를 완전히 장악하고 전기 배선조차 장악해 나갔다. 전기 배선이나 네트워크 선을 따라서 다른 컴퓨터도 잠식할 생각인 듯했다.

"에라 모르겠다!"

도구 찾기를 포기한 유정운은 앞쪽에서 두 번째 줄 좌석에 앉았다. 그리고 앞 자리에 있는 좌석을 붙잡고 정신을 집중했다. 경기관 내의 의자를 마법 도구 대신 사용할 생각이었던 것이다.

"위대한 마나여! 그대의 강렬하고 뜨거운 분노가 하늘을 두려움에 떨게 하리라!"

유정운이 발악하면서 폭발 주문을 외우자 들뜬 상태에 있던 마나전자가 의자를 구성하고 있는 원자에 부딪치면서 녹색의 빛을 쏟아내었다. 그리고 의자에 부딪친 마나전자는 처음보다 약간 느려진 속력으로 곧장 꿈틀이에게로 날아갔다.

콰콰쾅—!

마나전자가 산소 분자에 에너지를 전달하자 산소가 폭발적인 연소를 하여 큰 폭발을 일으켰다. 그 폭발이 일어난 장소는 꿈틀이가 있는 경기 무대 위였기 때문에 꿈틀이는 물론이고 컴퓨터에 경기 무대까지 완전히 박살나고 말았다.

"으윽!"

생각보다 폭발의 위력이 강해서 유정운은 의자 뒤로 몸을 숨겨야 했다. 그러나 폭발 때문에 화재가 발생해서 계속 경기관 내에 남아 있으면 질식사를 하든가 잘 구워지는 수밖에 없었다. 꿈틀이의 중심부를 파괴했기 때문인지 꿈틀이는 더 이상의 증식을 할 기미를 보이지 않았고 유정운은 그것을 확인하자마자 바로 밖으로 뛰쳐나갔다.

"도대체 왜 남아 있었던 거야?!"

유정운이 밖으로 나오자마자 기다리고 있었다는 듯이 전애리 선생이 호통을 쳤다. 원래 그녀는 밖으로 나왔을 때 유정운이 없다는 사실을 알고 안으로 들어가려 했지만 경비원들과 경찰들이 막아서는 바람에 그렇게 하지 못했다. 게다가 안에서는 계속 폭발음이 들려오고 있었기 때문에 들어갈 용기가 나지 않았던 것도 사실이었다. 그런 자신이 원망스럽기 때문인지 유정운을 질책하는 전애리 선생의 어조는 많이 떨리고 있었다.

"죄송합니다, 갑자기 엎어지는 바람에……."

저번에도 그랬지만 꿈틀이와 싸웠다는 말은 하고 싶지가 않아서 유정운은 대충 사정을 둘러댔다. 비록 전애리 선생은 그런 유정운의 말을 모두 믿는 것은 아니었으나 어쨌든지 간에 유정운이 멀쩡해 보였기 때문에 그 이상의 추궁은 하지 않았다.

"병원에 안 가봐도 되겠어?"

"괜찮아요, 멀쩡한데요 뭘."

병원에 가보라는 전애리 선생의 말에 유정운은 가볍게 거절했다. 그보다는 119대원들이 경기관 안으로 들어가는 광경을 구경했다. 혹시라도 꿈틀이가 재생해서 그들을 공격할지도 모르기 때문에 긴장을 늦출 수 없는 것이었다.

"이거 뭐 경기관이 엉망이구만. 이래 가지고는 다음 경기는 못하겠는데?"

"도대체 시설을 어떻게 만들었길래 폭발 사고가 나는 거야?"

"다시는 안 올까 보다!"

사람들은 밖에서 열심히 궁시렁거리며 경기 관계자들을 욕했다. 전등이 멋대로 나가고 폭발까지 일어났으니 그들이 관계자들을 욕하는 것은 당연했다. 이 상황에서 외부 요인, 이를테면 테러리스트에 의한 폭발 등을 고려하는 사람이 오히려 이상하다고 할 수 있었다.

"후…… 우선 돌아가자."

모두 무사한 것을 확인한 전애리 선생은 안도의 한숨을 쉬며 유정운 일행을 이끌고 게임 센터 밖으로 나갔다. 어차피 경기는 더 이상 진행할 수가 없기 때문에 그냥 가기로 한 것이다. 게다가 박호준의 공짜 티켓으로 구경한 것이라서 입장료 환불 같은 건 기대하지도 않았다. 사실 박호준의 경기만으로도 충분한 구경은 했기 때문이었다.

삐빅—

《유정운님, 어서 오십시오.》

지문 인식 잠금 장치에 손가락을 대자 유정운의 지문이 인식되며 문이 열렸다. 현관으로 들어선 유정운은 신발을 벗고 집 안으로 들어갔으나 집 안에 아무도 없는 것을 보고 고개를 갸웃했다. 오늘 유명운은 하루 종일 집에 있을 거라고 말했기 때문이었다.

'소진이 누나 만나러 갔나?'

안방, 작은방, 부엌, 화장실, 베란다, 그리고 냉장고 속까지 전부 뒤져 봤지만 유명운의 모습은 보이지 않았다. 그래서 유정운은 유명운 찾기를 포기하고 거실 소파에 느긋이 기대어 앉았다. 어제에 이어 오늘도 꿈틀이의 악몽을 겪었기 때문에 많이 지친 상태였다.

'도대체 그 꿈틀이 녀석은 정체가 뭔지…….'

유명운의 말대로 우주금속이라고 생각할 수도 있겠지만 그것이 아닐 수도 있기 때문에 유정운으로서는 뭐라 단정을 내리기가 어려웠다. 게다가 그 꿈틀이가 사람들을 공격할 것인지 하지 않을 것인지조차 확실하지 않았다. 그런데도 유정운이 그 꿈틀이에게 마법을 날린 건 왠지 그렇게 해야 한다는 생각이 들었기 때문이다. 한마디로 유정운은 그 꿈틀이를 위험 요소로 봤던 것이다.

'하긴, 꿈틀이 녀석은 화장실 소변기도 부숴먹고 게임 경기까지 망쳤으니까 처벌하는 건 당연하지. 그럼그럼.'

꿈틀이를 박살내려다가 화장실을 날리고 이번엔 게임 경기관까지 엉망으로 만든 책임을 회피하기 위해서 유정운은 그런 식으로 자기 합리화를 꾀했다. 그러다가 문득 TV 뉴스에서 오늘 일어난 사건을 보도할지도 모른다는 생각이 들어서 리모콘으로 TV를 틀었다. 물론 돈 많은 유명운이 음성 인식 TV를 사다놨지만 말로 일일이 TV를 컨트롤하는 것보다는 리모콘으로 채널 돌리는 게 편한 유정운이었기 때문에 리모콘을 사용했다.

《뉴스 속보입니다.》

운이 좋은 것인지 TV를 틀자마자 바로 뉴스 속보가 흘러나왔다. 그래서 유정운은 리모콘을 놔두고 TV에 신경을 집중했다.

《오늘 오후 1시 40분경에 서울 게임 센터에서 원인 모를 폭발 사고가 있었습니다. 다행히 인명 피해는 없는 것으로 알려졌습니다.》

'어라, 인명 피해 하나 있는데. 꿈틀이 녀석.'

《하지만 단순한 전기 합선에 의한 사고로 보기에는 폭발 규모가 매우 크기 때문에 검찰에서는 테러리스트에 의한 폭탄 테러일 가능성도 배제하지 않고 있습니다.》

'어라… 꿈틀이 녀석이 졸지에 테러리스트가 됐군.'

《그럼, 이상 뉴스 속보를 마치겠습니다.》

뉴스는 생각보다 굉장히 일찍 끝났다. 만약 이번 사건에 사상자가 많이 생겼다면 오늘 방송할 프로그램 다 취소시키고 뉴스 보도만 하겠지만, 사상자가 한 명도 없기 때문에 관심 대상에서 멀어져 버린 것이다. 물론 이번 사건이 테러리스트에 의한 것이라고 한다면 보도가 계속되겠지만 아직 사실로 확인된 것도 아니라서 뉴스 보도가 짧은 것이었다.

탁— 탁탁—

채널을 열심히 돌려봤지만 더 이상 뉴스를 하는 방송이 없어서 유정운은 만화 전문 채널을 보았다. 하지만 하는 만화가 대부분 어린이용이었기 때문에 다시 채널을 게임 채널로 돌렸다. 그러나 이번에도 유정운이 모르는 게임 방송만 하고 있어서 결국 유정운은 TV를 껐다.

'후우…… 하릴없군.'

아무도 없는 썰렁한 집 안에서 유정운은 한숨만 푹푹 내쉬었다. 학생이 집에서 할 수 있는 일이라고는 공부를 하거나 게임을 하는 것인데 모범생이 아닌 유정운이 공부를 할 리 없으므로 게임을 해야만 했다.

'아, 마법 공부 하는 것도 있구나.'

마법에까지 생각이 미치자 유정운은 잠시 갈등했다. 과연 게임을 할 것인가 마법 연습을 할 것인가 결정을 내리기가 어려웠던 것이다. 하지만 잠시 동안의 시간이 흐르고 유정운은 마음의 결정을 내렸다.

'마법은 내일 학교에 가서 해야지. 아까 마법을 너무 많이 써서 피곤한데 거기다 마법 연습까지 하면 나 저승 여행 갈 거다 아마. 게다가 학교에 마법부 같은 게 있으면 거기 들어서 마법 열심히 하면 되겠지.'

유정운은 소파에서 일어나 자신의 방으로 향했다. 마법 연습과 게임 중에서 게임을 선택한 이상 열심히 게임을 할 생각이었던 것이다. 특히 박호준과의 연습이 앞으로도 있을지 모르기 때문에 '하늘의 분노' 연습을 빠뜨릴 수 없었다.

서기 2O24년

마법 연구부

7장

Ⅶ 마법 연구부

웅성웅성─

1교시 수업 시작 시간까지 15분 남았기 때문에 학교는 등교하는 학생들로 북새통을 이루었다. 오늘 늦잠을 자서 학교에 늦게 오게 된 유정운도 그 북새통의 구성 요소였다. 원래는 학교에 일찍 와서 박호준과 연습 게임이라도 할 생각이었지만 어제 너무 열심히 게임을 하다 보니 피곤에 지쳐서 늦잠을 자게 된 것이다.

'우…… 졸려……'

유정운은 흐리멍덩한 눈으로 긴 앞머리 너머의 광경을 대충대충 쳐다보며 걸었다. 그러다가 학교 측문 앞에 있는 게시판에 뭔가가 잔뜩 붙어 있는 것을 보게 되었다. 어차피 교실에 일찍 들어가 봤자 하릴없이 앉아 있어야만 하기 때문에 유정운은 게시판으로 어기적어기적 걸어가서 뭐가 붙어 있나 확인해 보았다.

『천인 고등학교 서클 회원 모집.』

게시판 제일 위에는 큰 글자로 그렇게 써져 있었고, 그 아래에는 천인 고등학교에서 빌붙어 사는 서클 그룹들의 선전 포스터가 화려하게 붙어 있었다. 밴드부, 방송부, 축구부 등등 많은 서클이 있었는데 유난히 유정운의 눈에 들어오는 포스터가 두 개 있었다. 그중의 하나는 바로 박호준이 들어가길 원하는 게임부였고, 다른 하나는 유정운이 들어가려고 생각하는 마법 연구부였다.

'박호준은 게임부에 들겠지…….'

게임부 포스터를 보며 유정운은 자기도 모르게 피식 웃었다. 사실 이 학교에 게임부가 있을 줄은 몰랐기 때문이었다. 만약 유정운에게 마법을 하겠다는 생각이 없었다면 박호준과 같이 게임부에 들어서 열심히 게임하며 놀 확률이 매우 컸다.

『마법 연구부 마마(ma魔).』

마법 연구부 포스터로 눈길을 돌리자 특이한 부 이름이 제일 먼저 눈에 들어왔다. '마마' 라는 이름은 아무래도 매직(Magic)의 'ma' 와 마법(魔法)의 '魔' 를 합해놓은 것 같다는 생각이 들었다. 아니라면 할 말 없지만 적어도 유정운은 그렇게 느꼈다.

『마법을 사랑하고 마법에 대한 심층적인 연구를 할 분을 모집합니다.』

'난 별로 마법은 사랑 안 하는데…… 게다가 거창하게 심층적인 연구를 할 생각도 없고.'

『면접을 통해 부원을 선발하니 마마에 들어오고 싶으신 분은 매일 점심 시간이나 방과 후에 8층 물리실A로 와주십시오. 그럼 많은 참여 바랍니다.』

'어라…… 무슨 면접씩이나 보냐?'

그냥 들어가겠다고 하면 다 받아들여 줄 줄 알았는데 그것이 아니기 때문에 유정운으로서는 약간 당혹스러웠다. 면접 같은 것에 약하니 마법 연구부에 들어갈 가능성이 매우 적어져 버린 것이다.

'뭐… 면접에서 통과하면 좋은 거고 통과 못하면 마법 수업 시간에 열심히 하는 수밖에 없겠지. 면접 귀찮으니까 대충 보자.'

면접에 대한 부담감은 전부 날려 버리고 유정운은 유유히 본관 안으로 들어갔다. 사실 마법 연구부에 들어가도 정말 마법 연습을 열심히 할 것인지조차 장담을 하지 못하는 상태였다. 유정운은 그저 마법을 할 수 있을 만한 동기를 찾는 것이라고 할 수 있었다. 한 달 동안 손을 놓고 있던 '하늘의 분노'를 다시 플레이하게 된 동기가 프로게이머 박호준의 존재였듯이, 마법 연구부의 가입을 동기로 해서 마법 연습을 할 생각이었던 것이다. 그런 동기가 없으면 아예 손을 놓아 버리는 것이 바로 유정운의 성격이었기 때문이다.

'8층 물리실A라…….'

점심 시간의 중반쯤에 유정운은 중앙의 에스컬레이터를 타고 3층에서 8층으로 천천히 올라갔다. 아까 박호준과 4층 식당에서 밥을 막 먹은 참이었기 때문에 계단으로 올라가면 위에 통증이 생길지도 모르므로 에스컬레이터를 이용하고 있었던 것이다. 게다가 아무리 대충 보겠다고 생각했지만 면접이 부담스러운 것은 사실이었기 때문에 약간의 생각할 시간이 필요했다.

'으…… 뭐라고 말하냐? 도대체 예상 질문을 모르니까 대답할 거리도 생각할 수가 없잖아?'

유정운은 열심히 속으로 투덜거렸다. 마법 연구부 부원 모집 면접에서 떨어진 게 별것 아니라고 해도 뭔가에서 떨어지는 건 상당히 기분 나쁜 일이기 때문에 가능하면 떨어지고 싶지 않았다. 그런 마음이 지금 유정운에게 굉장한 압박으로 작용하고 있었던 것이다.

'아직 30분 정도 남았군.'

점심 시간이 1시간이라서 아무리 밥을 늦게 먹어도 30분의 시간이 남았다. 사실 그런 시간의 여유가 있기 때문에 유정운이 에스컬레이터를 타고 유유히 8층까지 올라가고 있는 것이었다.

"후우……."

8층에 있는 물리실A에 도착하자 유정운은 심호흡을 한번 했다. 마음을 가라앉히기 위한 심호흡이었지만 별 효과는 없었다. 어쨌든 유정운은 그야말로 아무 생각도 하지 않고 무작정 물리실A의 문을 두드렸다.

똑똑─

나무로 만들어진 문을 두드렸지만 안에서는 어떤 반응도 오지 않았다. 그러다가 반투명 창문으로 보이는 많은 수의 인간 그림자에 유정운은 꽤 놀라고 말았다. 마법 연구부가 사람이 많이 모일 정도로 인기 많은 부일 줄은 생각하지 못했기 때문이다.

스륵─

노크를 해도 안에서 대답이 없었기 때문에 유정운은 문을 열었다. 그리고 창밖에서 봤던 대로 물리실A 안에는 많은 학생들이 몰려 있었다. 그들은 모두 마법 연구부에 들어오기 위해 면접을 보려고 온 학생들이었다. 숫자는 대략 20여 명 정도였다.

'이렇게나 많이 몰리냐……'

생각보다 너무 많은 수의 지원자를 보고 유정운은 어이가 없었다. 사실 마법을 배운다고 해도 사회에 나가면 딱히 써먹을 일도 없고, 함부로 마법을 썼다가는 철창 신세를 져야 하는데 왜 이렇게 인간들이 모이는지 이해할 수 없었던 것이다. 마법은 인문학과 더불어 결코 돈 많이 버는 학문이 아니기 때문이었다.

"너도 면접 보려고 왔냐?"

유정운이 안으로 들어오자 약간 능글능글하게 생긴 3학년 남학생 하나가 못마땅한 표정으로 유정운을 쳐다보며 물었다. 상대가 처음부터 그런 자세로 나와서 유정운으로서는 상당히 기분이 불쾌했지만 3학년 선배에게 대들 수는 없는 노릇이라 그냥 얌전히 고개만 끄덕였다. 그러자 3학년 능글 선배는 유정운에게 20번이라는 번호표를 주었다. 그리고 바로 물리실A 문밖에다가 '점심 시간의 면접은 끝입니다'라는 메모를 붙여놓았다. 20명만 면접을 보기로 한 듯했다.

'운이 좋은 건지 나쁜 건지……'

20번의 번호표를 들고 유정운은 속으로 한숨을 쉬었다. 남은 시간이 30분 남짓이기 때문에 면접 시간이 한 사람당 1분 정도밖에 배정이 되지 않는다. 그런데 면접을 하다 보면 1분을 가볍게 넘겨버리기 때문에 맨 마지막에 면접을 보게 된 유정운은 잘못하면 점심 시간을 넘기고 면접을 보게 될지도 모른다. 그 점이 바로 걱정이었던 것이다.

"그럼 1번부터 들어가십시오."

아까 유정운에게 번호표를 주었던 3학년 능글 남학생이 면접 시작을 알렸다. 그에 따라 1번 번호표를 가지고 있던 한 남학생이 물리실A의 안쪽에 있는 물리준비실 안으로 들어갔다. 말하자면 유정운이 앉아 있는 이 물리실A의 실험실은 면접 대기실인 셈이었다.

'어라? 보니까 전부 2학년하고 3학년이잖아? 게다가 전부 남자……'

실험실 테이블에 앉아 있는 유정운은 그 사실을 알아차렸다. 지금 면접 보려고 하는 학생들은 전부 남학생들이었고, 1학년 학생들은 전혀 눈에 띄지 않았다. 이들 중에서 나이가 가장 어린 사람이 바로 유정운인 것이다.

……

시간은 어느새 20분이 지났다. 그런데 놀라운 것은 한 사람당 면접 시간이 절대 1분을 넘지 않았다는 점이었다. 그리고 물리준비실을 나오는 선배들의 모습이 전부 절망적이었다. 그 모습을 보고 유정운은 의아해할 수밖에 없었다.

'전부 탈락인가? 도대체 면접의 기준이 뭐길래? 설마 외모?'

하지만 웬만큼 얼굴이 되는 선배들도 울상을 짓고 나오기 때문에 그 이유도 아니었다. 그래서 유정운은 더욱 헷갈렸다.

"야, 너. 네 차례니까 들어가라."

모두의 면접이 끝나고 마침내 유정운의 차례가 돌아왔는데 3학년 능글 남학생의 말이 유정운의 긴장을 팍 없애 버렸다. 아니, 그것보다는 유정운의 불쾌지수를 굉장히 상승시켰다.

'저런 썩은 인간이 있다니 이곳 마법 연구부도 볼 거 없군.'

1학년이라고 막 대하는 능글 남학생을 속으로 열심히 씹으며 유정운은 물리준비실의 문을 열고 안으로 들어갔다. 그리고 앞머리 사이의 두 눈으로 물리준비실의 정면을 쳐다보았다. 그의 앞에는 테이블이 하나 있었고 그 테이블에는 두 명의 여학생이 앉아 있었다. 한 명은 아름다운 은발을 길게 늘어뜨린 신비로운 분위기의 여학생이었고 다른 한 명은 염색을 하지 않은 천연의 흑발을 길게 늘어뜨린, 게다가 안경을 써서 약간 모범적이고 기가 드셀 것 같은 여학생이었다.

'어라? 저 선배는…….'

흑발의 여학생은 처음 보는 얼굴이었지만 은발의 여학생은 유정운이 입학식과 그저께 토요일 아침에 봤었던 얼굴이었다. 방송부인 줄 알고 있었던 은발 여학생이 마법 연구부의 면접관이라는 사실이 유정운으로서는 상당히 의외였다.

"와, 싱싱한 애가 왔네?"

유정운의 넥타이가 빨간색임을 보고 유정운이 1학년임을 알게 된 은발 여학생이 밝은 표정을 지었다. 그녀가 한 말은 그녀가 풍기는 신비스러운 분위기와는 절대 어울리지 않는 소리였다. 그렇지만 유정운은 그런 것에 신경 쓰지 않고 두 여학생에게 인사를 한 뒤 마련되어 있는 의자에 앉았다.

"반하고 이름은 어떻게 되죠?"

유정운의 의자에 앉자 은발 여학생이 질문을 해왔다. 방금 전까지는 꽤 발랄한 이미지였는데 면접관으로서의 태도는 상당히 사무적이었다. 상황에 따라서 이미지 변신을 매우 잘하는 사람인 듯한 느낌을 받게 했다.

"1학년 28반의 유정운입니다."

"왜 마법 연구부에 들려고 하죠?"

은발 여학생의 입에서 두 번째 질문이 흘러나왔다. 그 질문 내용은 매우 단순하고 당연한 것이라서 유정운도 그런 질문이 나올 것임을 어느 정도 예상했다. 그래서 대기실에 있을 때 대충 생각해 두었던 답을 토해냈다.

"자신감을 찾고 싶어서요."

"……?"

유정운의 대답이 의외였던지 은발 여학생과 흑발 여학생은 고개를 갸웃거렸다. 그래서 은발 여학생이 되묻게 되었다.

"자신감? 무슨 이유로?"

"지금 마법 사용이 아주 불안정하거든요. 어떨 때는 마음먹은 대로 잘 되다가도 어떨 때에는 전혀 안 돼요. 그래서 마법 연구부에 들어가서 마법을 꾸준히 하려구요."

"마법 연습은 집에서 꾸준히 하면 되잖아요?"

"집에서는 왠지 하기가 싫어서요. 마법 연구부 가입이라는 동기를 통해서 마법 연습에 박차를 가할 생각입니다."

생각했던 대로 말이 술술 나왔기 때문에 유정운으로서는 상당히 기분이 좋았다. 물론 자신의 대답이 면접관 소녀들에게 어떻게 들릴지는 모르겠지만 지금 말이 잘 된다는 사실이 그를 기쁘게 만들었다.

"그럼 왜 그렇게 마법 연습을 하려고 하죠? 뭔가 이유가 있겠죠?"

은발 여학생이 그 질문을 던질 때 면접 시간이 30초를 넘어서고 있었다. 이번 질문에 대답하게 되면 거의 1분을 채울 듯했다.

"제가 할 수 있는 것 중에 하나가 마법이니까 잘하고 싶은 이유도 있고, 또 마법을 통해 다른 것에도 자신감을 가졌으면 하거든요. 제 성격이 뭔가 동기가 없으면 일을 시작하지 않기 때문에 마법 연구부 가입을 통해서 동기 부여를 하려는 겁니다."

"떨어지면?"

"떨어지면 다른 동기가 생길 때까지 마법을 접게 되겠죠."

"그럼 마법을 좋아하는 게 아니잖아요?"

생각 외로 은발 여학생의 질문은 계속되었다. 은발 여학생이 그렇게 질문을 많이 한 적은 없었는지 옆에 앉아 있는 흑발 여학생이 조금 의외라는 표정을 지었다. 어찌 되었건 유정운은 은발 여학생의 질문에 대답했다.

"마법은 좋아합니다. 단지 한번 푹 파고들고 나서 금방 싫증을 내니까 문제죠. 그런 제 성격을 꾸준한 마법 연습을 통해서 극복해 보려는 겁니다."

"그럼 마법은 단순히 성격 고치기를 위한 수단인가요?"

"예. 다른 사람들 역시 자신이 좋아하는 것을 수단으로 삼아서 자신이 원하는 것을 취하니까요. 저도 그럴 뿐입니다."

"……."

은발 여학생은 뭔가 유정운의 대답에 불만이 있는지 고운 아미를 살짝 찌푸렸다. 이미 면접 시간 1분은 지났지만 그녀로서는 묻고 싶은 말이 있었기 때문에 면접을 여기서 끝낼 생각이 없었다.

"무슨 근거로 다른 사람들이 자신이 좋아하는 것을 수단으로 자신이 원하는 것을 얻는다고 말할 수 있죠? 나 같은 경우에는 마법이 좋아서 마법 연구부에 들어온 거예요. 마법을 이익의 수단으로 만들 생각에서 마법을 시작한 게 아니라구요. 이것에 대해서는 어떻게 설명할 거죠?"

"……!"

은발 여학생의 질문에 유정운은 가슴이 덜컥 하는 느낌을 받았다. 그것은 그녀의 질문이 날카롭다거나 대답하는 데 곤란하기 때문이 아니었다. 그녀가 한 질문은 옛날에 유정운이 유명운에게서 받은 질문이었기 때문이다. '하늘의 분노'가 출시되고 유정운이 한창 그 게임에 빠져 있었을 때 유명운이 그에게 왜 게임을 하느냐고 물어본 적이 있었던 것이다.

'후…… 옛날 생각나려고 하는군.'

잠시 그때의 기억을 떠올리려다가 시간을 너무 많이 잡아먹을 것 같아서 기억해 내기를 관둔 유정운은 시선을 은발 여학생에게로 두며 입을 열었다.

"선배는 마법을 좋아하나요?"

"그래요."

"마법에 대해 더 알고 싶어서 마법을 공부하고 있나요?"

"그래요."

"마법을 남들보다 더 많이 배우고 더 잘 써서 존경받고 싶다는 생각은 없나요?"

"……!"

유정운의 세 번째 질문에 은발 여학생은 대답을 멈추었다. 잘못 대답하면 빠져나올 수 없는 실수를 하게 될 것 같은 느낌이 들었기 때문이다. 그러는 사이 유정운은 부연 질문을 덧붙였다.

"남들보다 마법에 대한 지식을 더 많이 알고 남들보다 마법을 더 능숙하게 써서 남들보다 훨씬 뛰어난 마법사이고 싶은 마음이 있지 않나요? 만약 자신이 열심히 배운 마법을 다른 사람들은 아주 쉽게 사용하고 있다면 어떤 기분이 들 것 같나요? 자신이 노력한 것보다 더 적은 노력으로 다른 사람들이 마법을 사용하고 있다면 선배는 계속 마법을 공부할 생각이 드나요?"

"……."

"결국 상대적이라는 겁니다. 선배는 자신의 성취감과 우월감을 표현하기 위한 방법으로 마법이라는 수단을 선택한 거죠. 마법 그 자체를 좋아해서 마법을 공부하고 있는 게 아니니까요."

"으으......!"

은발 여학생은 어떻게든 유정운의 말을 반박하고 싶었다. 그래서 신음까지 내면서 생각에 생각을 거듭했다. 그러길 10여 초, 마침내 그녀는 질문 하나를 생각해 내었다.

"하지만 마법을 공부하는 순간에는 마법 그 자체에 빠지게 돼요. 그것이야말로 마법 자체를 좋아하는 거라고 말할 수 있지 않아요?"

이번 질문에는 유정운이 제대로 된 답변을 하기가 어려울 것이라 생각한 은발 여학생은 속으로 득의의 웃음을 지었다. 그렇지만 유정운의 입은 바로바로 말을 토해냈다.

"그거야 가능성이 있으니까 빠지는 거죠. 그 마법 지식을 습득함으로써 내가 남을 앞지를 수 있다는 성취감과 우월감이 깔려 있거든요. 만약 마법 지식을 공부해도 그게 다른 사람들은 모두 알고 있고 너무나 잘하고 있는 것이라면 과연 그 마법 지식을 공부하고픈 마음이 들까요?"

"하, 하지만 대부분의 사람들은 어떤 분야에서 열심히 노력해도 남을 앞지른다는 성취감이나 우월감을 느낄 수 없는 게 대부분이에요. 그들은 그런 성취감과 우월감을 얻을 수 없는 상황에서 왜 계속 그 분야에서 노력하는 거죠? 좋아하기 때문에 이길 수 없다는 것을 알면서도 그 일을 계속하는 거 아닌가요?"

"아니요."

은발 여학생의 질문에 대답하는 유정운의 어조는 확고했다.

"어떤 일에서 성공하는 사람은 극히 드물죠. 대부분은 기본적인 이득만 얻고 그 이상은 얻지 못하거나 아예 실패합니다. 그렇기 때문에 그들은 자신의 성취감과 우월감의 크기를 축소시키죠. 목표를 작게 잡아서 조금씩 조금씩 성취감과 우월감을 획득해 나가는 겁니다. 그런데 만약 그 작게 잡은 목표조차 달성하지 못하고 실패만 겪게 된다면 마침내 그 사람은 자신이 좋아한다고 생각했던 일에서 손을 떼게 되죠. 그 일에서 더 이상의 성취감과 우월감을 획득할 수 없기 때문에 자기 자신에게 가치없는 일이 되어버리니까요."

"잠깐!'

유정운의 말이 쉴 새 없이 쏟아져 나왔기 때문에 은발 여학생은 머리를 정리할 시간이 필요했다. 그래서 유정운은 그녀에게 시간을 주었고 약간의 시간이 지나자 한숨을 돌린 은발 여학생이 질문을 던졌다.

"성취감과 우월감만을 위해 어떤 일을 좋아하게 되고 열심히 하게 된다는 것은 인간이 이기적이라는 뜻인가요?'

"이기적이요? 글쎄요… 이기적이라는 말에는 남에게 피해를 준다는 뜻도 담겨 있으니까 약간 아니구요…… 말하자면 자신에게 손해되는 짓은 하지 않는 존재가 인간이라고 할 수 있겠죠."

"구체적으로 말해 보세요."

"어… 구체적인 예는 잘 생각이 나지 않는데…… 하여튼 인간은 정신적인 이득이든 물질적인 이득이든 이득을 보고 살려고 한다는 겁니다. 어떤 일에 빠지고 열심히 하게 되는 것은 바로 이득을 얻기 위한 것이죠."

유정운이 거기까지 대답을 했을 때 갑자기 물리준비실 문이 열리며 대기실에 있던 능글능글한 3학년 남학생이 얼굴을 들이밀었다. 그리고는 귀찮다는 표정을 지으며 은발 여학생과 흑발 여학생에게 말했다.

"벌써 5분 지났어. 점심 시간은 5분밖에 안 남았다고."

"아, 시간이 그렇게 됐어?"

능글 남학생의 말에 은발 여학생은 꽤 놀라며 왼팔에 찬 손목시계를 쳐다보았다. 원래 대부분의 사람들은 핸드폰에서 시간을 확인할 수 있기 때문에 손목시계를 잘 하지 않았다. 대신 손목에는 예쁜 팔찌를 하곤 했다. 그러다가 어떤 인기 영화에서 여주인공이 예쁜 손목시계를 차고 나오자 다시금 손목시계가 유행하기 시작했던 것이다.

"시간이 너무 많이 지났으니까 면접은 이쯤에서 끝내도록 하겠습니다."

시각이 1시 55분인 것을 확인한 은발 여학생이 면접 종료를 선언했다. 그래서 유정운은 속으로 길게 한숨을 내쉬었다. 왠지 떨어졌을 것 같은 느낌이 들었기 때문이다.

'후우…… 결국 박호준하고 같이 게임부나 들어가야 하나…….'

"배희(排姬)야, 어때? 난 괜찮은데."

유정운이 면접 탈락을 단정하고 있을 때 은발 여학생이 옆에 있는 흑발 여학생에게 알 수 없는 말을 던졌다. 그러자 흑발 여학생은 잠깐 유정운을 쳐다보다가 고개를 끄덕였다. 그런 두 여학생의 모습에 유정운은 멀뚱멀뚱 쳐다보는 수밖에 없었다. 뭔가 음모를 꾸미는 것 같았지만 그게 뭔지 전혀 알 수 없었기 때문이다.

"좋아! 1학년 28반 유정운이라고 했지?"

"예? 예……."

"마법 연구부 마마(ma魔)에 들어온 거 축하해."

"……?"

은발 여학생이 형식적인 존댓말을 쓰다가 갑자기 반말을 쓴 것도 어리벙벙한 데다가 난데없이 가입 축하를 하고 있으니 유정운은 더더욱 황당함을 느꼈다. 물론 서클 가입이 됐으면 유정운보다 선배인 은발 여학생이 반말 쓰는 거야 당연하지만 유정운으로서는 자신이 가입됐다는 것이 매우 의아스러웠다. 이들의 부원 선출 기준을 알 수 없었던 것이다.

"합격인가요?"

"무슨 합격씩이나. 그냥 우리 부에 들어온 거지. 아직 정식 부원은 아니지만."

"정식 부원?"

"네가 열심히 부 활동을 하면 나중에 정식으로 우리 부원이 되는 거야."

멀뚱멀뚱 자리에 앉아 있는 유정운과 마찬가지로 유정운이 부원이 되었다는 사실을 들은 능글 남학생은 굉장히 놀란 얼굴을 했다. 그는 가능하면 남자 부원이 들어오는 것을 바라지 않았다. 그런데 부원 모집 첫날부터 남자 녀석이 대뜸 들어와 버렸으니 결코 달가운 마음이 들 리가 없었다.

"잠깐! 걘 아직 1학년이잖아? 1학년이면 아직 1밴드도 있을까 말까인데 그런 녀석을 부원으로 받아들여도 되는 거야?"

'뭐야, 저 인간?'

능글 남학생의 말에 유정운은 기분이 상당히 곤두박질쳤다. 1학년이라고 마법 실력이 없을 것이라 장담하는 점도 그렇고, 자신을 '그런 녀석'이라고 표현한 점도 마음에 들지 않았던 것이다. 그렇지만 3학년이라는 것을 감안해서 유정운은 속으로만 열심히 능글 남학생을 씹어주었다.

"아, 그거라면 문제없어."

1학년은 안 된다는 능글 남학생의 말에 은발 여학생이 살짝 미소를 지었다. 그 미소를 보고 능글 남학생의 표정이 완전 넋이 나갔지만 그녀는 그것에 신경 쓰지 않고 유정운의 어깨를 두드리며 부연 설명을 했다.

"얘는 4밴드니까 충분히 들어올 자격이 되거든."

"……!"

"……!"

"……!"

은발 여학생의 말이 끝나기도 전에 그 말을 듣고 있던 유정운과 능글 남학생, 그리고 흑발 여학생 모두 크게 놀라고 말았다. 유정운은 은발 여학생이 자신의 밴드수를 알고 있다는 사실에 놀란 것이고, 다른 둘은 그저 유정운의 밴드수에 놀란 것이었다. 그렇지만 셋 중에서 가장 놀란 사람은 뭐니 뭐니 해도 유정운이었다.

"어떻게 그걸……?"

"아, 학생부실에서 네가 혼나는 걸 봤거든."

은발 여학생은 빙긋 미소 지었다. 유정운이 학생부에 끌려간 건 지난 주 토요일에 화장실 폭발 사건 때밖에 없기 때문에 유정운은 그때 은발 여학생이 학생부에 있었다고 짐작했다. 그렇게 잘 생각해 보자 왠지 그때 은발 여학생을 본 것 같은 느낌도 들었지만 당시에는 고개를 푹 숙이고 있어서 확신할 수는 없었다.

"도대체 언제부터 그 녀석을 알고 있었어?"

능글 남학생은 상당히 불안한 표정으로 은발 여학생에게 물었다. 만약 유정운이 은발 여학생의 숨겨놓은 애인이라도 된다면 그로서는 심대한 정신적인 타격을 받기 때문이었다.

"응? 알고 있었다기보다는 그냥 우연히 알게 된 것뿐이야."

"아, 그래?"

은발 여학생의 대답을 들은 능글 남학생은 일단 안도하는 표정을 지었다. 사실 키로 보나 외모로 보나 유정운은 은발 여학생과 어울리지 않기 때문에 유정운이 그녀의 애인이라고는 생각할 수 없었다. 그것을 은발 여학생이 분명한 어조로 확인시켜 주었으므로 능글 남학생은 굉장한 안도감을 느끼게 된 것이다.

"자, 그럼 자기소개는 방과 후에 하기로 하고 어서 교실로 돌아가자. 지금 4분밖에 안 남았으니까. 그럼 먼저 갈게."

은발 여학생은 세 사람을 남겨두고 총총히 물리실A를 빠져나갔다. 그래서 물리실A 안에는 두 명의 남자와 한 명의 여자가 남게 되었지만 은발 여학생이 나가자 능글 남학생도 작별 인사 없이 서둘러 물리실A를 떠났기 때문에 결국에는 신참인 유정운과 고참인 흑발 여학생만이 덩그러니 남게 되었다.

"아, 안녕하세요."

어색하게 고참과 남게 되었기 때문에 유정운은 급히 흑발 여학생에게 인사를 했다. 그러자 흑발 여학생은 안경을 잠시 만지는 것으로 그의 인사를 대충 받고 나서 입을 열었다.

"난 3학년 임배희(林排姬). 이름이 유정운이라고 했던가?"

"예."

"뭐, 아직 정식 부원은 아니지만 우선 마마에 들어온 거 축하해."

"아, 예, 감사합니다."

임배희라는 이름의 흑발 여학생의 태도가 약간 차가웠기 때문에 유정운은 그저 고개만 꾝꾝 숙였다. 처음부터 고참에게 찍히면 부 활동에 엄청난 지장이 초래되기 때문이었다. 임배희는 자기보다 약간 큰 유정운을 쳐다보다가 물리실 문 쪽으로 걸어갔다. 그것은 물리실을 나가겠다는 움직임이었기 때문에 유정운도 급히 그녀를 따라 물리실 A를 나섰다. 그렇게 유정운이 밖으로 나오자 임배희는 유정운에게 마마 서클에 대해 설명해 주었다.

"지금 우리 부에는 3명밖에 없어. 나하고 소은(蘇闇)이하고 태환(太幻)이. 작년엔 3학년 선배들이 3명 있었는데 모두 졸업했으니까 우리들만 남은 거야."

'흐음… 그 능글능글하게 생긴 아저씨는 태환이라는 이름이고 예쁘게 생긴 누나는 소은이라는 이름이군. 뭐, 어쨌거나 선배라고 통일시켜서 부르면 되겠지.'

"그럼 방과 후에 보도록 하자. 수업 끝났다고 그냥 집에 돌아가면 그대로 제명이니까 잘 기억해 둬."

"예."

임배희는 유정운에게 경고 비슷한 말을 남기고는 유유히 자신의 교실로 돌아갔다. 그렇게 임배희의 모습이 시야에서 사라지자 유정운은 급히 중앙의 계단을 통해서 단숨에 3층까지 뛰어 내려갔다. 엘리베이터나 에스컬레이터를 탈 시간적 여유가 없기 때문이었다.

탁—

"오, 유정운! 마법부에 들어갔냐?"

유정운이 숨을 헐떡이며 자리에 앉자 박호준이 그의 어깨를 치며 물었다. 유정운은 거칠어진 숨을 골라야 하기 때문에 잠시 박호준의 말을 씹다가 잠시 후에 입을 열었다.

"들어갔어. 방과 후에 또 오래."

"그래? 나도 방과 후에 게임부에 들러야 하는데. 그럼 오늘은 같이 연습하기 힘들겠다."

"넌 같은 팀 동료하고 하면 되잖아."

"아, 그런가? 하지만 다음 상대가 우리 팀원이라서 전력 노출되는 데……."

박호준의 헛소리를 듣다 보니 어느새 점심 시간이 끝나고 4교시 수업 시작 종소리가 울려 퍼졌다. 월요일 4교시는 음악이라서 음악실에 가야 하는 것 아닌가 하는 생각이 들었으나 반 아이들이 전부 교실에서 깝죽대고 있었기 때문에 유정운도 교실에 남아 깝죽대었다. 월요일은 6교시라서 수업이 3시 50분에 끝나게 되어 있었다.

　저벅저벅—

월요일 수업이 모두 끝나고 나서 유정운은 유유히 8층 물리실A로 향했다. 마지막 시간이었던 6교시 마법실기가 5분 정도 일찍 끝났고 종례도 일찍 끝나서 기분이 상당히 좋은 상태였다. 특히 다른 교실에서는 종례를 하고 있는데 제일 먼저 학교를 벗어날 수 있게 되었다는 것은 정말 안 좋아할래야 안 좋아할 수가 없었다.

　'어라?'

아직 아무도 없을 것이라고 생각했던 물리실A의 창문으로 사람의 그림자가 비추어지자 유정운은 약간 의아한 느낌을 받았다. 8층까지 올라오는 도중에 종례가 끝난 반들을 꽤 보았지만 마법 연구부의 근거지에 올 만한 사람은 마마 부원들밖에 없었기 때문이다.

　스륵—

유정운은 문을 열고 물리실A 안으로 들어갔다. 물리실 안에는 한 명의 여학생이 있었다. 염색하지 않은 검은 머리를 길게 늘어뜨리고 안경을 쓰고 있어서 그 여학생이 마마 부원인 임배희라는 것을 유정운은 금방 알게 되었다. 그래서 급히 그녀에게 인사를 했다.

"안녕하세요."

"어? 벌써 왔어?"

임배희는 생각보다 유정운이 일찍 왔다는 사실에 조금 놀란 표정을 지었다. 보통의 경우에는 친구들을 만나느라 부실에는 늦게 오는 게 다반사이기 때문이었다.

"지금 뭐 하세요?"

유정운은 물리실 테이블 위에다 이상한 기계 장치를 올려다 놓고 뭔가 열심히 하고 있는 임배희를 보며 질문을 던졌다. 그의 질문에 임배희는 하던 일을 멈추고 말했다.

"이건 자기장 발생 장치야. 자기장 속에서 마법 쓰는 게 힘들다는 사실은 알고 있어?"

"예. 마나전자가 힘을 받아서 휘잖아요."

"잘 아네. 그럼 구체적으로 마나전자가 어떤 힘을 받는지도 알아?"

임배희의 두 번째 질문은 유정운을 시험해 보기 위해 물어본 것이었다. 비록 4밴드의 밴드수를 가지고 있다지만 이론적으로는 이제 막 고1이 된 유정운이 자기장 속에서의 마나전자의 움직임을 알고 있을 리가 없었다. 과연 유정운이 모르는 사실을 사실대로 모른다고 할 것인가, 아니면 아는 척을 해서 시건방을 떨 것인가를 확인해 보고 싶었던 것이다.

"글쎄요… 자기장의 방향하고 마나전자의 입사 방향을 알면 받는 힘의 방향을 알 수 있잖아요. 무슨 왼손법칙이라고 하던데…….”

“……!”

임배희의 의도를 알지 못하는 유정운은 그냥 알고 있는 사실을 그대로 이야기했다. 그렇지만 그 대답을 듣고 있는 임배희로서는 매우 놀랄 수밖에 없었다. 그렇지만 아직 유정운이 정확하게 그 사실을 알고 있다는 증거는 없었기 때문에 임배희는 예를 들어주었다.

“만약 자기장이 네 왼쪽에서 오른쪽으로 흐르고 마나전자가 네 뒤에서 앞으로 움직인다면 마나전자가 받는 힘의 방향은 어떻게 되지?”

“에…….”

유정운은 왼손가락 중에서 엄지와 검지를 총 쏘는 것처럼 서로 직각이 되게 펼쳤다. 그리고 나서 중지를 검지와 직각이 되도록 폈다. 그렇게 왼손가락을 무슨 삼각좌표처럼 만들어놓은 후 임배희의 예를 기억해 내면서 중얼거렸다.

“엄지가 힘이고 검지가 자기장, 중지가 전류의 방향이니까…… 아, 마나전자는 전류하고 방향이 반대니까 방향을 바꾸면…….”

왼손 검지는 오른쪽으로 향하게 하고 중지를 자기 쪽으로 하자 자연히 엄지손가락은 하늘을 향하게 되었다. 그래서 유정운은 임배희에게 대답을 했다.

“위쪽으로 힘을 받겠네요.”

“……!”

유정운이 대답을 너무 쉽게 했기 때문에 임배희는 그저 입만 벌리고 있었다. 웬만한 고등학생조차 제대로 알지 못하는 플레밍의 왼손법칙을 이제 고1밖에 되지 않은 유정운이 알고 있다는 사실이 믿어지지가 않았던 것이다.

"휴우……."

"……?"

임배희가 정답인지 아닌지 얘기하지도 않고 한숨만 쉬자 유정운은 당황했다. 자신의 대답이 틀렸다고밖에는 생각할 수 없었기 때문이다. 하지만 임배희는 그런 유정운에게 사실을 얘기하지 않고 대신 말을 돌렸다.

"우리 부에 들어온 이유가 정말 그거야?"

"……?"

"성취감과 우월감을 얻기 위해 마법을 하고 싶다는 얘기 말이야. 혹시 그건 핑계고 우리 부에 소은이가 있으니까 들어오려고 했던 거 아니야?"

"……?"

처음엔 임배희가 무슨 말을 하는지 알아듣지 못했다가 소은이라는 여자가 그 은발 여학생임을 떠올리고는 그녀가 말한 의미를 겨우 알아차렸다. 그래서 약간 황당하다는 듯한 어조로 입을 열었다.

"전 여기에 소은 선배가 있는 줄도 몰랐어요. 근데 소은 선배… 원래 방송부 아니었어요? 저번에 입학식 날하고 그 다음날 방송부에서 봐서 방송부라고 알고 있었는데……."

"아, 그거? 원래 소은이는 방송부하고 마법 연구부에 동시에 들었는데 3학년이 되니까 방송부는 후배들에게 넘기고 이곳에 남게 된 거야."

'음… 그랬군.'

어쨌거나 자신이 사람을 잘못 본 게 아니라는 것을 확인했기 때문에 유정운으로서는 안심이 되었다. 만약 사람을 잘못 봤었더라면 자신의 눈썰미를 더 이상 신용할 수 없게 되기 때문이었다. 임배희는 유정운이 그런 생각을 하고 있는지는 전혀 모르는 상태에서 약간 감상적인 어투로 말을 이었다.

"네가 면접에서 했던 말… 듣고 꽤 놀랐어. 뭐랄까…… 전체적으로는 약간 부정적이고 기계적인 말이었지만 틀리다고는 생각되지 않거든. 말발 센 소은이조차 반박을 하지 못할 정도였으니까 말야."

'어라? 그 소은 선배가 말발이 세다고? 이미지하고는 안 맞는 것 같은……'

"너하고 소은이하고의 문답을 들으면서… 문득 난 왜 마법을 공부하고 있을까 하는 생각이 들었어. 처음엔 단순히 그저 마법이 좋아서 마법을 공부했다고 생각했는데…… 좋아하니까 잘하고 싶다고 생각했는데… 네 말을 들으니까 그게 아닌 것 같더라구. 나를 나타내고 드러내고 싶어서 마법이란 것을 선택하고 열심히 하고 있는 것 같았거든."

임배희의 말은 계속되었다.

"마법을 좋아하기 때문이 아니라 나 자신을 좋아하기 때문에 마법이라는 것으로 나 자신을 표현하고 있었던 것은 아닐까 하는 생각이 들었어. 마법을 공부하고 마법을 쓰고 다른 사람들에게 부러움을 받는 것으로 나 자신의 존재를 확인해 가고 있었다… 라고나 할까?"

"……"

유정운은 그녀의 말을 듣기만 했다. 사실 그런 말은 지루한 감이 있는 것이었지만 유정운으로서는 별로 지루하거나 따분하다는 느낌은 받지 않았다. 오히려 그녀의 말을 잘 경청하고 나서 나름대로의 충고를 해주었다.

"마법으로 자신의 존재를 확인하고 있었다고 해도 배희 선배가 마법을 그만둘 리는 없잖아요. 그럼 마법을 좋아해서 마법을 공부하는 거나 성취감과 우월감을 얻기 위해서 마법을 공부하는 거나 별반 차이가 없지 않을까요? 어찌 됐거나 선배는 마법을 통해서 뭔가를 얻고 있잖아요?"

"응… 그렇네."

임배희는 유정운의 말을 듣고 어렴풋이 미소를 지었다. 지금까지 차가운 얼굴만을 하고 있던 임배희의 웃는 모습은 유정운이 상상했던 것보다 훨씬 아름다웠다. 그래서 유정운은 그녀의 미소를 지속시키기 위하여 자기장 발생 장치로 무슨 마법 연구를 하고 있느냐고 물어보려 했다. 괜히 여기서 '웃는 모습이 예쁘네요' 라는 등의 말을 했다가는 그녀가 다시는 웃지 않을 가능성도 있었기 때문이다. 그저 임배희가 제일 잘하는 것을 끌어들임으로써 그녀가 계속 자연스럽게 웃을 수 있도록 만들고자 했던 것이다.

스르륵―

"안녕!"

그때 갑자기 물리실A의 문이 열리면서 은발 여학생 채소은(蔡蘇誾)이 모습을 드러내었다. 꽤 소란스럽게 등장한 채소은은 안에 유정운이 있는 것을 발견하자 의미심장한 미소를 짓더니 바로 유정운에게로 다가왔다. 그리고는 당당한 어조로 입을 열었다.

"점심 시간 때에는 시간이 없어서 말을 못했는데, 어떤 일에 빠지는 걸 우월감과 성취감을 얻기 위한 것이라고 볼 수는 없지 않아? 말하자면 난 학교에서 처음 마법을 접했을 때 너무 마음에 들어서 좋아하게 됐어. 그때에는 뭔가 마법으로 성취감이나 우월감을 얻으려고 하는 생각은 전혀 하지 않았는데, 그런 건 어떻게 설명할 거야?"

'윽……!'

채소은이 면접 때 했던 말을 기억하고 반박을 가해오자 유정운으로서는 한 방 먹은 듯한 느낌이었다. 말하자면 점심 시간 후부터 수업 끝날 때까지 채소은은 유정운의 말을 반박하기 위해 계속 그것만 생각했다고 할 수 있는 것이다.

"에……."

잠깐 생각할 시간을 벌기 위해 유정운은 일부러 시간을 끌었다. 그렇게 시간을 끌어서 채소은의 질문에 대한 답변은 생각해 내었지만, 문제는 그것이 다른 사람들에게 설명할 만한 보편적인 대답이 아니라는 점이었다.

「인간은 절대 손해보는 짓을 하지 않아.」

「또 무슨 헛소리야? 지금 게임하고 있으니까 방해하지 말라구.」

「네가 지금 게임하는 것도 자신의 우월감을 표현하기 위한 거야.」

「그건 저번에 했잖아.」

「어쨌거나 인간이 뭔가를 좋아하게 되는 건 쌓인 에너지를 방출시키기 위해서야.」

「그럼 좋아하는 일은 무슨 수로 발견하는데?」

「그거야 간단하지. 자신의 끈 성질에 따라 다르거든. 자아를 이루고 있는 끈의 파동하고 같아야만 그 일을 좋아하게 되는 거야. 공명을 일으키면 줄의 진동이 더 커지는 것하고 같은 원리지.」

「또 끈 얘기야?」

「당연하지! 내 끈 이론은 모든 현상을 설명할 수 있으니까.」

「완벽한 억지 이론이면서.」

「억지라니! 어디까지나 과학에 바탕을 둔 이론이라고. 자신에게 쌓이는 에너지를 가장 잘 발산할 수 있는 확률을 가진 일을 인간은 하게 되는 거야. 알겠냐?」

「그래그래, 알았으니까 사라져 줘. 난 놀아야 한단 말이야.」

잠시 옛날 일을 떠올렸던 유정운은 계속 자신의 얼굴을 쳐다보는 채소은에게로 시선을 돌렸다. 유명운이 말했던 끈에 대해 얘기하면 골치 아프기 때문에 여기서는 그저 져주기로 했다.

"뭐… 할 말이 없네요."

"에헤헤, 그럼 내가 이긴 거지? 네 생각이 틀렸다는 거 인정하는 거지?"

"……."

생각보다 채소은이 승부욕 강하다는 사실을 깨닫고 유정운은 속으로 쓴웃음을 지었다. 맨 처음 보았을 때는 아름다운 은발을 날리면서 신비스러운 분위기를 풍겼었는데, 지금의 채소은은 전혀 신비스럽지 않았기 때문이다. 그저 남에게 지기 싫어하는 한 여학생일 뿐이었다.

"뭐야, 그 패배를 인정하지 않겠다는 침묵은? 빨랑 대답 안 해?!"

"아아……!"

유정운이 입을 다물고 묵비권을 행사했기 때문에 채소은은 유정운의 양쪽 뺨을 잡아당겼다. 그래서 오히려 말을 할 수 없게 된 유정운은 그저 아프다는 소리만 낼 수밖에 없었다. 그런 유정운의 가련한 모습을 보고 임배희가 한마디 했다.

"네가 볼을 잡아당기니까 말을 못하잖아."

"아, 그런가?"

임배희의 말에 채소은은 당기고 있는 손가락을 놓았고 유정운은 약간 부어오른 뺨을 손바닥으로 비비면서 안도의 한숨을 내쉬었다. 그렇지만 채소은이 곧바로 유정운을 목조르기 하듯이 팔을 걸면서 그의 머리를 가슴 쪽으로 끌어당기며 압력을 가했기 때문에 유정운은 쉴 틈도 얻을 수 없었다.

"빨랑 패배를 인정하라니까."

"으윽……!"

채소은에게 목조르기를 당하고 있었지만 유정운은 그녀의 부드러운 가슴과 머리결의 감촉을 느낄 수 있었기 때문에 기분이 나쁘지는 않았다. 하지만 이대로 있으면 채소은이 허리꺾기를 시도할지도 모른다는 생각이 들어서 급히 입을 열었다.

"뭔가를 좋아해서 열심히 하는 거나 뭔가를 얻으려고 그 일을 좋아하게 되는 거나 마찬가지 아닌가요? 그냥 단순한 말장난에 승자나 패자가 어디 있어요?"

유정운의 말은 패배를 인정하는 것이 아니었다. 말하자면 무승부로 하자는 뜻이었다. 하지만 그것을 곧게 들을 채소은이 아니었다.

"때로는 말장난도 필요하다구. 자신이 왜 그 일을 좋아하게 됐는가에 대해 생각할 기회를 얻을 수 있잖아. 내가 왜 이 일을 하고 있을까 하는 방황을 하고 있을 때, 좋아하니까 한다와 뭔가 얻으려고 한다 중에서 이유를 찾게 되면 그에 맞는 대처를 할 수 있게 된단 말이야. 알아듣겠어?"

"읍……!"

말을 하면서 채소은이 목조르기 강도를 더욱 높였기 때문에 유정운은 숨 쉬기가 힘들어졌다. 목조르기 때문이라는 것도 있지만 채소은의 가슴에 머리가 파묻혀서 숨 쉬기 어려워진 점도 있었던 것이다. 그렇지만 그런 것보다는 채소은의 말이 유정운으로서는 참 마음에 들었다.

'어떤 단 하나의 말을 정답이라고 생각하지 않고 다른 여러 가지 말들을 받아들여서 자신에게 가장 잘 맞는 대처 방법을 고려한다…… 형이 본받아야 될 점이군.'

숨 쉬기 어려운 상황에서 그렇게 생각하던 유정운은 문득 그게 아니라는 생각도 들었다. 잘 생각해 보면 지금 채소은이 유정운에게 목조르기를 하는 이유가 유정운에게서 패배를 받아내기 위한 것이기 때문이었다. 여러 가지 가설을 인정한다는 말과는 달리 행동은 자신의 주장을 강요하고 있다고 할 수 있었다.

'말하고 행동이 따로 노는 위험한 아줌씨……'

유정운은 속으로 채소은을 그렇게 정의했다. 하지만 결코 채소은을 나쁘게 생각하는 것은 아니었다. 오히려 자신보다 선배인 채소은이 귀엽게 느껴지기만 했다.

"그러다 애 잡겠다."

채소은이 유정운을 괴롭히자 임배희가 한마디 했다. 그 말에 채소은은 목조르기에서 유정운을 해방시켰다. 그렇게 유정운이 채소은의 마수에서 벗어나게 되었을 때 누군가 물리실A 안으로 들어왔다. 그는 유정운에게 능글 남학생이라고 찍힌 3학년의 정태환(丁太幻)이었다.

"안녕, 소은아."

정태환은 채소은을 보자마자 인사를 건넸다. 하지만 유정운이나 임배희에게는 시선조차 주지 않았다. 그런 정태환이 유정운에게 좋게 보일 리가 없었다.

'설마 저런 녀석을 좋아하는 건 아니겠지?'

정태환의 인사를 받는 채소은의 행동을 유정운은 유심히 살펴보았다. 하지만 그녀에게서 특별히 정태환에게 관심을 보이는 듯한 행동을 찾아볼 수는 없었다. 그저 보통 친구들 대하듯이 정태환을 대하고 있었던 것이다.

"자, 그럼 모두 모였으니까 자기소개를 제대로 해볼까?"

그 말을 한 사람은 채소은이었고 먼저 자기소개를 한 것도 채소은이었다.

"난 3학년 5반 채소은. 그리고 얜 같은 반 친구 임배희."

자기소개도 한 김에 채소은은 임배희의 소개도 곁들였다. 그래서 임배희는 굳이 자기소개를 하기 위해 입을 열 필요가 없었다. 그저 고개만 살짝 숙여서 인사를 했다.

"난 3학년 정태환이다."

정태환은 유정운에게 자기소개하기 귀찮다는 표정을 지으며 입을 열었다. 하지만 유난히 3학년이라는 말에 힘을 실었다. 자신에게 깝죽대면 가만 두지 않겠다는 무언의 압력이었던 것이다. 그렇지만 유정운은 정태환의 말은 한 귀로 듣고 한 귀로 흘린 뒤에 모두에게 인사를 했다.

"1학년 28반 유정운입니다. 잘 부탁합니다."

짝짝짝—

유정운의 자기소개가 끝나자 채소은과 임배희가 박수를 쳤다. 그중에서 제일 열심히 박수를 친 사람은 채소은이었고 임배희는 그저 보통 속도로 손뼉을 쳤을 뿐이었다. 그리고 정태환은 아예 박수 치는 시늉도 하지 않았다.

"그나저나 방과 후가 됐는데 면접 보러 오는 사람이 하나도 없네?"

채소은의 말대로 점심 시간에는 면접 보러 온 학생들이 바글바글댔었는데 지금은 단 한 명도 없었다. 이런 현상을 보고 임배희가 명확하게 정의를 내렸다.

"점심 시간에는 소은이 때문에 모두 여기로 몰려든 거고, 그때 모두 탈락시켰으니까 이제 거의 안 올 거야. 작년에도 그랬었잖아?"

"그랬던가? 이래서 미인은 힘들다니까~"

채소은은 일부러 잘난 척을 하며 어색한 웃음을 지었다. 사실 그녀도 그 점을 알고 있었기 때문에 이번에는 직접 임배희와 같이 면접관이 되었다. 입부 가입자가 정말 마법을 하고 싶어서 들어온 것인지 단순히 채소은을 꼬시기 위해 들어오려는 것인지를 그녀 스스로 판별하고자 했기 때문이었다. 하지만 정태환은 상당히 불만 어린 표정으로 채소은과 임배희에게 항의를 했다.

"왜 이 녀석만 합격인 거야? 아무리 밴드수가 4개라도 1학년밖에 안 됐으니까 마법에 대해서 쥐뿔도 모를 거 아니냐고!"

'또 녀석……'

정태환의 말에 유정운은 기분이 나빠졌다. 특히 정태환이 자신을 싫어하는 이유가 채소은에게 접근하지 않을까 하는 불안 때문이라는 것을 어렴풋이 느끼고 있었기 때문에 기분은 더 더욱 나빠져만 갔다. 그런데 정태환에게 불만있는 사람은 유정운뿐만이 아니었다.

"정운이는 웬만한 2, 3학년보다 마법에 대해 훨씬 잘 알고 있어. 나이 어리다고 제대로 모를 거라는 발언은 삼가해 줘."

그 말을 한 사람은 임배희였다. 특히 임배희의 표정에서 쌀쌀함이 강하게 풍겨 나왔기 때문에 정태환은 뭐라고 반박하지를 못했다. 그저 혼자서 쳇쳇 하고 웅얼거릴 뿐이었다.

"어머, 정운이하고 아는 사이였어?"

임배희가 유정운에 대해서 잘 아는 듯이 말을 했기 때문에 채소은이 의외라는 표정으로 물었다. 하지만 임배희는 여전히 무표정한 얼굴, 말하자면 포커 페이스(Poker Face)로 대답을 했다.

"아니, 오늘 몇 마디 나눠보고 그렇게 느꼈을 뿐이야."

"그래? 배희가 인정할 정도면 정말 실력이 대단한가 보다!"

채소은은 유정운을 신기한 동물 쳐다보듯이 쳐다보았다. 하지만 그녀의 눈빛에는 어떤 경멸이나 멸시도 없었고 오히려 귀여웠기 때문에 유정운은 그냥 신기한 동물이 되어주었다.

"저기… 그런데 부 활동은 어떤 식으로 해요?"

유정운에게는 그 점이 중요했으므로 채소은과 임배희를 쳐다보며 물었다. 현재의 마법 연구부 마마의 부원 중에서 파워가 있는 사람은 채소은과 임배희임을 느꼈기 때문에 정태환은 처음부터 배제시켜 버린 것이다. 유정운의 질문에 대답한 파워있는 사람은 채소은이었다.

"별거 없어. 그냥 수업 모두 끝나면 이리로 와서 서로 마법에 대해 토론하거나 공부하는 거지. 가끔 실험할 게 있으면 실험할 수도 있고."

'별거 없다라고는 생각하기 힘든……'

꽤나 어려울 것이라는 생각이 들었기 때문에 유정운은 걱정부터 앞섰다. 그렇지만 그렇다고 마법 연구부를 때려칠 생각도 없었다. 한번 하기로 결정했기 때문에 계속 밀어붙여 볼 생각이었다. 물론 채소은과 임배희가 예뻐서 나가기 싫다는 이유도 매우 크게 작용했다.

"자, 새로운 부원이 들어왔으니까 환영식 겸 한판 엎으러 가자!"

채소은이 활기 차게 소리쳤다. 하지만 유정운은 한판 엎으러 가자라는 소리를 처음 들었기 때문에 멍청한 표정만 지었다. 그렇지만 대충 감으로 때려잡아서 뭐 사먹으러 가자는 소리임을 알아차렸다.

"누가 면접 보러 올지도 모르잖아?"

"괜찮아, 괜찮아. 방과 후에 누가 면접 보러 와? 그보다 어서 옆으로 가자!"

임배희의 걱정에도 불구하고 채소은은 계속 밖으로 부원들을 끌고 나갔다. 그 과정에서 채소은이 유정운의 팔을 잡아끌자 정태환의 눈이 크게 부릅떠졌다. 유정운도 그런 정태환의 반응을 눈치 챘지만 신경을 끄고 대신 채소은에게 다른 질문을 했다.

"근데 물리실 문 안 잠가요?"

"응? 아, 여기는 원래 자물쇠가 없어."

유정운의 질문에 채소은은 별 생각 없이 대답했다. 그렇지만 유정운으로서는 별 생각 없이 흘려들을 수가 없었다. 실험 도구들이 있는 물리실에 자물쇠가 없다고는 생각할 수 없었기 때문이다.

"그러다가 실험 기구들을 도둑 맞으면 어떡해요?"

"글쎄… 원래 여기는 음악실이라든지 미술실 같은 데에도 자물쇠가 없어. 교무실하고 학생부실, 방송실에만 카드식 잠금 장치가 있거든. 다른 데는 모두 개방되어 있어. 아, 매점하고 식당에도 전부 카드식 잠금 장치가 있구나."

'어처구니가 없군.'

유정운은 그렇게 느꼈다. 사물함까지 지문 인식 시스템을 달 만큼 돈이 많으면서 교실이나 실험실 등에는 자물쇠조차 달지 않은 게 어이가 없었던 것이다. 이런 식으로 개방해서 과연 도난 사건이 없는지 의심스러웠다.

"도난 사건이나 그런 거 없어요?"

"음… 꽤 큰 도난 사건들이 많았어. 그런데도 학교에서는 학생들의 자율성을 존중한다면서 자물쇠를 달지 않는다고 하더라구. 대신 작년… 아니, 올해구나. 하여튼 올해 1월달에 도난 경보 장치를 달았대. 얼마나 잘 될지는 잘 모르겠지만."

'흐음……'

도난 경보 장치가 어떤 종류인지는 알 수 없었지만 유정운은 그냥 신경 쓰지 않기로 했다. 학교에서 무엇을 도난당하더라도 유정운의 소지품은 항상 지문 인식 시스템이 달린 사물함 속에 안전하게 잠들어 있기 때문에 걱정할 필요가 없는 것이다.

"어서 가자니까!"

채소은은 유정운을 재촉하며 밖으로 나갔다. 그래서 유정운은 채소은과 임배희와 나란히 학교 밖에 있는 상점으로 향했다. 정태환은 그런 그들의 뒤에서 따라오며 유정운에게 살기 가득 찬 눈빛을 날렸다. 유정운 역시 그런 정태환의 살기 어린 눈빛을 느꼈으나 채소은이 팔을 잡아끌고 있다는 사실에 그냥 헤벌레 하면서 얌전히 채소은에게 끌려갔다.

마나전자 터널링 **8**장

VIII 마나전자 터널링

　밖으로 나온 마마 부원 3명과 정식 부원이 아닌 유정운은 학교 근처에 있는 가게 안으로 들어갔다. 천인 고등학교가 비교적 잘 사는 아이들이 오는 곳이기 때문에 학교 근처에 있는 가게는 전부 고급스러웠다. 유정운 일당들이 들어간 곳도 역시 자동문에다 고급 실내 장식을 한 고급 식당이었다.

　'윽! 나 돈 없는데…….'

　고급스런 실내 장식을 보고 유정운은 속으로 걱정의 한숨을 내쉬었다. 현재 가지고 있는 돈이 극히 적기 때문에 뭘 사 먹을 수 있는 형편이 되지 않기 때문이었다. 하지만 마마 부원들은 그런 유정운의 지갑은 고려하지 않고 약간 안쪽에 있는 자리로 향했다.

　"앉아, 앉아."

　6명이 앉을 수 있는 타원형 테이블에서 유정운은 정태환과 채소은은 임배희와 가까이 붙어 앉았다. 유정운이나 정태환이나 서로 사이 좋게 옆 자리에 앉고 싶지는 않았으나 어쩔 수 없는 상황이라서 싫다 는 기색은 못하고 얌전히 앉아야만 했다. 게다가 유정운은 채소은과 마주 보고 정태환은 임배희와 마주 보는 위치였기 때문에 채소은에게 관심있는 정태환으로서는 더 더욱 마음에 들지 않는 자리 배치였다.

"오늘은 정운이 가입 환영식이니까 정운이 몫은 내가 낼게. 그러니까 마음놓고 주문해."

채소은은 웃는 얼굴로 유정운을 향해 말했다. 마침 돈이 없어서 어떻게 할까 망설이고 있던 유정운에게 그것은 어둠에서의 한줄기 빛과도 같은 말이었다. 그때 정태환이 약간 눈을 크게 하고 입을 열었다.

"소은이 혼자 내서는 안 되지! 나도 같이 낼게."

"…그럼 나도 참가해야겠네."

정태환마저 유정운 음식비 지불 참가를 표명했기 때문에 임배희도 참가 의사를 밝혔다. 그렇지만 채소은은 고개를 휘휘 저었다.

"아니, 용돈이 많이 남아 있으니까 오늘은 내가 낼게. 다음에 부원 더 들어오면 그때 내면 되잖아."

"하지만……!"

채소은 혼자서 유정운 음식비를 지불하겠다고 하자 정태환이 반대를 했다. 채소은이 유정운에게 관심을 가질 리는 없지만 이런 일로 그녀가 유정운에게 관심을 가지고 있다고 유정운 스스로가 착각할 수도 있기 때문에 그것을 원천 봉쇄하고자 했던 것이다. 하지만 채소은이 계속 자기가 내겠다고 해서 결국 정태환은 자신의 의견을 관철시키지 못했다.

"자, 어서 골라."

테이블 자체가 원터치 형 액정 화면이었기 때문에 채소은은 테이블 화면에 보이는 메뉴를 가리키며 유정운에게 음식 선택을 강요했다. 하지만 유정운은 쉽게 고를 수가 없었다. 메뉴가 한결같이 먹어본 적이 없는 것에다가 가격도 만만치 않았기 때문이다.

땅— 땅—

유정운이 무엇을 고를까 망설이고 있는 동안 임배희와 정태환은 햄버거류를 선택했다. 그리고 채소은도 햄버거를 먹을 듯한 분위기였기 때문에 유정운은 비교적 가격이 저렴한 햄버거를 하나 선택했다. 햄버거의 맛이 어떻든지 간에 배만 채울 수 있으면 그걸로 족하기 때문에 값싼 것으로 골랐다.

"가족은 어떻게 돼? 외아들이야?"

주문한 햄버거가 나오려면 약간의 시간이 필요했기 때문에 그사이에 채소은은 유정운의 신상 정보를 캐물었다. 어차피 유정운으로서도 가만히 앉아 있기보다는 대화하는 편이 편했으므로 채소은의 질문에 대답해 주었다.

"형이 하나 있어요."

"그래? 형은 몇 살인데?"

"26살이요."

"에? 늦둥이였나 보구나."

유정운과 형의 나이 차이가 9살이라는 것에 채소은은 조금 놀랐다. 그래서인지 화제가 유정운의 형에게로 옮겨졌다.

"형은 무슨 일 해? 회사원?"

"…선생님이요."

원래 유명운의 직업은 교수이지만 유정운은 사실대로 말하고 싶지 않았다. 사실대로 말하면 젊은 나이에 유명운이 교수가 된 것에 놀랄 것이고, 그에 따라 좀 더 자세히 캐물으려고 할지도 모르기 때문이었다.

"결혼했어?"

"형이요? 아니요. 근데 곧 결혼할걸요."

"그래? 형 결혼식에 우리들이 가도 되지?"

"예, 그러세요."

채소은과 유정운이 있지도 않은 유명운의 결혼식을 들먹이며 대화를 나누는 동안 주문했던 햄버거가 종업원을 통해 배달되었다. 그래서 얘기는 중단되었고 모두 자기가 주문한 햄버거를 종업원에게서 넘겨받았다. 그러는 와중에 우연히 정태환의 손이 임배희의 손에 살짝 닿았다.

탁—!

"……!"

정태환의 손이 살짝 닿자마자 임배희가 그의 손을 거칠게 쳤고 정태환이 들고 있던 햄버거가 테이블 위에 떨어졌다. 그 모습에 유정운은 크게 놀랄 수밖에 없었다. 임배희의 태도가 너무 지나쳤다고 생각했기 때문이었다. 정태환 역시 기분 나쁜 표정을 지었으나 아무 말도 하지 않고 테이블 위를 데굴데굴 구르고 있는 햄버거를 집어 들었다. 햄버거는 아직 종이에 싸인 상태라서 테이블 위를 굴러봤자 먹는 데에는 아무런 지장도 없었다.

'너무 지나친 거 아닌가?'

임배희의 태도를 보고 유정운은 약간 눈살을 찌푸렸다. 물론 긴 앞머리 때문에 다른 사람들은 유정운이 눈살을 찌푸리고 있는지 눈썹이 있는지조차 확인하기 쉽지 않았다. 어쨌거나 유정운으로서는 임배희의 행동이 마음에 들지 않았기 때문에 임배희에 대한 이미지가 많이 안 좋아졌다. 그런데 그때 채소은이 그때서야 생각난 듯한 어조로 입을 열었다.

"중요한 거 잊고 있었다! 배희는 남자 알레르기가 있어서 남자가 몸을 만지면 과민 반응을 해."

"알레르기 아니야. 그냥 싫어서 그래."

채소은의 말에 임배희는 약간 좋지 않은 표정을 지었다. 남에게 별로 알리고 싶지 않은 문제였기 때문이었다. 그 사실을 정태환도 알고 있어서 임배희가 기분 나쁘다는 듯이 손을 쳐도 그다지 문제 삼지 않았던 것이다. 그래도 물론 기분 나쁜 건 나쁜 것이라서 표정은 좋지 않았다.

"근데 여자가 잡으면 아무렇지도 않다? 봐."

그렇게 말하며 채소은은 임배희의 손을 덥석 잡았다. 하지만 임배희는 아무런 반응도 보이지 않았다. 아니, 반응은 보였지만 정태환에게 했던 것과는 다른 반응이었다.

"장난하지 말고 어서 햄버거나 먹어."

채소은에게 잡힌 손을 빼고서 임배희는 일행 중에서 제일 먼저 햄버거를 먹기 시작했다. 그것을 신호로 채소은과 정태환도 햄버거를 먹었다. 유정운은 임배희에게 남성 혐오증 비슷한 증상이 있다는 것에 놀라며 햄버거를 천천히 뜯어먹었다. 비록 값싼 햄버거를 주문했지만 맛은 괜찮았다.

짝짝짝—

유정운이 마법 연구부 마마에 들어간 지 정확히 2주일이 지났다. 지금 유정운네 반은 방금 전에 반장 선출을 끝낸 상태였다. 끝까지 반장 후보로서 경합을 벌였던 사람은 박호준과 유정운이었는데 유정운이 박호준보다 다섯 표를 더 많이 얻어서 유정운은 반장, 박호준은 부반장이 되었다. 물론 여기서 말하는 유정운은 18번 유정운(柳正運)이 아니라 17번 유정운(柳晶雲)이었다.

"이 자식! 감히 날 제치다니!"

17번 유정운에게 반장 자리를 내주자 박호준이 18번 유정운의 목을 조르며 분풀이를 했다. 유정운은 박호준에게 목조르기를 당하면서 앞으로 일어날 일 때문에 속으로 한숨을 쉬었다. 17번 유정운이 반장이 되었으니 앞으로 유정운의 이름이 많이 불릴 수밖에 없었기 때문이다.

"그럼 앞으로 반년 동안 정운이와 호준이가 반장, 부반장으로서 학급을 잘 이끌어 나가길 바래요."

"크으……."

반장이 되어 전애리 선생에게 사랑 공작을 펴려고 했던 박호준은 반장이 되지 못한 것이 못내 아쉬운 듯한 표정을 지었다. 학급의 요직에 앉게 되면 그만큼 학급의 최고 통치자인 전애리 선생에게 다가갈 수 있는 기회가 자연스럽게 많아지기 때문이었다.

"모두들 조심히 돌아가도록 하고, 내일 봐요."

"안녕히 계세요!"

종례가 끝나자 학생들은 떠들면서 교실을 나갔다. 유정운 역시 교실에 남아 있어봐야 할 일이 없기 때문에 가방만을 들고 8층의 물리실 A로 향했다. 박호준은 이미 게임부로 간 상태였다.

스르륵—

물리실A에 도착한 유정운은 문을 열고 안으로 들어갔다. 안에는 모든 마마 부원들이 실험 테이블에 앉아 놀고 있었다. 유정운이 마마에 들어온 뒤로 5명의 신입 부원이 들어왔는데, 모두 2, 3학년이라서 부원 중에서는 유정운이 가장 어렸다.

"안녕하세요."

"아, 정운아! 어서 와!"

유정운이 인사를 하자 기다리고 있었다는 듯이 채소은이 그를 반겼다. 그러자 웃고 떠들고 있던 다른 부원들, 특히 남자 부원들의 표정이 확 바뀌었다. 3마마(MAgic MAnia)인 채소은, 임배희, 유정운이 모두 모였기 때문에 이제 그들 셋이서 놀기 시작할 게 뻔했기 때문이었다.

"정운아, 우리 나라에서 쓰고 있는 마법 주문이 어디에서 온 건지 알아?"

채소은은 유정운이 자기 앞에 앉도록 종용한 뒤에 그가 자리에 앉자마자 질문을 던졌다. 그러자 다른 남자 부원들은 유정운에게 살기를 줄줄이 뿌렸다. 마마에서 가장 예쁜 채소은과 임배희를 독차지(?)하고 있었기 때문에 유정운을 좋게 볼 리가 없었던 것이다.

"마법 주문이요? 유럽하고 미국에서 사용하는 주문을 그냥 번역해 놓은 거 아니에요?"

다른 남자 부원들의 따가운 눈길을 느끼면서도 유정운은 얼굴 표정을 변화시키지 않고 채소은의 질문에 답했다. 남들이 자신을 어떻게 보더라도 유정운 스스로는 마마에 들어와서 많은 것을 배우고 있었다. 특히 채소은, 임배희와 대화를 나누면서 마법에 대해 심도있는 토론을 할 수 있었기 때문에 지난 2주일 동안 보람차게 보냈다고 할 수 있었다.

"맞아. 근데 뭔가 이상하다는 생각 안 들어?"

"……!"

지금 채소은이 자신에게 묻고 있는 질문이 무엇을 의미하는가 유정운은 바로 파악할 수 있었다. 그것은 유정운이 바로 마법을 배우면서 형 유명운에게 질문했던 내용이었기 때문이다. 자신이 유명운에게 질문했던 것을 채소은이 자신에게 질문하고 있으니 기분이 묘했다.

"뭐… 이상하긴 이상하죠. 외국에서 쓰던 마법 주문을 단순히 우리 나라 말로 번역한 것뿐인데 그 번역 주문을 외워도 마법을 쓸 수 있으니까요."

"바로 그거야!"

자신이 한 질문의 핵심을 유정운이 바로 끄집어내자 채소은은 밝게 웃었다. 그녀가 자꾸 유정운을 붙잡고 마법에 대해 묻는 것은 바로 이런 점 때문이었다. 서로 마법을 배우면서 왜 이럴까 하는 생각을 해봤었기 때문에 궁금한 점도 같고 여러 가지로 통하는 점이 많은 것이다.

"넌 어떻게 생각해? 분명 외국에서 쓰는 주문은 우리 나라의 발음하고 완전히 다른데 어떻게 마법을 사용할 수 있을까?"

"아마도 마법 사용에는 발음이 중요하지 않다는 거겠죠. 발음보다는 그 말이 가진 뜻이 마법 사용에 지대한 영향을 미친다고 할까요?"

채소은과 유정운이 대화를 나누고 있을 때 옆에서 마법책을 읽는 척하던 임배희가 끼어들었다.

"말의 뜻이 마법을 사용하는 데 영향을 끼친다면 사람들의 생각이 모두 똑같다는 뜻 아닐까? 얼음계 마법 쓸 때 모두들 차가운 얼음의 이미지를 떠올리잖아? 말하자면 소리 자체보다는 그 말의 이미지가 마법 사용에 중요하다는 뜻인 것 같아."

"음… 그럼 사람들이 떠올리는 차갑다라는 이미지가 모두 똑같다는 소리인가?"

임배희의 말에 채소은은 잠시 생각에 잠겼다. 그래서 유정운이 대충 정리를 해주었다.

"사람들은 모두 똑같은 이미지를 떠올리잖아요. 배고프면 배고프다는 느낌을 받고 차갑다면 차갑다는 느낌을 받구요. 그런 느낌들이 전 세계 사람들에게 공통적이라는 것이겠죠. 단지 그 느낌을 표현하는 말이 다를 뿐이구요. 생각하는 게 똑같으니까 모든 사람들이 마법을 쓸 수 있다는 결론이 나오지 않을까요?"

"흐음… 아무래도 그렇겠지?"

채소은은 유정운의 말에 동의했다. 그리고 임배희도 그렇게 생각했다. 사실 생각해 보면 별것 아닌 내용이었지만 마법을 배우면서 그런 생각을 하는 사람들은 별로 없었기 때문에 그들로서는 그들 나름대로의 결론에 도달한 것이었다.

"그렇다면 굳이 마법 주문을 외우지 않아도 이미지만 잘 떠올리면 마법을 사용할 수 있다는 뜻이잖아? 근데 난 아무리 집중을 해서 이미지를 떠올려도 마법을 못 쓰겠어. 왜 그럴까?"

그것은 채소은의 말이었다. 옛날의 마법사들이 주문 없이도 마법을 사용했다는 기록이 있기 때문에 그녀도 주문 없이 한번 마법을 사용해 보려고 했던 것이다. 하지만 단 한 번도 성공 못하고 번번이 실패했다. 전해 내려오는 기록에 의하면 4밴드 이상의 밴드수를 가진 마법사부터는 주문 없이 마법을 사용할 수 있다고 하지만, 4밴드를 갖춘 자신이 주문 없이 마법을 사용하지 못한다는 것은 이해할 수가 없었던 것이다.

"집중력이 부족했던 거 아니야?"

아직 3밴드에 머물고 있는 임배희로서는 그런 시도조차 해본 적이 없기 때문에 그저 채소은의 집중력만을 탓했다. 그렇지만 채소은은 다른 데서 이유를 찾고자 했다.

"집중은 제대로 했단 말이야. 하지만 한 번도 성공 못했어. 도대체 옛날 마법사들은 무슨 수로 주문 없이 마법을 사용했지?"

"글쎄……"

채소은과 임배희는 그 문제를 놓고 열심히 고민했다. 그러다가 채소은이 앞에 앉은 유정운을 바라보며 입을 열었다.

"정운이는 어떻게 생각해?"

"에……"

채소은이 질문할 것을 알고 있었기 때문에 유정운은 그다지 당황하지 않았다. 단지 생각해 놓은 대답이 또 유명운에게서 들은 것이라 이것을 채소은에게 얘기할 것인가 말 것인가를 놓고 갈등했다. 모든 것을 끈으로 설명하려는 유명운의 말을 채소은이 과연 받아들일 수 있을 것인가 걱정되었기 때문이다. 그래서 결국 유명운의 얘기는 빼먹고 평범한 얘기를 했다.

"뭐… 아무래도 옛날 사람들의 정신력이 더 좋았으니까 그런 거겠죠. 요즘은 과학이 너무 발달해서 편하게 생활하니까 그만큼 정신력이 약해질 수밖에 없잖아요. 우리들은 집중을 했다고 생각하는 것이 옛날 사람들이 보기에는 그저 놀고 있다는 것으로 보이지 않을까요?"

"음…… 그런가?"

채소은으로서는 옛날 사람들보다 정신력이 떨어진다는 것을 인정하기 싫었기 때문에 아미를 약간 찌푸렸다. 어쨌든 그렇게 토론이 종결되자 물리실 안에는 3마마 외의 부원들이 떠도는 소리만 가득했다. 지금까지 그들은 채소은, 임배희, 유정운의 토론에는 귀도 기울이지 않고 그저 정태환을 중심으로 재미있는 이야기를 주고받고만 있었던 것이다. 채소은과 임배희가 더 이상의 질문을 하지 않자 할 일이 없어져 버린 유정운은 괜히 유명운과의 아득한 추억을 떠올리게 되었다.

「형, 이미지만으로도 마법을 쓸 수 있는데 왜 주문은 필요한 거야?」

「넌 주문 없이 마법 쓸 수 있냐?」

「그건 아닌데, 옛날에는 주문 없이 마법을 썼잖아? 그런데도 왜 그 옛날 옛적 마법사들은 주문이란 걸 만든 거야? 주문 없이도 마법을 쓸 수 있었는데.」

「그거야 주문이 없으면 마법 쓰기가 힘드니까 그렇지.」

「왜 힘든데?」

「흐흐, 그건 내 위대한 끈 이론으로 설명해야 해.」

「그래? 그럼 안 들을래.」

「어딜 가, 임마! 들으면 다 칼슘 되고 단백질 되는 얘기야.」

「손에 든 식칼은 놔두고 말하서.」

「하여튼 이 세상은 전부 끈으로 되어 있으니까 마법 역시 끈을 사용하게 되어 있어.」

「세상이 끈으로 되어 있다는 증거도 없으면서.」

「가설이라고 했잖아. 어쨌든 우리는 마법을 쓸 때 끈을 진동시켜야 해. 그래야 마법이 발동되니까.」

「…식칼은 언제까지 들고 말할 거야?」

「끈을 진동시키기 위해 우리는 주문을 사용해야 해. 나같이 아주 뛰어난 마법사는 그냥 생각만으로 끈을 진동시켜서 마법 사용에 필요한 에너지를 얻겠지만 너 같은 보통 마법사는 주문이라는 수단이 없으면 끈을 진동시키기가 어렵지.」

「형이 언제 주문 없이 마법을 사용했었어?」

「난 내 힘을 쉽게 보여주지 않는다. 어쨌거나 생각 자체만으로 끈을 진동시키는 것은 어려우니까 주문이라는 수단을 사용해서 끈의 진동을 유도한 다음에 마법 이미지를 떠올려서 완전한 끈의 진동을 이루지. 그렇게 하면 마법을 사용할 수 있게 되는 거야.」

「그럼 이런 거네. 주문은 열쇠고 이미지는 문이다. 주문으로 자물쇠를 따고 이미지로 문을 열어서 마법을 쓴다. 주문 없이 마법 사용하는 사람은 자물쇠 채워진 문을 그냥 맨몸으로 부딪쳐 여는 것이다.」

「아주 좋은 비유였어! 역시 내 동생답다!」

「앗! 칼 들고 머리 만지지 마! 동생 머리 자르고 싶어?!」

「그럼 네 목을 따줄까?」

「헛소리 그만 하고 빨리 저녁이나 만들어! 배고프다고!」

"정운아! 유정운!"

"……?"

잠시 원시 시대의 일을 떠올리고 있는 유정운의 귀에 채소은의 외침 소리가 들려왔다. 그래서 추억에서 깨어나 채소은을 쳐다보았다.

방금 전까지는 유정운이 앉아 있는 테이블에 채소은과 임배희밖에 없었는데 지금은 새로 들어온 여자 부원 두 명이 채소은 옆에 앉아 있는 상태였다. 유정운이 딴생각하는 사이에 두 여학생이 채소은에게 질문을 했기 때문에 상황이 그렇게 된 것이었다.

"정운아, 너 마나전자 터널링 경험한 적 있어?"

"……?"

채소은의 질문에 유정운은 약간 의아한 표정을 지었다. 그렇지만 긴 앞머리 때문에 유정운이 의아한 표정을 짓고 있는지 음흉한 표정을 짓고 있는지 채소은으로서는 알 수 없었다. 그저 유정운의 대답이 늦고 있었기 때문에 그가 마나전자 터널링을 모른다고 생각할 뿐이었다.

"있잖아, 마법을 쓰려고 마나전자를 들뜨게 했는데 그 들뜬 마나전자들이 다른 마법사에게로 넘어가 버리는 거."

"예, 알아요."

"경험해 본 적 있어? 난 그런 경험이 한 번도 없는데."

중학교 때 3년, 고등학교 때 2년 동안 해서 지금 마법 경력이 5년인 채소은도 아직 마나전자 터널링을 경험하지 못했기 때문에 그녀로서는 유정운의 대답이 상당히 기대되었다. 게다가 마마 부원들 전부 마나전자 터널링을 경험해 본 적이 없어서 모두의 시선이 유정운에게 집중되고 있었다.

"몇 번 경험해 봤어요."

유정운의 대답이었다. 그러자 채소은의 눈이 커졌다.

"정말? 언제?"

"에…… 주로 마법실습 시험 때 겪었어요. 시험 보다가요."

"느낌이 어땠어?"

"뭐, 별 느낌은 없어요. 그냥 기껏 들뜨게 했던 마나전자가 다른 사람들한테로 넘어가 버리니까 황당하기도 하고 허탈하기도 하구요."

그 얘기를 하면서 유정운은 속으로 쓴웃음을 지었다. 중학교 때 마법실습 시험만큼은 잘 보고 싶어서 최선을 다했었지만 번번이 마나전자 터널링이 일어나는 바람에 마법을 쓰지 못하고 최악의 점수를 얻었기 때문이다. 물론 마나전자는 터널링이 되어 사라진 뒤에도 저절로 만들어지기 때문에 다시 마법을 사용할 수는 있었다. 하지만 그때마다 유정운의 마법 사용은 악운의 징크스로 인해 번번이 실패해서 좋은 점수를 받지 못했던 것이다.

"마나전자 터널링은 왜 일어나는 거야?"

경험자인 유정운에게 채소은이 눈을 빛내며 물었다. 그래서 유정운은 유명운에게 들었던 얘기를 적당히 조합해서 말했다.

"마나전자 터널링이 일어나려면 최대한 마나전자를 많이 들뜨게 해야 되고 주변에 마법사가 꼭 있어야 돼요. 뭐, 그 조건이 다 갖춰져 있다고 해도 터널링이 일어날지 안 일어날지는 순전히 운이지만요."

"그럼 정운이는 운이 좋아서 터널링이 일어난 거야?"

"…그 반대죠. 터널링 때문에 시험 망쳤으니까요."

"아, 그랬구나. 미안."

말로는 미안하다고 했지만 채소은의 얼굴 표정은 전혀 미안한 게 아니었다. 그저 유정운이 그런 경험을 했다는 게 신기하다는 생각만 하고 있을 뿐이었다. 자신이 겪지 않은 일을 다른 사람이 겪었기 때문에 신기한 것이었다. 물론 마나전자 터널링을 지겹도록 겪은 유정운으로서는 전혀 신기한 일이 아니었다.

"근데 왜 마나전자가 다른 마법사에게 넘어가는 걸 터널링이라고 하지? 무슨 이유라도 있는 거야?"

마나전자 터널링에 대해 얘기하고 있는 채소은과 유정운을 보고 있던 임배희가 느닷없이 질문을 던졌다. 원래 터널링 얘기는 다른 마마 부원들이 채소은에게 질문했던 것인데, 임배희마저 끼어듦으로써 다시 토론은 3마마가 주도하게 되었다.

"원래 이론적으로는 마나전자가 넘어가서는 안 되니까요. 그래서 터널링이라고 한대요."

임배희의 질문에 대답한 건 유정운이었다. 그러자 임배희가 눈에서 빛을 냈다.

"좀 더 자세히 설명해 봐."

"뭐… 전자가 에너지 장벽을 넘어서 건너편에 나타나는 걸 터널링이라고 하잖아요. 그거하고 거의 비슷하게, 들뜬 마나전자도 마법사의 전도띠의 구속력을 벗어나서 다른 마법사의 전도띠로 이동하니까 터널링이라고 한대요."

"전도띠?"

유정운의 말을 듣고 있던 임배희가 고개를 갸웃했다. 전도띠와 원자가띠에 관한 내용은 3학년 때 배우는 것인데 아직 학기 초라서 임배희나 채소은은 잘 모르고 있는 상태였다. 마법의 대가인 채소은과 임배희가 모르는 것이라 다른 부원들은 더 더욱 알 리가 없었기 때문에 유정운은 그에 대해서 대강의 설명을 해주었다.

"마법사의 몸 주위에는 밴드가 형성되어 있잖아요? 근데 정확히는 두 개의 밴드가 존재해요. 하나는 마나전자들이 모여 있는 원자가띠(Valence Band)고, 하나는 텅 비어 있는 전도띠(Conduction Band)예요. 마법사들이 마법을 사용하려고 마나전자를 들뜨게 한다는 건 원자가띠에서 안정적으로 돌고 있는 마나전자를 좀 더 에너지가 높은 상태인 전도띠로 이동시킨다는 뜻이죠. 마나전자가 전도띠로 이동하게 되면 마법 사용이 가능하게 되구요."

"으음……."

유정운의 설명을 쉽게 이해하지 못했기 때문에 채소은과 임배희는 둘 다 고운 아미를 살짝 찌푸렸다. 처음 듣는 설명을 바로바로 이해할 정도로 둘의 머리는 천재적이 아니었기 때문이다. 유정운 역시 채소은과 임배희가 이해하리라고는 기대하지 않고 그 부분은 그냥 넘어갔다.

"평상시에는 전도띠에 마나전자가 들어가지 않아요. 그래서 전도띠는 텅 비어 있죠. 그런데 어떤 마법사가 마나전자를 들뜨게 했는데 가까이에 다른 마법사가 있으면 들뜨게 한 마나전자가 다른 마법사의 비어 있는 전도띠로 이동하게 되거든요. 그걸 터널링이라고 하는 거예요. 뭐… 터널링이 일어날 확률은 그다지 높지 않아서 안 일어날 가능성이 더 높지만요."

유정운은 그 말을 끝으로 터널링에 대한 설명을 마쳤다. 더 설명할 것도 없고 그 이상 알고 있는 것도 없기 때문이었다. 그러자 채소은은 잠시 유정운의 얼굴을 쳐다보았다. 그리고는 놀랍다는 표정으로 입을 열었다.

"정운이는 정말 모르는 게 없네."

"아뇨, 뭐……."

채소은이 그런 말을 할 줄은 몰랐기 때문에 유정운은 잠깐 당황했다. 모두 유명운이 자신에게 가르쳐 준 것이라서 별로 칭찬받고 싶은 생각이 없었던 것이다. 그렇지만 어떤 경로를 통해 배웠든지 간에 지금 그것을 알고 있고 써먹을 수 있다는 것은 충분히 칭찬받아도 되는 것이었다.

"근데 옛날에는 마나전자 터널링을 이용해서 한 마법사에게 마나전자를 몰아줬다고 하는데, 정말 있을 수 있는 얘기일까?"

그것은 임배희의 질문이었다. 채소은 역시 그 얘기를 어디선가 들어봤는지 손뼉을 치며 말했다.

"옛날에는 그랬다고 하던데, 정말일 것 같아? 어떻게 생각해?"

채소은이 마지막으로 시선을 둔 곳은 유정운이었다. 그것은 유정운에게 대답을 강요하는 것이었기 때문에 유정운은 속으로 한숨을 쉬며 입을 열었다.

"뭐… 있을 수야 있겠죠. 근데 그건 터널링이 아니라 그냥 마나전자 몰아주기예요. 터널링이란 건 저절로 일어나야 하는데, 옛날에는 억지로 마나전자를 한 마법사에게 몰아주었으니까 터널링이라고 볼 수 없죠."

"터널링이 아니고 억지로 몰아주는 거라구?"

"예. 마나전자가 들어갈 수 있는 전도띠의 공간은 한정되어 있는데 그 속에다 여러 마법사들의 마나전자를 집어넣으려니까 그런 거예요. 좁은 공간에다 마나전자를 빽빽하게 집어넣는데 그런 현상이 저절로 일어나겠어요?"

"음, 생각해 보니까 그렇네."

유정운의 말에 채소은은 그렇구나 하는 표정으로 고개를 끄덕였다. 그러다가 몇 개 또 질문할 거리가 생각났는지 유정운에게 말을 걸었다.

"그럼 100% 터널링도 일어날 수 있는 거야? 마나전자를 다 들뜨게 했는데 그 마나전자가 전부 상대방 마법사에게로 넘어가는 거."

"있을 수는 있죠. 근데 확률적으로 일어날 가능성이 적어요."

"만약 마법사끼리 싸우고 있을 때 터널링이라도 일어난다면 치명타겠다!"

"뭐…… 아무래도 그렇겠죠. 터널링된 마나전자 수만큼 상대 마법사는 더 강한 마법을 사용할 수 있게 되니까요."

"아, 근데 자기한테로 넘어온 마나전자를 사용하지 않고 가만히 내버려 두면 어떻게 돼? 설마 넘어온 마나전자가 자신에게 피해를 주는 거 아니야?"

"……!"

채소은의 맨 나중 질문에 유정운은 머리가 뻥 뚫리는 느낌을 받았다. 지금까지 마나전자 터널링에 대해서 여러 가지로 생각했는데도 방금 전의 채소은이 한 질문에 대해서는 한 번도 생각해 본 적이 없었기 때문이다. 항상 자신의 마나전자가 다른 마법사에게로 터널링되는 것만 경험했었던 유정운이었기 때문에 터널링을 당한 마법사가 어떻게 될 것인지는 생각해 보지도 않았던 것이다.

"음…… 제가 봤을 때에는 멀쩡했던 것 같은데요. 아마도 넘어간 마나전자가 그 마법사 주변을 돌면서 서로 부딪쳐서 힘을 잃을 거예요. 그래서 많은 수의 마나전자가 터널링되고 넘어온 마나전자를 사용하지 않아도 마법사에게 가는 피해는 없을걸요?"

"마법책에도 마나전자 터널링 때문에 죽었다는 마법사는 없으니까 그렇겠다."

채소은은 유정운의 말에 동의했다. 그리고 임배희 역시 그렇게 생각했다. 하지만 다른 부원들은 토론에서 완전히 제외되었기 때문에 자기들끼리 놀고 있었다. 사실 끼어들고자 해도 3마마가 하는 얘기는 상당히 수준 높은 것이었기 때문에 도저히 알아들을 수가 없어서 끼어들 수도 없었다. 그래서 마법 연구부 마마는 3명의 천재들과 6명의 범인(凡人)들끼리라는 양쪽으로 갈라진 상태였다.

"마법 중에서 제일 강한 마법이 뭘까?"

마나전자 터널링에 대한 얘기가 끝나자 이번엔 채소은이 다른 이야기를 했다. 그러자 정태환의 눈이 빛났다. 지금까지 3마마의 얘기가 어려웠기 때문에 감히 끼어들 수 없었지만 그 정도의 질문이라면 대답할 수 있다고 생각했던 것이다.

"불꽃계 마법 아니야? 특히 폭발 마법이 제일 강해."

정태환은 3마마가 있는 실험 테이블의 측면 쪽에 앉으며 입을 열었다. 그렇게 6범인의 리더인 정태환이 움직이자 다른 5범인들도 각자 한마디씩 했다.

"아무리 폭발 마법이라도 온도를 확 낮춰 버리면 폭발할 수가 없잖아? 그러니까 얼음계 마법이 제일 세(3학년 남학생)."

"바람계 마법이 제일 세지 않아? 태풍 같은 걸 만들면 그 부근은 완전히 초토화된다구(3학년 여학생)."

"토지계 마법이 제일 셉니다! 땅을 무너뜨리는 데 누가 당하겠습니까(2학년 남학생A)!"

"빛살계 마법도 만만치 않아요. 빛보다 빠른 게 없으니까 가장 초고속의 공격을 할 수가 있잖아요(2학년 여학생)."

"전부 강합니다(2학년 남학생B)!"

정태환을 비롯한 6범인의 말에 채소은은 어이없다는 표정을 지었다. 그녀가 원한 대답은 그런 단순한 것이 아니었기 때문이다. 어차피 마법사의 실력이 우수하다면 어떤 계열의 마법이든지 가장 강력하게 사용할 수 있는데 불꽃계가 최고다, 얼음계가 강하다는 등의 토론은 거의 쓸모가 없는 것이다.

"배희야, 넌 어떻게 생각해?"

"음……."

채소은의 질문 대상이 임배희로 넘어가자 6범인들은 임배희에게로 시선을 집중시켰다. 그녀의 대답으로 어떤 계열의 마법이 가장 강할 것인지가 판가름 나기 때문이었다. 하지만 임배희의 입에서 흘러나온 대답은 6범인의 예상을 빗나가는 것이었다.

"옛날에 이런 기록이 있어. 한 마법사가 다수의 적군을 상대했을 때 어떤 계열의 마법도 사용하지 않고 적군을 모두 없앴던 거. 그게 제일 강한 마법이 아닐까?"

'아…….'

임배희의 말을 듣고 유정운은 속으로 씨익 웃었다. 옛날옛적에 유명운에게 물었던 것이라 이미 알고 있었기 때문이다. 하지만 그 얘기를 처음 듣는 채소은은 임배희의 얘기가 매우 흥미로웠다.

"어떻게 적군을 없앤 거야?"

"책에는 다량의 X선으로 적군의 뇌를 망가뜨렸다고 나와 있어. 마나전자와 원자를 충돌시킬 때 X선이 나오도록 했다는데 무슨 소리인지 모르겠어."

"X선?"

채소은은 고개를 갸웃했다. 빛살계 마법이 아니면서 X선을 낼 수 있는 방법이 쉽게 떠오르지 않았기 때문이다. 그때 빛살계 마법이 강하다고 말했던 2학년 여자 부원이 밝은 표정으로 입을 열었다.

"X선이라면 빛살계 아닌가요? 그럼 빛살계 마법이 제일 강하네요!"

"글쎄······."

그 여학생의 말이 맞을 수도 있겠지만 왠지 아닌 것 같은 느낌이 들었기 때문에 채소은은 여전히 의문의 표정을 지었다. 그리고 임배희가 '어떤 계열의 마법도 사용하지 않고'라는 말을 했기 때문에 더욱더 빛살계 마법이라고는 생각할 수 없었다.

"정운이는 어떻게 생각해?"

결국 채소은의 마지막 질문 대상은 유정운이 되었다. 만약 여기서 유정운이 뭔가 대답하게 된다면 또다시 3마마 토론이 되어버리기 때문에 6범인들은 잔뜩 긴장했다. 유정운 역시 그런 6범인들의 눈초리를 느꼈지만, 눈을 반짝반짝 빛내며 쳐다보고 있는 채소은을 보자니 대답하지 않을 수가 없었다.

"마법 쓸 때 원래 빛이 나오잖아요. 그거하고 똑같은 방법이에요."

"······!"

"······!"

유정운이 입을 열자 채소은과 임배희는 잔뜩 기대하는 표정이었고, 6범인들은 실망한 표정을 지었다. 하지만 유정운은 6범인들의 살벌한 눈초리는 무시하고 계속해서 말을 이었다.

"마나전자하고 마법 도구가 부딪치면 빛이 나오고 들뜨게 한 마나전자 수에 따라서 무지개 빛깔의 빛이 되잖아요. 근데 거기서 흘러나오는 빛이 X선이 되게끔 한 거예요. 마법 도구에 부딪친 마나전자의 속력이 느릴수록 흘러나오는 빛의 에너지는 그만큼 커지니까요."

"잠깐만!"

잠시 유정운의 말을 중간에서 끊은 채소은은 숨을 몰아쉬었다. 유정운은 아무렇지도 않게 설명하고 있지만 듣는 사람들은 쉽게 이해할 수가 없었기 때문이다. 하지만 내용이 어렵다고 듣는 걸 포기해 버리는 채소은이 아니었다.

"음… 빨간색에서 보라색으로 갈수록 에너지가 높았던가?"

"예."

"보라색 바깥 영역이 자외선이고 자외선보다 파장이 짧고 에너지가 높은 게 X선이고?"

"예."

거기까지는 채소은이 학교에서 배운 내용을 바탕으로 잘 따라갔다. 하지만 그 이후부터 머리를 많이 써야 했다.

"들뜬 마나전자가 마법 도구에 부딪칠 때 빛을 내면서 약간 느려진 속력으로 마나전자가 날아가게 되는데…… 만약 흘러나오는 빛에 에너지를 많이 넣으려면 부딪친 마나전자의 속력이 굉장히 작으면 되겠네?"

"예."

"그럼 X선 정도의 빛을 내뿜으려면 마법 도구에 부딪친 마나전자가 거의 정지하지 않을까? 가지고 있던 에너지를 X선에게 모두 줬으니까 날아갈 에너지도 없을 거 아니야?"

"맞아요."

생각보다 채소은이 이해를 쉽게 했기 때문에 유정운은 조금 놀랐다. 물론 채소은에게는 마법이론에 대한 기본 지식이 착실하게 깔려 있어서 그런 것이지만, 유정운은 그걸 이해하려고 굉장한 노력을 했었기 때문에 허탈한 마음조차 들었다.

"잠깐! 그럼 그 반대도 있겠네? 흘러나오는 빛 에너지를 최소한으로 해서 마나전자에게 거의 모든 에너지를 넘겨주는 거!"

한번 이해한 채소은은 생각을 더욱 확장시켰다. 그리고 확장된 생각은 유정운의 증언으로 힘을 얻었다.

"예. 나오는 빛을 적외선 아래 영역으로 줄일 수 있으면 마나전자의 속력이 거의 그대로이기 때문에 마법이 더 강력해져요."

"역시!"

자신의 생각이 들어맞자 채소은은 밝게 웃었다. 그 모습은 남자 부원들의 혼을 빼놓을 정도로 아름다웠다. 그렇지만 채소은의 미소가 유정운에게로 향해 있었기 때문에 정태환은 급히 이 상황을 끊어버리려고 했다.

"하지만 이상하잖아? 1밴드의 마법을 쓰면 항상 붉은빛이 나오고 2밴드의 마법을 쓰면 항상 노란빛이 나온다고. 그런 현상을 무시하고 인위적으로 적외선이나 X선을 낼 수 있는 거야?"

"쉽지 않으니까 지금까지 기록에 많이 나오지 않는 거겠지. 하지만 충분히 가능성은 있잖아. 그러니까 가장 강력한 마법이라고 할 수 있는 거구."

정태환의 반론에 채소은은 당연한 듯이 대답했다. 그래서 정태환은 더 이상 반론을 펼 수 없었다. 그저 채소은의 미소가 유정운 쪽에서 벗어났다는 것으로 만족해야 했다.

"……!"

그때 유정운의 핸드폰이 몸을 부들부들 떨면서 전화가 왔음을 알렸다. 그것은 유정운이 고등학교에 들어와서 처음 받아보는 전화였다. 하지만 유정운에게 걸려오는 전화는 유명운이나 남궁소진이 아니면 딱 두 군데를 빼고는 거의 없다고 할 수 있었다. 아직 박호준 이외의 아이들에게는 핸드폰 번호를 알려주지 않았기 때문이다. 그래서 유정운은 마음을 가다듬기 위해 약간의 심호흡을 했다. 그리고 나서 핸드폰을 들고 통화를 했다.

"여보세요. 예. 예. 있어요, 갈 수 있습니다. 예. 예, 알겠습니다."

통화 시간은 길지 않았지만 유정운은 줄곧 존댓말을 썼고 조심스럽다기보다는 상당히 사무적인 어조로 통화를 했다. 그래서 박호준이나 유명운, 남궁소진에게서 온 전화는 아니라고 할 수 있었다.

"무슨 전화야?"

유정운이 핸드폰을 바지 주머니 속에 집어넣자 채소은이 눈을 빛내며 물었다. 하찮은 일에도 눈을 빛내며 질문을 하고 있는 채소은 때문에 유정운으로서는 곤란했지만, 그 눈빛을 무시할 수도 없어서 대충 이야기해 주었다.

"아르바이트하러 오래서요."

"아르바이트?"

유정운의 말이 상당히 의외였기 때문에 모두들 묘한 표정을 지었다. 특히 아르바이트를 하러 오라는 말이 더욱 의아스러웠다. 보통 아르바이트라고 하면 일정한 시간 동안 같은 곳에서 계속 일하는 것이기 때문이었다. 그래서 채소은은 그 아르바이트란 것이 무엇인지 알고 싶어졌다.

"무슨 아르바이트하는데?"

"에… 그냥 평범한 거예요."

"그러니까 그 평범한 게 뭐냐니까?"

"그냥 아르바이트죠……."

채소은이 자꾸 꼬치꼬치 캐물으려고 했기 때문에 유정운은 진땀을 뺐다. 가능하면 다른 사람들에게 자신이 하고 있는 아르바이트에 대해서 알리고 싶지 않았기 때문이다. 하지만 그렇게 뭔가를 숨기려는 유정운의 태도에 채소은은 더욱 호기심이 발동하고 말았다.

"빨랑 말 안 해?!"

"아아……!"

유정운이 잠깐 방심하고 있던 사이, 채소은의 고운 손이 유정운의 뺨을 쭈욱 잡아당겼다. 별로 아픈 것은 아니었지만 뺨을 빼앗겼기 때문에 유정운은 옴짝달싹할 수 없게 되었다. 물론 채소은의 손을 치면 충분히 빠져나올 수 있지만 그렇게 하고 싶은 마음이 추호도 없었기 때문에 그냥 얌전히 있었다. 어쨌든 그렇게 유리한 위치를 점하게 된 채소은은 유정운을 심문하기 시작했다.

"무슨 아르바이트 해?"

"그냐앙… 벼워네서……."

"병원?"

"에에……."

뺨을 붙잡혀서 제대로 된 발음은 할 수 없었지만 채소은은 유정운의 말을 알아들었다. 하지만 병원에서 아르바이트할 수 있는 일이라고는 채소은의 머리에 그것만이 떠오를 뿐이었다. 그것은.

"설마… 시체 닦기?!"

"……!"

시체 닦기라는 소리에 모두들 눈을 부릅떴다. 하지만 당사자인 유정운은 그 사실을 부인했다.

"그게 아이구요……!"

"그럼 뭐야?"

"아우······!"

여전히 뺨을 잡아당기는 채소은 때문에 유정운은 제대로 말을 하지 못했다. 그렇지만 채소은이 손을 놓는다고 해도 말할 생각이 없었기 때문에 그냥 우는소리만 냈다. 채소은 역시 아무리 뺨을 잡아당긴다고 해도 유정운이 말하지 않을 것임을 알아차렸다. 그래서 손을 놓고 유정운의 뺨을 해방시켰다.

"아부······."

오랫동안 뺨을 잡혀서 뻘겋게 부어올랐기 때문에 유정운은 열심히 뺨을 부벼댔다. 그러는 사이 채소은의 얼굴에 묘한 웃음이 떠올랐다. 그 묘한 웃음을 보고 유정운은 뜨끔하는 느낌을 받았다. 채소은이 뭔가 일을 저지를 것 같은 분위기였던 것이다.

"이제 그만 해산하자."

"······?"

채소은의 입에서 의외의 말이 나오자 모두들 의아한 표정을 지었다. 물론 평소에도 이 정도 시간에 해산하기는 했지만 어찌 되었든 의외였던 것이다. 그래서 유정운은 더욱 불안해졌다.

"그럼 정운이는 나하고 병원에 가볼까?"

"······!"

채소은이 무엇을 꾸미고 있는지 그 말로써 명백해졌다. 그것은 유정운을 따라가서 그가 하고 있는 아르바이트의 정체를 알아내겠다는 것이었다. 그러자 가장 반발한 사람은 정태환이었다.

"그 녀석이 무슨 아르바이트를 하든 소은이하고는 상관없잖아? 뭣 하러 따라가려고 그래?"

"응? 그냥 궁금해서. 난 궁금한 건 못 참거든."

그렇게 말하는 채소은의 의지는 확고했다. 정태환 역시 채소은이 말란다고 안 하는 여자가 아님을 잘 알고 있었기 때문에 더 이상의 반발은 하지 않았다. 대신 유정운에게 살기의 눈빛을 무수히 뿌려주었을 뿐이었다.

"빨리 가자. 늦으면 큰일이잖아."

유정운이 무슨 아르바이트를 하는지 알지 못하는 상태에서도 채소은은 유정운에게 어서 가자고 재촉했다. 그래서 유정운은 어쩔 수 없이 그녀와 같이 가야만 했다. 같이 가지 않았다가는 나중에 어떤 꼴을 당할지 알 수 없었기 때문이다.

"그럼 내일 보자!"

"안녕히 계세요."

채소은은 거의 유정운을 끌고 가듯이 물리실을 나섰고, 물리실에 남겨진 사람들은 그저 멀뚱멀뚱 그들을 쳐다보기만 했다. 그러다가 3학년 남자 부원이 한마디 했다.

"소은이…… 설마 저 녀석에게 관심있는 건 아니겠지?"

"시끄러워!!!"

남자 부원이 말을 꺼내자마자 정태환이 버럭 소리를 질렀다. 정태환의 과민 반응에 임배희를 제외한 나머지 부원들은 크게 놀랐다. 정태환 역시 자신의 반응이 너무 지나쳤다는 것을 깨닫고 잠시 숨을 고르다가 그냥 물리실을 나가 버렸다. 그렇게 채소은과 유정운이 짝짜꿍되어 사라지고 나자 마마 부원들의 분위기는 매우 어색해지게 되었다.

'쯧쯧.'

이미 이런 상황이 오게 될 것임을 예측하고 있었던 임배희는 그저 속으로 혀를 찼다. 채소은이 유정운에게 관심이 있든 없든 그녀를 좋아하는 정태환으로서는 지금의 채소은의 행동이 마음에 들지 않기 때문에 앞으로도 분위기가 좋지 않게 돌아갈 것이 뻔했다. 그렇지만 임배희는 그때가 되면 그때 가서 처리하자는 안일한 생각을 하면서 남은 부원들을 데리고 유유히 물리실을 빠져나갔다.

서기 2O4년

아르바이트 9장

IX 아르바이트

'이런······!'

채소은과 함께 교문을 나서며 유정운은 속으로 한숨을 내쉬었다. 지금까지 그 누구에게도 알려주지 않았던 아르바이트의 정체가 폭로될 것이 뻔했기 때문이었다. 그렇지만 유정운은 채소은의 호기심을 막을 수가 없었다. 밝은 표정을 지으며 잔뜩 기대하고 있는 아름다운 여자에게 매몰차게 거절의 의사를 밝힐 수가 없었기 때문이다.

'뭐… 굳이 숨길 일도 아니니까… 상관없겠지.'

유정운은 속으로 그렇게 자신을 위안하면서 채소은과 함께 버스를 탔다. 목적지인 병원이 조금 멀리 떨어져 있기 때문에 버스를 타고 가야만 했던 것이다. 다행히 유정운이 탄 버스는 학교나 아파트 단지로 가는 것이 아니었기 때문에 하교 시간임에도 불구하고 학생들의 모습은 버스에서 찾아보기 힘들었다.

"어디 앉을래?"

버스에 올라타고 나서 많이 남은 빈자리를 보면서 채소은이 질문을 했다. 평상시에 유정운은 항상 제일 뒷좌석에 앉기 때문에 그곳에 앉고 싶었다. 게다가 채소은이 유정운의 옆 자리에 앉는다는 보장도 없어서 유정운은 평상시처럼 제일 뒷자리로 했다.

"제일 뒤에 앉을게요."

"그래? 그럼."

유정운의 말이 끝나자마자 채소은은 즉시 제일 뒷자리로 가서 창가 쪽에 앉았다. 그리고는 자기 옆 자리를 손으로 탁탁 치며 유정운에게 앉으라는 신호를 보냈다. 사실 버스에 타면서 만약 자리가 있을 때 채소은의 옆 자리에 앉을 것인가, 아니면 그냥 따로따로 앉을 것인가에 대해 고민했었던 유정운으로서는 채소은의 행동으로 인해 걱정을 덜어버리게 되었다.

"근데 뒷자리가 좋아?"

유정운이 자신의 옆에 앉자 채소은의 질문이 날아왔다. 그래서 답변의 말로써 되받아쳤다.

"앞쪽에 앉으면 왠지 누가 본다는 듯한 기분이 들어서요. 제일 뒤에 앉으면 누군가 날 본다는 느낌이 없잖아요. 그리고 여기에서 보면 바깥이 제일 잘 보이구요."

"음… 한마디로 뒤에 앉으면 다른 사람들이 뭐 하고 있는지 엿볼 수 있다는 거네?"

"예? 아, 뭐……."

"역시 엿보기 심리?"

"……."

엿보려고 제일 뒤에 탄 것이 아니라고 해도 결과적으로는 그렇게 되기 때문에 유정운으로서는 할 말이 없었다. 사실 뒤쪽에 타면서 버스 안의 승객들을 구경한 적도 많았으니 아니라고도 할 수 없었다. 앞쪽 자리에 앉으면 아무래도 승객들 구경은 힘들어지기 때문이었다.

"소은 선배는 어느 자리가 좋은데요?"

자신만 당하면 억울하다는 생각으로 유정운은 채소은에게 질문을 날렸다. 하지만 채소은 역시 그 질문이 날아올 줄 알고 있었기 때문에 아주 여유있는 표정으로 입을 열었다.

"혼자 탈 때에는 자리 하나 있는 좌석이 좋고, 친구들이랑 같이 탈 때는 뒷자리 바로 앞좌석이 좋아. 제일 뒷자리는 왠지 앉으면 불안하거든."

'난 별로 안 불안한데…….'

속으로 그렇게 생각한 유정운이었지만 사람마다 느낌이 다르다는 것을 인정하고 그냥 가만히 있었다. 그러는 사이 버스는 어느새 목적지인 한 종합병원에 도착했다.

"내려요."

"벌써 다 왔어?"

생각보다 일찍 도착해서인지 채소은은 약간 놀랐다. 그리고 도착한 병원이 상당히 큰 종합병원이었기 때문에 더 더욱 놀랐다. 이런 큰 병원에서 유정운이 대체 무슨 아르바이트를 하는지 상상도 할 수 없었던 것이다.

"병원 지하실로 가는 거야?"

"…시체 닦는 거 아니라니까요."

유정운은 채소은의 말을 반박하면서 그녀를 데리고 병원 안으로 들어갔다. 병원 안으로 들어가자 은은한 향수 냄새가 코를 가볍게 찔러 왔다. 예전에는 병원에 들어오면 제일 먼저 소독약 냄새를 맡을 수 있었지만, 현재에는 소독약에 향기를 낼 수 있는 성분을 섞어서 사용하고 있었기 때문에 이제 병원에서 소독약 냄새를 맡아보는 것은 힘들어졌다. 물론 싸구려 병원에서는 돈이 없어서 아직도 소독약 냄새를 풀풀 풍기고 있긴 했다.

"기왕 종합병원에 온 김에 종합 검진이나 받아볼까?"

대기실에 앉아 있는 환자들을 보더니 채소은이 그런 말을 했다. 유정운으로서는 채소은이 그렇게라도 하는 게 아르바이트의 정체를 감추기 편했으므로 그렇게 하도록 유도해 보았다.

"종합 검진 받아보세요. 혹시라도 병이 있을지도 모르잖아요."

"뭐야, 나한테 병이라도 생기길 바란다는 거야?"

"아뇨, 그게 아니라……."

"그럼 됐어. 정운이 아르바이트하는 거 다 보고 나서 받아도 충분하니까."

'흐으…….'

종합 검진 받아보겠다는 채소은의 말이 그냥 한번 해본 말이란 것을 알아차렸기 때문에 유정운은 더 이상 아무 말도 하지 않고 속으로 한숨만 내쉬었다. 대신 핸드폰을 꺼내 들고 전화 통화를 했다. 그 사람에게 자신이 이곳에 도착했다고 알려줘야 하기 때문이었다.

"어머? 병원 안에서 핸드폰 써도 돼?"

유정운이 핸드폰을 들고 전화하려고 하자 채소은이 의아한 표정을 지었다. 본래 병원에서 쓰는 기기들이 전자파에 영향을 받기 쉽기 때문에 병원 내에서는 핸드폰 등을 사용할 수 없었다. 하지만 유정운은 주위의 사람들을 가리키며 입을 열었다.

"여기는 병원 기기들 자체에 전파 차단 장치를 해놨기 때문에 핸드폰 써도 상관없어요. 저 사람들도 핸드폰 열심히 쓰고 있잖아요."

"음… 그렇구나……."

유정운의 말대로 그들 주위에는 핸드폰 써대는 사람들이 많았다. 큰 병원이다 보니 시설도 좋은 것으로 해놓아서 핸드폰을 써도 상관없었던 것이다. 그래서 채소은은 더 더욱 유정운의 아르바이트가 궁금해졌다.

'도대체 이런 병원에서 무슨 아르바이트를……?'

"여보세요? 예, 유정운입니다. 지금 병원 안에 있어요. 예, 알겠습니다. 곧 가겠습니다."

통화를 끝낸 유정운은 앞장서서 병원 계단으로 향했다. 그리고 곧장 3층으로 올라갔다. 채소은은 그저 유정운의 뒤를 열심히 따라가기만 했다. 그렇게 3층에 도착하자 유정운은 3층 제일 안쪽에 있는 방으로 들어갔다. 그 방의 문에는 '고통 나눔실'이라는 팻말이 붙여져 있었다. 상당히 이상한 팻말 이름이었기 때문에 채소은은 잠시 고개를 갸웃했다.

스르륵—

유정운과 채소은이 문 앞에 서자 문이 저절로 옆으로 밀려났다. 그에 따라 드러나는 방 안의 모습은 채소은에게는 너무나 의외의 광경이었다. 바닥 중앙에는 싸구려 카펫이 깔려 있고 그 위로는 노란색으로 빛나는 마술진이 그려져 있으며 마술진 주변에는 수 명의 사람들이 서 있었던 것이다.

"안녕하세요."

"어, 왔냐?"

유정운이 도착하자 방 안에 있던 한 턱수염 남자가 그를 반겼다. 그러다가 유정운의 옆에 있는 채소은을 보고 의아한 표정을 지으며 물었다.

"뭐야, 걔도냐?"

"아뇨, 그냥 따라온 거예요. 저만 할 겁니다."

턱수염 남자의 물음에 유정운은 급히 고개를 저었다. 그래서 채소은으로서는 더욱 궁금증만 쌓여갔다. 왠지 유정운이 불법적인 일을 할 것만 같은 기분이 들었던 것이다.

"선배는 저기 앉아서 그냥 구경하세요."

"응? 아, 응……."

채소은은 유정운이 가리킨 소파로 가서 조심스럽게 앉았다. 그리고 나서 방 안을 둘러보았다. 방 안 자체는 그다지 볼 만한 게 없었고 그저 일반 병실처럼 하얀 천장에 하얀 벽만 보였다. 그렇지만 방 한가운데에 그려진 마술진과 그 마술진을 중심으로 서 있는 젊은 사람들은 뭔가 긴장한 듯한 표정을 짓고 있었다. 그중의 한 사람인 유정운 역시 표정은 알 수 없었지만 몸 자체가 꽤나 굳어 있다는 것이 채소은의 눈에는 보였다.

"오늘은 임산부 출산이다. 뭐, 다들 알겠지만 끝까지 자리 지키는 사람에게만 일당 준다. 그러니까 괴롭다고 중간에 이탈하지 마라."

제일 처음 보았던 턱수염 남자가 귀에 이어폰을 꽂은 채 유정운을 비롯한 사람들에게 주의를 주었다. 그 사람들의 대부분은 대학생들처럼 보였기 때문에 그들도 유정운처럼 아르바이트를 하러 온 듯했다. 그렇지만 아직도 채소은은 그들이 하려는 아르바이트가 도대체 무엇인지 감조차 잡지 못한 상태였다.

"야, 시작됐단다. 어서 들어가."

이어폰에서 무엇인가 지시를 받은 턱수염 남자가 아르바이트생들에게 마술진 안으로 들어가라고 말했다. 그러자 그들 중에서 유정운이 가장 먼저 안으로 들어갔다. 그리고 뒤따라서 다른 대학생들도 마술진 안으로 들어갔다. 마술진 안으로 들어간 사람의 수는 유정운을 포함해서 모두 5명이었다. 마술진이 비교적 커서 5명이 엎어지고 뒹굴어도 공간은 충분했다.

"으윽······!"

"큭······!"

대학생들은 마술진 안으로 들어가자마자 괴로운 표정을 지으며 신음을 내질렀다. 갑자기 그들이 왜 그런 반응을 보이는지 채소은은 알 수 없었기 때문에 그저 어리둥절한 표정으로 고개만 갸웃했다. 그러는 사이에도 시간은 지나갔고 대학생들의 표정은 점점 더 심하게 일그러지기 시작했다.

"크으으······!"

"끄아아······!"

그들이 내지르는 비명 소리의 정도도 심해졌다. 그것은 그들이 지금 굉장한 고통을 겪고 있음을 뜻하는 것이었다. 하지만 유정운은 아직 입을 굳게 다물고 신음을 내지르지 않고 있었기 때문에 채소은은 영문도 모른 채 그저 대학생들이 괴로워하는 모습을 지켜봐야만 했다.

"으악!"

마침내 한 대학생이 더 이상 고통을 참지 못하고 마술진 밖으로 뛰쳐나왔다. 그러자 갑자기 고통이 가중된 것인지 마술진 안에 있던 대학생들이 바닥에 쓰러지며 뒹굴기 시작했다. 그들과 마찬가지로 유정운 역시 서 있지 못하고 바닥에 무릎을 꿇었지만 결코 신음 소리는 내지 않고 있었다.

"저기……!"

아무리 생각해도 지금 이들이 뭘 하고 있는지 감을 잡을 수가 없었기 때문에 채소은은 턱수염 남자를 불렀다. 그가 대학생들을 지도하고 있으니 지금 이들이 무엇을 하고 있는지 잘 알고 있으리라는 생각에서였다. 하지만 턱수염 남자의 반응은 딱딱했다.

"왜 불러?"

"저기… 지금 뭐 하고 있는 거예요?"

"뭐 하긴 뭐 해? 고통 나눔 하잖아."

"……?"

턱수염 남자의 말에 채소은은 어이가 없었다. 그녀로서는 지금 턱수염 남자가 대답하기 귀찮아서 대충 말하고 있는 것으로밖에 보이지 않았다. 하지만 이상하게도 이런 것을 어디에선가 들어본 적이 있는 것 같은 느낌이 들었기 때문에 화는 내지 않고 보다 차분한 어조로 질문을 던졌다.

"고통 나눔이요? 그게 뭐죠?"

"뭐긴 뭐야? 지금 임산부가 출산하는 고통을 애들이 대신 받고 있잖아. 설마 고통 나눔 마술 얘기 듣지 못했어?"

"고통 나눔? 고통…… 아!"

잠시 옛날 기억을 더듬던 채소은은 알겠다는 탄성을 터뜨렸다. 그것은 바로 5년 전에 외국의 한 마술사가 옛날 마술에서 발전시킨 새로운 마술이었다. 환자의 통증을 다른 멀쩡한 사람에게 전이시키는 고통 나눔 마술. 지금 유정운을 비롯한 대학생들이 하고 있는 것이 바로 고통 나눔 마술인 것이다.

'그 마술이 병원에서 실용화됐다는데 바로 이런 거였구나······!'

고통 나눔 마술이 개발된 이후, 병원에서 그 마술을 임산부의 출산 고통을 해소시키는 데에 사용했다. 고통 나눔 마술의 커다란 장점이 산모에게 전혀 통증을 주지 않고 아이를 낳을 수 있게 하며 출산 후에도 산후 조리할 필요 없이 바로 일하러 나갈 수 있는 것이었다. 그래서 직장을 가진 여성을 중심으로 고통 나눔 마술이 확산되어 나갔다. 그러다가 점차 마취하면 위험한 환자들의 수술에 고통 나눔 마술이 사용되었고, 현재는 사소한 일에도 고통 나눔 마술을 사용하고 있는 추세였다.

"크아악!"

마술진 안에 있는 대학생들의 입에서는 듣기 거북할 정도의 괴성이 터져 나왔다. 출산하고 있는 산모의 통증이 전부 그들에게로 전이되고 있었기 때문이다. 대신 산모는 지금 아무런 통증 없이 아기를 낳고 있었다.

"흐윽······!"

유정운은 숨을 크게 들이신 뒤 밀려오는 고통을 견뎌냈다. 아까 한 대학생이 고통을 참지 못하고 빠져나갔기 때문에 그 대학생이 담당하고 있었던 만큼의 고통이 유정운을 비롯한 4명의 대학생에게 가중된 상태였다. 고통 나눔 마술진에서는 들어간 사람 수만큼 고통의 크기가 감소하는데, 한 사람이 빠져나갔으니 그만큼의 고통을 더 받게 되는 것이다.

'아아……!'

괴로워하는 유정운과 죽을 표정을 하고 있는 대학생들을 보며 채소은은 안쓰러운 표정을 지었다. 그러면서 그녀는 예전에 한참 이슈가 되었던 고통 나눔 마술에 대한 뉴스를 떠올렸다.

《환자의 고통을 다른 사람에게 전이시킬 수 있는 고통 나눔 마술이 외국에서 개발되었습니다. 이 마술은 특히 임산부의 출산 고통 해소에 큰 기여를 할 것으로 전망됩니다.》

《고통 나눔 마술이 큰 인기를 얻고 있습니다. 병에 걸려 괴로워하는 아들의 고통을 부모가 함께 나누거나 출산의 고통을 부부가 함께 겪습니다. 이들은 고통 나눔 마술로 인해 가족애가 더욱 돈독해졌다고 말합니다.》

'하지만……!'

뉴스에서는 언제나 고통 나눔 마술에 대한 장점만을 보도했었다. 그러나 지금 채소은의 눈에 보이는 고통 나눔 마술이란 건 오히려 고통 그 자체였다. 산모는 아무런 통증 없이 출산을 하고 있다지만, 그 출산을 위해 다른 사람들이 고통을 겪어야만 하기 때문이었다.

"으악!"

그때 또 한 사람의 대학생이 마술진으로부터 뛰쳐나왔다. 산모가 출산을 다 마칠 때까지 마술진 안에 있어야 아르바이트비를 받을 수 있는데, 고통이 생각했던 것보다 심했기 때문에 그냥 뛰쳐나와 버린 것이었다. 덕분에 남은 세 명은 더욱 큰 고통을 나누어야만 했다.

"야! 너희들은 그냥 집에 가! 사내자식이 그 딴 것도 못 참냐?!"

턱수염 남자는 마술진에서 빠져나와 숨을 헐떡이고 있는 두 명의 대학생에게 불호령을 내렸다. 하지만 두 명의 대학생들은 속으로 '네가 해봐라, 새꺄!'라는 생각을 하면서 통증이 남아 있는 몸을 추슬렀다. 그 둘은 이번에 처음 이런 아르바이트를 해보는 것이었는데, 처음부터 너무 강한 자극을 받다 보니 견디질 못했던 것이다.

"크윽……!"

유정운의 꽉 다문 입에서 신음 소리가 약하게 새어 나왔다. 긴 앞머리 때문에 지금 그의 표정이 얼마나 일그러져 있는지는 확인할 수 없었지만 턱을 따라 흐르는 굵은 땀방울은 그가 얼마나 강한 통증을 느끼고 있는지를 나타내 주고 있었다. 게다가 다른 두 대학생들은 지금 바닥에 뒹굴면서 고통을 참고 있었기 때문에 유정운의 고통도 그 정도가 될 것임은 능히 짐작할 수 있는 상태였다.

* * *

유정운이 병원에서 열심히 고통과 싸우고 있는 그 시각.

유정운의 형 유명운은 남궁소진과 함께 학교 정원의 벤치에 앉아 맑은 햇살을 이용해 열심히 비타민D를 만들어내고 있었다. 비타민D는 음식물로써 섭취할 수 있는 양이 적지만 대신 햇빛에 의해 몸속에서 만들어지므로 햇빛만 충분히 쬐면 되는 비타민이다. 물론 유명운이나 남궁소진은 비타민D를 만들어내겠다는 생각보다는 둘이서 오붓한 시간을 보내려는 생각뿐이었다.

"아, 날씨 좋다!"

남궁소진이 맑은 봄 하늘을 바라보며 활짝 웃었다. 유명운은 그런 남궁소진의 모습을 바라보며 그냥 싱글싱글 웃기만 했다. 그에게는 그저 남궁소진의 웃는 모습을 보는 것만으로도 충분히 행복감을 느낄 수 있기 때문이었다. 남궁소진 역시 유명운의 곁에 앉아만 있어도 행복했다.

맴맴맴—

"어머?"

갑자기 어디선가 매미 소리가 들려왔기 때문에 남궁소진은 크게 놀란 표정을 지었다. 아직 3월달이라 매미가 있을 리 없는데 가까이에서 매미 소리가 들려오고 있으니 그녀로서는 놀랄 수밖에 없는 것이다.

"저기서 들려오는 것 같은데?"

유명운은 매미 소리가 들려오는 한 나무를 가리켰고 남궁소진을 앞세워 그 나무로 다가갔다. 남궁소진은 잠시 매미 소리에 귀를 기울이다가 버드나무 중간 지점에 매달려 울고 있는 매미를 발견해 내었다.

"어머, 진짜 매미다!"

3월달에 매미가 있는 기이한 현상에 남궁소진은 놀라면서도 꽤 좋아하는 눈치였다. 물론 수소 자동차가 탄생한 뒤에 자동차 매연에 의한 오염이 현저히 줄어들어서 점차 자연이 복구되어 가는 추세이긴 하지만, 아직도 매미를 보는 건 그렇게 쉬운 일이 아니었기 때문에 진짜 매미를 보고 기분이 좋아진 것이었다.

"한번 잡아봐."

매미를 보고 웃고 있는 남궁소진에게 유명운이 그런 제안을 했다. 하지만 곤충을 손으로 잡는다는 건 께름칙한 일이었기 때문에 남궁소진은 고개를 도리도리 저었다.

"어떻게 잡아요? 그러는 명운 씨는 잡을 수 있어요?"

"그러지 말고 잡아보라니까."

"앗!"

갑자기 유명운이 남궁소진의 손을 낚아채어 나무에 매달린 매미를 잡도록 했다. 그래서 남궁소진은 소스라치게 놀랐다. 손바닥으로 느껴지는 딱딱한 느낌에 질겁한 것이었다. 그런데.

《소진아, 사랑해.》

"……?!"

《소진아, 사랑해.》

손바닥에 닿은 매미에게서 유명운의 목소리가 흘러나왔다. 너무나 예상외의 상황이라서 남궁소진은 한동안 어리벙벙해했다. 하지만 문득 손 안에 있는 매미가 진짜 곤충이 아니라는 느낌이 들자 즉시 그 매미를 잡아 확인해 보았다.

《소진아, 사랑해! 소진아, 사랑해!》

"풋……!"

매미의 진정한 정체가 장난감 곤충이라는 사실에 남궁소진은 웃음을 터뜨렸다. 그리고 곧 이어 유명운이 이 장난감 매미를 준비해 두었다는 것을 알아차렸다. 평상시에 유명운이 남궁소진에게 곤충을 잡게 한다는 등의 강제적인 행동은 하지 않기 때문이었다. 그건 일부러 남궁소진이 그 장난감 매미를 잡아서 녹음된 메세지가 흘러나오도록 유도하려 했다고 할 수 있었다.

"이런 거 가게에서 팔아요?"

남궁소진은 아직도 웃음이 가시지 않는 표정으로 장난감 매미를 잡아서 유명운에게 물었다. 그러자 유명운은 당연하다는 듯이 말했다.

"요즘 누가 그런 걸 팔아? 내가 만들어야지."

"만든 거예요? 어떻게요?"

"그냥 매미 모양으로 만든 거에 녹음기 부착하고 온도 감지 센서 달아서 체온과 비슷한 온도에서 녹음기가 돌아가도록 만들었어. 만드는 거 별로 안 어려워."

말로는 어렵지 않다고 했으나 유명운이 그걸 완성하려고 들인 시간은 꽤 상당했다. 연구하는 틈틈이 만들어야 했기 때문에 완성 시간이 오래 걸린 것이다. 남궁소진 역시 유명운이 일부러 거짓말을 하고 있음을 알고 있었다. 언제나 유명운은 자신이 걱정하지 않도록 신경을 써주기 때문이었다.

"고마워요. 근데 이거 매미 소리 어떻게 한 거예요? 아까는 안 울었잖아요?"

"원격 조종 장치를 달았거든. 이걸로 매미 소리 내게 했어."

그러면서 유명운은 손에 쥐고 있던 작은 사각형의 스위치를 보여주었다. 그 정도로까지 만들려면 정말 보통 노력 가지고는 되지 않음을 알고 있기 때문에 남궁소진은 더욱 유명운에게 고마움을 느꼈다. 비록 작고 보잘것없는 이벤트였지만 그녀에게는 그 이상의 이벤트가 없었던 것이다.

"이런 것도 만들고, 정말 명운 씨는 천재인가 봐요?"

"천재는 무슨. 실험 장치 만들다 보니까 그런 거지. 내가 원하는 실험을 하려면 실험 장치 구상을 직접 해야 하거든. 뭐, 그래도 장치는 공장에서 만들지만 말이야."

남궁소진의 칭찬에 유명운은 씨익 웃었다. 하지만 그런 칭찬보다도 남궁소진의 밝은 미소가 유명운으로서는 더없이 소중한 답례였다. 언제나 웃는 모습의 남궁소진을 보며 살고 싶다는 것이 유명운의 원대한 계획이기 때문이었다.

"아……!"

그때 매미를 보던 남궁소진이 뭔가를 떠올렸는지 탄성을 발했다.

"이번에 사촌 언니가 애를 낳았는데 고통 나눔 마술로 남편하고 같이 출산의 고통을 나눴대요. 그리고 보면 세상 참 많이 좋아졌어요. 예전에는 여자 혼자서만 출산의 고통을 겪어야만 했으니까요."

그렇게 말하는 동안 남궁소진의 얼굴이 약간 홍조를 띠었다. 이미 유명운과는 깊은 관계까지 나눈 사이였지만, 아직 결혼 얘기는 하지 않았기 때문이었다. 물론 남궁소진이 대학 졸업하면 결혼하자는 암묵적인 계약(?)이 있긴 하지만 결혼하기도 전에 벌써 관계를 가졌다는 것이 약간 걱정되었던 것이다.

"명운 씨, 만약 결혼해서 애 낳는다면 명운 씨도 고통 분담 할 거예요?"

"당연하지. 난 소진이만 좋다면 아예 나 혼자서 출산 고통 견뎌낼 생각인데?"

"그건 제가 싫어요. 같이 나누는 게 제일 좋아요."

"그래? 그럼 그렇게 할게. 근데 그러려면 빨리 결혼을 해야 할 텐데?"

"아직은 공부할 게 많아서 안 돼요."

결혼하기 전에 관계를 가졌다는 것에 불안함을 느끼면서도 남궁소진은 계속해서 대학 졸업 후에 결혼할 것을 주장했다. 물론 지금 당장 유명운과 결혼해도 괜찮았지만 결혼하면 유명운의 태도가 540°로 바뀔지도 모른다는 걱정도 들고, 지금과 같은 연애 기분을 앞으로도 계속 느끼고 싶기 때문에 결혼을 늦추고 있는 것이었다.

"근데 마술하고 마법하고는 뭐가 다른 거예요?"

남궁소진이 화제를 돌리기 위해 유명운에게 질문을 던졌다. 질문을 받으면 반드시 대답하는 사람이 유명운이기 때문이었다. 그리고 역시나 유명운은 질문을 받자마자 대답해 주었다.

"뒤의 글자가 다르잖아."

"…그거 말구요."

"흐음……"

생각을 정리해야 하는지 유명운은 잠시 이마를 톡톡 두드리며 생각에 잠겼다. 그리고 잠시 후 대강 생각을 정리한 상태에서 입을 열었다.

"마법은 마법사가 반드시 밴드를 만들어야 되고 주문을 통해 마나전자를 들뜨게 해서 실현시켜야 해. 하지만 마술은 마술진이나 주술을 통해 행해져. 말하자면 마법은 주문을 알아도 밴드수가 높지 않으면 사용할 수 없지만 마술은 마술진 그리는 방법이나 주술을 정확히 알고만 있으면 일반 사람들도 할 수 있다는 거지."

남궁소진은 유명운의 설명을 잘 듣고 있었고 유명운은 계속해서 말을 이어 나갔다.

"마법사나 마술사나 자격증이 있어야 합법적으로 돈을 벌 수 있지만, 마술사 같은 경우에는 마술사 협회에 소속되어 있지 않은 사람들에게는 절대 주술이나 마술진을 가르쳐 주지 않아. 가르쳐 줬다가 그 사람이 마술을 할 수 있게 되면 굉장히 손해보니까."

"그럼 마술이 마법보다 쉽다는 거네요?"

"쉽다고 할 수 있지. 단지 그 엄청나게 복잡한 마술진하고 주술을 잘 외워야 하지만 말이야."

"마술 체계는 잡혀 있는 건가요?"

"글쎄… 잡혀 있다고는 할 수 없어. 아직 마술이 어떻게 발동되는지도 모르니까. 마술학에 관련된 내용이라 봐야 옛날에 썼던 마술을 알려주고 현재 쓰고 있는 마술은 이러이러한 것들이다라는 수준이거든."

말은 그렇게 했지만 현재 마술학계에서는 유명운이 제시한 끈 이론에 많은 관심을 기울이고 있었다. 그것은 주술과 마술진이 끈을 진동시키는 수단이고 끈의 진동 결과가 마술로써 나타난다는 가설이었다. 따라서 끈을 직접적으로 진동시킬 수 있는 어떤 말이나 행동을 알아낼 수만 있다면 불가능해 보이는 일도 마술로써 해결할 수 있다. 그것이 유명운의 마술에 관한 끈 이론인 것이다.

"그럼 뭐 먹으러 가볼까?"

"네."

데이트 중에 마법이나 마술에 대한 얘기를 하면 재미가 없기 때문에 유명운은 남궁소진을 데리고 대학교 밖으로 나갔다. 유명운이나 남궁소진이나 하고 싶은 일과 서로에 대한 사랑 중에서 하나만을 택하라고 한다면 주저없이 사랑을 선택할 사람들이었다. 그래서 데이트 중에는 다른 일에 신경 쓰지 않고 데이트에만 열중하고자 하는 것이다.

*　　　　*　　　　*

"끝났단다. 수고했다."

이어폰을 통해서 산모의 출산이 모두 끝났음을 들은 턱수염 남자가 마술진 안에 있는 유정운과 대학생들에게 소식을 전했다. 하지만 이미 그들은 자신들을 괴롭히던 고통이 아까 전에 사라졌음을 느꼈기 때문에 굳이 그런 말을 듣지 않아도 산모의 출산이 끝났음을 알고 있었다. 그렇지만 셋 중에서 그 누구도 마술진에서 나오지 않았다. 아니, 나오지 못했다. 계속 가해져 왔던 고통 때문에 몸이 거의 마비되다시피 했기 때문이었다.

"후우……!"

3시간의 고통 끝에 해방된 유정운은 비틀거리면서 마술진을 빠져나왔다. 보통 임산부가 아이를 낳을 때 걸리는 시간은 7시간 이상이었지만 고통 나눔 마술을 통해 통증을 없애기 때문에 현재는 평균 3시간 정도 걸리고 있었다. 그렇지만 아르바이트를 하는 사람의 입장에서는 그 3시간도 무지하게 긴 시간이었다. 아무것도 하지 않고 3시간 동안 고통을 참아야 하기 때문이었다.

"괜찮아?"

유정운이 비틀거리자 채소은은 즉시 그를 부축하며 자신이 앉아 있었던 소파에 앉혔다. 하지만 다른 두 대학생은 아직도 마술진 안에 쓰러진 채로 일어날 줄을 몰랐다. 그리고 턱수염 남자는 어느새 방을 나간 상태였다. 그래서 방에서 살아 움직이고 있는 건 유정운과 채소은밖에 없다고 할 수 있었다.

"왜 이런 아르바이트를 하는 거야?"

힘들어하는 유정운을 보며 채소은이 물음을 던졌다. 평소에 노트북을 가지고 다닌다는 것을 알고 있었기 때문에 가정 형편이 어려워서 이런 아르바이트를 하고 있다고는 생각하기 힘들었던 것이다. 그렇지만 유정운은 고통 때문에 입을 떼는 것조차 쉽지 않았다. 그래서 채소은의 물음에 대답하지 못하고 거칠게 숨만 몰아쉬었다.

"오늘 일당이다. 받아라."

잠깐 방을 나갔던 턱수염 남자가 손에 세 개의 종이 봉투를 들고 나타났다. 그리고는 유정운과 두 대학생들에게 그 봉투를 건네주었다. 유정운은 고통에 의해 손을 떨면서도 안에 든 내용물을 확인했다. 안에는 10만원짜리 지폐 6장과 만원짜리 지폐 6장이 들어 있었다. 즉, 유정운이 받은 일당이 66만원이라는 소리였다. 70년 전만 하더라도 66만원이면 큰 돈이었지만 그때보다 물가가 10배나 뛰어올랐기 때문에 66만원이면 70년 전의 6만 6천원에 해당하는 금액이었다.

스슥—

돈의 액수를 확인한 유정운은 봉투를 교복 속주머니에 넣었다. 본래 임산부가 행하는 고통 나눔 마술의 비용은 600만원인데, 그중에서 3분의 1을 병원에서 먹고 또 3분의 1을 마술사가 먹고 나머지 3분의 1을 아르바이트생들이 나누어 먹어야 하기 때문에 유정운의 손에 66만원이 들어온 것이었다. 물론 3명이라서 2만원이 남게 되는데, 그 2만원이 어디로 가는지는 관계자들밖에 알지 못했다.

"그럼… 안녕히 계세요……."

돈을 받자 유정운은 턱수염 남자에게 인사를 하고 고통 나눔실을 빠져나왔다. 그곳에 오래 있으면 괜히 더 아픈 듯한 느낌을 받기 때문에 빨리 나온 것이었다. 물론 채소은이 부축해 주어서 전보다는 훨씬 편한 상태에서 고통 나눔실을 나올 수 있었다.

"저기에… 잠깐 앉았다 가요……."

3층 복도에 앉을 수 있는 나무 벤치가 있었기 때문에 유정운은 채소은과 함께 그곳에 앉았다. 그리고 고통을 가라앉히기 위해 휴식을 취했다. 고통 나눔 마술로써 전이되어 오는 통증은 불규칙하기 때문에 때로는 엉덩이가 아프거나 때로는 허리가 아프거나 때로는 배가 아프다거나 하는 등의 다양한 증상이 나타난다. 말하자면 고통 나눔 마술이 지속될수록 거의 전신에 통증을 느끼게 된다는 뜻이었다.

"후우… 후우……."

"……."

거칠게 숨을 몰아쉬는 유정운을 보며 채소은은 질문하고 싶은 충동을 참았다. 왜 유정운이 이런 아르바이트를 하는지에 대해 알아보고 싶었지만 대답하는 것조차 힘들 정도로 괴로워하고 있어서 차마 물어볼 수가 없는 것이다.

"싫다구!!!"

"……?"

그때 유정운과 채소은이 앉은 벤치 앞에 있는 병실에서 큰 소리가 터져 나왔다. 그리고 곧 이어 병실 문이 열리면서 한 소년이 밖으로 뛰어나왔다. 밖으로 뛰어나온 소년은 병실 안쪽에다 대고 큰 소리로 외쳤다.

"아픈 건 쟤인데 왜 내가 아파야 해?! 이제 아픈 건 싫다구!!!"

탁탁탁—!

한껏 소리를 질렀던 소년은 뒤도 돌아보지 않고 뛰었다. 그러자 병실 안에 있던 소년의 부모들이 소년을 불러댔다. 하지만 소년은 결코 돌아오지 않았다.

"시작하실 겁니까? 안 하실 겁니까?"

병실 안에 있는 마술사가 밖으로 나온 부모들에게 물었다. 그러자 부모들은 잠시 소년이 뛰쳐나간 방향을 쳐다보다가 이내 다시 병실 안으로 들어갔다. 고통 나눔 마술로 둘째 자식의 통증을 없애주어야 하기 때문이었다.

"지금… 고통 나눔 마술 하려는 거 아니었어? 근데 왜 저애는 나가 버린 거야?"

의외의 상황을 보았기 때문에 채소은은 약간 놀란 표정을 지었다. 아르바이트생을 불러다 쓰는 사람들도 있지만 방금처럼 가족끼리 고통을 나누는 방식도 많았는데, 가족인 듯한 소년이 마술을 사용하기도 전에 그대로 뛰쳐나갔으니 놀랄 수밖에 없는 것이다. 그것에 대해 유정운은 잠시 숨을 돌린 다음에 설명해 주었다.

"저런 경우도 많아요… 아픈 건 내가 아니고 동생인데 왜 멀쩡한 내가 가족이라는 이유로 같이 고통을 나눠야 하느냐…… 이런 거죠."

"하지만 동생이 아픈데 당연한 거잖아?"

"물론 처음이야 그렇게 생각하겠죠……. 하지만 투병 생활이 길어지고 고통 나눔 마술을 많이 사용하면 사용하게 될수록… 멀쩡한 내가 아픈 가족 대신 고통을 겪어야 한다는 것에 회의가 들게 돼요……. 고통을 겪고 싶어하는 인간은 없으니까요……."

"……."

유정운의 설명에 채소은은 뭐라고 반박하지 못했다. 아무리 가족을 사랑한다 하더라도 투병 생활이 길어지고 고통 나눔 마술을 자주 사용해서 지속적으로 고통을 겪어야만 한다면 과연 그 고통을 견뎌낼 마음이 생길지 안 생길지 장담할 수 없었기 때문이다. 특히 아픈 곳이 없는 사람일수록 아프지도 않은데 고통을 겪어야 하는 것에 굉장한 불만이 생길지도 모르는 것이었다.

"그래서… 요즘은 아픈 환자도 같이 고통을 나누도록 하고 있어요……. 예전에는 환자에게는 고통을 못 느끼도록 하고 그 가족들만 고통을 나눴거든요……. 근데 그게 지속될수록 아까처럼 가족들의 마음 한구석에서 불만이 쌓이게 되니까 일부러 환자도 같이 고통을 나누게 시키는 거죠… 아니면 아르바이트생들을 불러서 대신 고통을 견디게 하던가요……."

어느 정도 통증이 사라져 가고 있었기 때문에 유정운의 설명은 보다 더 길어졌다.

"고통 나눔 마술의 좋은 점은 환자만이 겪어야 했던 고통을 가족들이 같이 나눌 수 있게 함으로써 가족애를 더욱 돈독하게 할 수 있다는 것이죠……. 하지만 때로는 그게 역효과를 불러 일으켜서 가족끼리 분열을 일으킬 수도 있어요……. 말하자면 양면성을 가지고 있다고 할까요… 뭐, 양면성이 없는 건 없지만요……."

"그럼 고통 나눔 마술에 대해서는 어떻게 생각해? 좋은 점이 더 많은 거야, 나쁜 점이 더 많은 거야?"

아르바이트를 통해 고통 나눔 마술을 많이 접해봤던 유정운이라면 알 것이라는 생각에 채소은은 그에게 확실한 답변을 요구했다. 하지만 유정운은 확실한 답변보다는 애매모호한 말로 대답을 했다.

"처음 고통 나눔 마술이 개발되었을 때는 좋은 점만 드러났어요……. 하지만 시간이 지날수록 좋은 점 반대 편에 숨어 있던 단점이 드러나게 되죠……. 만약 그 단점을 극복하고 다시 장점으로의 전환을 성공한다면 고통 나눔 마술은 계속 남게 될 거고… 단점 극복에 실패한다면 사라져 버리겠죠……."

"고통 나눔 마술의 단점을 극복할 수 있다고 생각해?"

"글쎄요… 모르겠어요……. 미래를 점칠 수 있는 능력은 저한테 없으니까요…… 하지만 개인적으로는……."

잠깐 숨을 돌린 유정운은 계속해서 말을 이었다.

"고통 나눔 마술이 계속 남아 있었으면 좋겠어요… 그래야 이 아르바이트를 계속할 수 있으니까요……."

유정운이 한 말은 지극히 사적인 것이었다. 하지만 그것이 어쩌면 가장 중요한 이유가 될지도 몰랐다. 고통 나눔 마술이 많은 사람들에게 이익을 주게 된다면 단점이 있어도 결국 살아남게 되기 때문이었다.

"근데… 왜 이런 아르바이트를 하는 거야? 가정 형편이 어려운 건 아니잖아?"

마침내 채소은은 가장 궁금했던 사실을 유정운에게 물었다. 유정운이 느끼는 고통이 많이 감소했음을 알고 있었기 때문에 이 타이밍에 물어보면 대답을 들을 수 있을 것이라 생각했던 것이다.

"뭐… 가정 형편이 어려운 건 아니죠……."

예상대로 유정운은 대답을 했다.

"형이 돈을 잘 버니까 핸드폰도 있고 노트북도 있고… 여러 가지로 풍족하게 살고 있어요……. 하지만……."

대답을 하면서 유정운의 눈은 점차 날카로워져 갔다.

"형은 아버지, 어머니 때문에 공부만 해야 했어요. 그러다가 아버지, 어머니가 모두 죽고 형은 혼자서 날 먹여 살려야 했죠. 다행히 형의 능력이 좋아서 지금은 먹고 사는 데에는 아무런 걱정이 없게 됐어요. 그렇지만 전 형에게 의지하고 싶지 않아요. 학교 등록금이나 생활비는 어쩔 수 없다고 하더라도… 적어도 제 식비만큼은 스스로 해결하고 싶거든요. 어렸을 때부터 자유를 빼앗기고 가족만을 위해서 살아온 형에게 더 이상의 족쇄는 채우고 싶지 않으니까요."

"……"

유정운의 얘기에 채소은은 아무 말도 할 수 없었다. 유정운의 부모가 모두 죽었다는 얘기에 뭐라고 말을 해야 할지 알 수가 없었던 것이다. 그에 비해 유정운은 괜한 얘기를 했다는 생각을 하고 있었다. 아직 다른 사람에게는 말하지도 않은 것을 채소은 앞에서 떠들어댔다는 사실이 어이없었기 때문이다.

"……"

"……"

둘 사이에서는 침묵만이 맴돌았다. 3층 병원 복도에는 사람의 모습이 거의 보이지 않았다. 너무나 한산해서 마치 이 병원에 유정운과 채소은밖에 없다는 느낌이 들 정도였다. 그렇게 덧없이 시간만 흘러가고 있을 때 채소은이 침묵을 깨뜨리며 입을 열었다.

"많이… 힘들지?"

"……?"

느닷없는 말이었기 때문에 유정운은 잠시 어리벙벙했다. 하지만 그녀가 말하는 것이 아르바이트에 대한 것임을 알아채고 약간 멋쩍은 미소를 지으며 답했다.

"힘들긴 하지만 대신 돈이 들어오잖아요. 쉬운 아르바이트는 없으니……."

말이 채 끝나기도 전에 갑자기 채소은이 유정운의 머리를 끌어안았다. 느닷없이 채소은의 가슴에 머리를 묻게 된 유정운은 크게 놀랄 수밖에 없었다. 물론 유정운으로서는 감촉 좋고 기분 좋고 하기 때문에 불만 사항이야 전혀 없었지만 채소은의 의도를 알지 못했기 때문에 마음이 불안해졌다. 그래서 그녀의 품에서 빠져나와야 한다고 생각했다. 하지만 유정운이 그렇게 하기도 전에 채소은은 유정운을 더욱 세게 끌어안으며 입을 열었다.

"수고했어. 피곤할 테니까 내가 잠깐 동안만 쉼터가 돼줄게. 괜찮지?"

"아… 예……."

유정운은 그저 채소은의 품에 머리를 묻은 채 가만히 있었다. 채소은이 지금 유정운의 선배로서 그렇게 하는 것인지 아닌지는 알 수 없었지만 지금의 유정운은 그런 걸 알고 싶지 않았다. 리듬감있는 채소은의 심장 고동 소리가 유정운의 마음을 편하게 해주고 있었기 때문에 그 외의 문제는 생각하고 싶지 않은 것이다.

두근— 두근—

지나가는 사람이 없는 병원의 3층 복도 벤치에 앉아 유정운과 채소은은 심장 고동의 리듬을 느끼며 서로의 체온을 나누었다. 아버지와 어머니가 지병으로 세상을 떠나는 3년 전까지 어머니의 품에서 온기를 느껴본 적이 없는 유정운이었기에 그 느낌은 결코 잊을 수 없었다. 그것은 관심과 사랑이라는 이름의 따뜻함이었다. 그 따뜻함이 그의 몸을 휘돌아 그의 마음을 너무나 편안하게 해주었다.

〈2권으로 이어집니다〉